最弱テイマーはゴミ拾いの旅を始めました。2

The Weakest Tamer Began a Journey to Pick Up Trash.

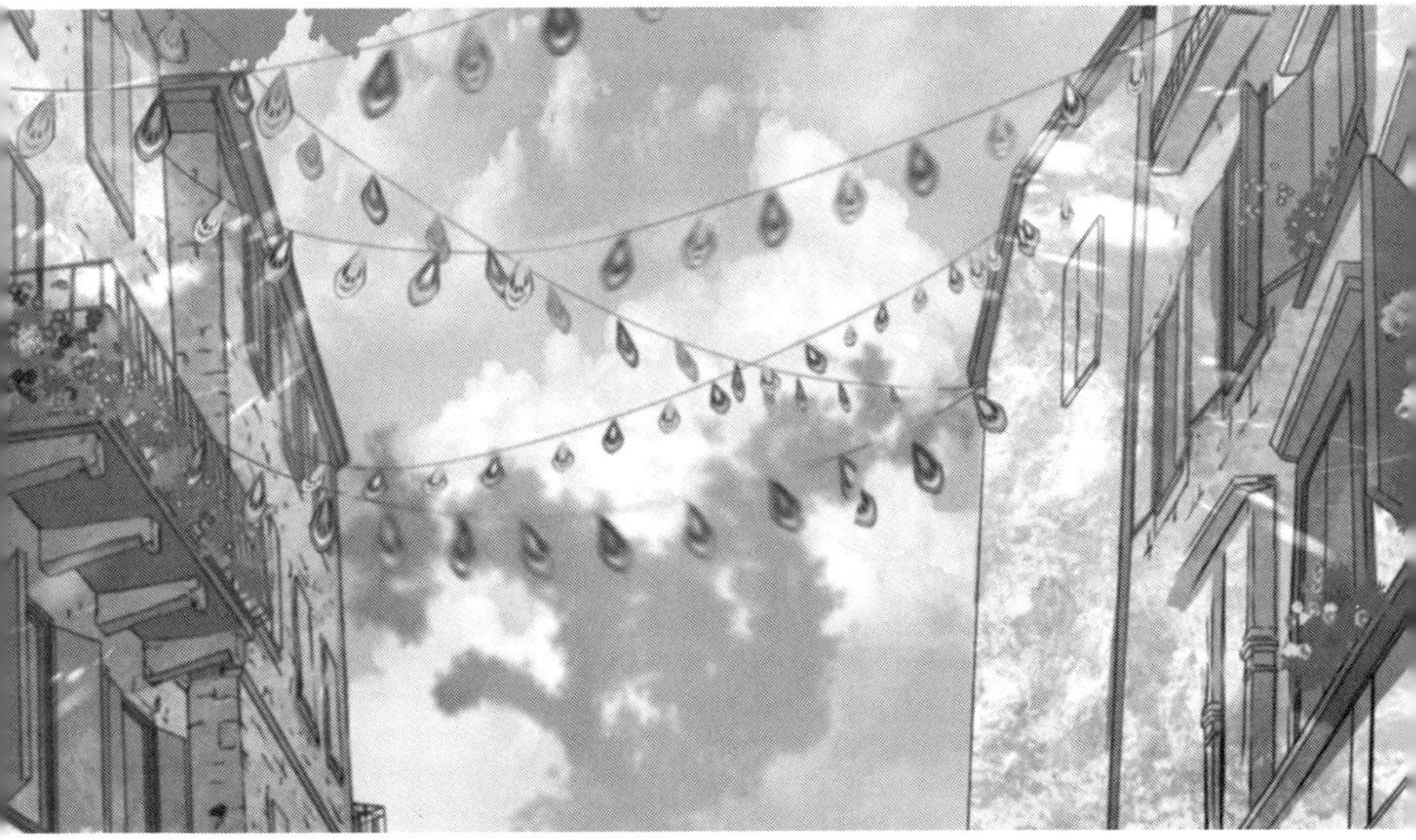

Honobonoru500

ほのぼのる500

Illustration ✿ なま

TOブックス

ソラを
テイム!!
私の家
ラトト村
ラトネ村
ラトフ村
ラトミ村

オードグズ
ラトス村
オトルワ町
ラトム村
炎の剣
と合流!!
自警団の
人たちと
出会う!!
ラトメ村
アダンダラ
と遭遇
村道
アイビーのルート

もくじ

第3章 ✿ 不穏な組織……009
70話 ✿ 気配を消す方法……010
71話 ✿ 恐怖と名物……016
72話 ✿ 緑の風のミーラ……023
73話 ✿ 付加価値……029
74話 ✿ 特殊な商品……036
75話 ✿ 試されたソラ……044
76話 ✿ 七歳！……052
77話 ✿ 見た目の対策……057
78話 ✿ 役割……064
79話 ✿ 奴隷……070
80話 ✿ 優しいから悲しい……077
81話 ✿ 理解出来ない行動……084
82話 ✿ 三人の関係……090
83話 ✿ 考えすぎ？……096
84話 ✿ みんなで混乱……102
85話 ✿ ソラの判断……108
86話 ✿ 二人の貴族……115
87話 ✿ 混乱、後悔、作戦？……121
88話 ✿ 組織のお金……128
89話 ✿ 専門部隊？……134
90話 ✿ 組織の者……140
91話 ✿ やばい人が多すぎる！……146
92話 ✿ フォロンダ領主……153
93話 ✿ 計画をつぶす！……159
94話 ✿ 組織を潰すためなら……167
95話 ✿ 仲間が増えた……174
96話 ✿ カルアさん……182
97話 ✿ 説明してくれ！……191
98話 ✿ 作戦決行……198

Illustration なま　Design AFTERGLOW

99話 ✿ 組織を追い詰めるため …… 208
100話 ✿ 貴族が奇襲？ …… 214
101話 ✿ あの子たちの安全が一番 …… 220
102話 ✿ 頑張りました！ …… 228
103話 ✿ すごい人たちだった …… 234
104話 ✿ 団長さんはすごい …… 240
105話 ✿ 朝はのんびり …… 246
106話 ✿ 逃げる！ …… 253
107話 ✿ 仲間です …… 260
108話 ✿ なぜかのんびり？ …… 268
109話 ✿ シエルって …… 274
110話 ✿ またか、私！ …… 281
111話 ✿ 目標は野兎《うさぎ》三匹以上 …… 287
112話 ✿ 誤魔化そう …… 293
113話 ✿ ラットルアさんの愚痴 …… 299
114話 ✿ 良い食べっぷり …… 306
115話 ✿ 想像以上に危険だ …… 311
116話 ✿ 狩り？ …… 317
117話 ✿ 疑えばいい …… 324
118話 ✿ 干し肉は人気 …… 331
119話 ✿ 干し肉で人気店 …… 339
120話 ✿ お祝い …… 346
121話 ✿ 旅を続ける理由 …… 353
122話 ✿ 知れば知るほど …… 360
123話 ✿ 美人？ …… 367
124話 ✿ 妥協はしない事 …… 375
125話 ✿ 謝礼金と懸賞金 …… 382
126話 ✿ 野バトのスープ …… 388
番外編 ✿ 出会えてよかった …… 397
あとがき ✿ あとがき …… 412
巻末おまけ ✿ コミカライズ第1話 …… 414

Character
アイビー
スキルの星がなかったため
親から見放され、
サバイバルの旅に出る。
前世の記憶を持つ。
男の子に間違えられがち。
シエル
行く先々で出会った
アダンダラ（猫の魔物）。
なぜかアイビーに懐いている。
ついもふもふしがち。
ソラ
アイビーが初めて
テイムしたスライム。
崩れスライムというレア種族。
ぷるぷる震えがち。

ラトメ村の住人

オグト
ラトメ村の自警団員、門番・見回りの隊長。考えるよりすぐ行動しがち。

ヴェリヴェラ
ラトメ村の自警団員、門番・見回りの副隊長。面倒見がいいので、つい隊長のフォローをしがち。

雷王

ボロルダ
上位冒険者チーム「雷王」のリーダー。いい加減だが、優しい見た目のため、メンバーから相談を受けがち。

リックベルト
上位冒険者チーム「雷王」のメンバー。少しつり目なので、機嫌が悪く見えがち。

ロークリーク
上位冒険者チーム「雷王」のメンバー。大雑把なボロルダによく振り回されがち。

マールリーク
上位冒険者チーム「雷王」のメンバー。目が悪いだけなのに、不機嫌だと勘違いされがち。

The Weakest Tamer Began a Journey to Pick Up Trash.

炎の剣

セイゼルク
上位冒険者チーム「炎の剣」のリーダー。がっちりしていて、つい脳筋行動しがち。

ラットルア
上位冒険者チーム「炎の剣」のメンバー。仲間想いで、喜怒哀楽がコロコロ変わりがち。

シファル
上位冒険者チーム「炎の剣」のメンバー。いつも笑顔だが、怒った時の無表情が怖がられがち。

ヌーガ
上位冒険者チーム「炎の剣」のメンバー。好きすぎて食事内容がつい肉に偏りがち。

緑の風

ミーラ
冒険者チーム「緑の風」のテイマー。綺麗な人だけど、アイビーに不審がられがち。

トルト
冒険者チーム「緑の風」のメンバー。マルマと双子なので、よく間違われがち。

マルマ
冒険者チーム「緑の風」のメンバー。トルトと双子なので、よく間違われがち。

第3章 ✿ 不穏な組織

The Weakest Tamer
Began a Journey to
Pick Up Trash.

70話　気配を消す方法

町の説明を受けながら、冒険者広場へ向かう。家族がいるロークリークさんと彼女がいるシファルさんは、待っている人の元へ帰った。ヌーガさんとマールリークさんは、知り合いに会いに行くそうだ。

残ったのはセイゼルクさん、ラットルアさん、ボロルダさん、リックベルトさん。彼らは広場で一緒に過ごしてくれるらしいが、彼らの拠点《きょてん》はこの町だ。きっと住み慣れた家があるはずなのに、いいのだろうか？　広場には、多くの冒険者がいる。誰かの目がある場所なら、一人でも大丈夫だと思うのだけど。私の気持ちを察知したのか、ラットルアさんが頭を優しく撫《な》でてくれた。

「気にしなくていいよ、アイビー。セイゼルクもボロルダも、行くところが無い状態なんだから」

ラットルアさんがニヤリと笑いながら話す。その悪巧《わるだく》みの顔にちょっと驚いてしまった。それにしても、行くところが無い状態の意味が分からず首を傾《かし》げる。

「二人揃《そろ》って、討伐《とうばつ》前に彼女の家を追い出されているんだよ。原因はあえて聞いてないけどな」

ラットルアさんに続いて、リックベルトさんもなんとも言えない表情で参加してきた。なるほど彼女さんに追い出されたから行き場所が無いのか……原因が気になるな。二人とも性格が良さそうなのに……。

「お前らな、余計な事を……というか、なんで知ってるんだ？」

ボロルダさんが焦《あせ》ったように声を荒げ、セイゼルクさんもちょっと焦った様子を見せる。その二人の反応を見ていると、ものすごく追い出された原因が知りたくなるが、二人と視線が合うと、ものすごい勢いで逸《そ》らされた。ラットルアさんとリックベルトさんが二人の反応に大笑い。なんとなく可哀想《かわいそう》になったので、聞くのは遠慮しておく事にした。とりあえず、セイゼルクさんと、ボロルダさんは大丈夫のようだ。

「ラットルアさんはいいのですか？」

「あぁ、俺には家族がいないからね」

一瞬つらそうな表情を浮かべたが、すぐにいつもの笑顔に戻る。おそらく、この事には触れないほうがいいのだろう。

「そうですか。ラットルアさんがいてくれると心強いです」

「俺も問題ないよ。家族からいい加減家を出ていけって追い出されたから」

……それは、問題ないと言えるのだろうか？　違う問題があるような気がするが、リックベルトさんの笑みを見ているとなんとなく聞いてはいけないような……。

「えっと、ありがとうございます」

一緒に居てくれるのはとても心強い。なので、感謝だけは、しっかりと言っておこう。

広場に着くと、町同様かなり広い。広場用の許可証は無いようだが、出入り口の場所には管理人だろう人が立っていた。その人にセイゼルクさんたちは手をあげて、私は頭を下げて広場へ入る。

「すごい、広いですね」

「だろ～。この他にも冒険者用の広場は四ヶ所あって、全部で五ヶ所。どれもここと同じぐらい広いかな」

広場が五ヶ所、すごい。ボロルダさんが空いている場所を指して。

「あのあたりが広さ的に良いだろうな。他のテントとも少し離れているしな」

「そうだな」

セイゼルクさんも賛成なので、見つけた空間にテントを設置していく。討伐の時に見た大型テントが出てくると思っていたので、四人がそれぞれ違うテントを取り出した時は驚いた。

「大型テントではないのですね」

「ずっと仲間と一緒というのはな、気が休まらないからな。これは個人用のテントだよ」

ボロルダさんが、固定のための杭《くい》を打ちながら教えてくれる。

「なるほど」

一人用と言っても、私のテントよりかなりサイズは大きい。見た目から言えば、三人用ぐらいのテントと言ってもいい大きさだ。それが四つも並ぶと、なんとも迫力がある。皆のテントの間に自分のテントを張らせてもらい、中を整える。それが終わるとマジックバッグの中身を確認していく。あっ、ソラのポーションの残りが、明日の朝まで無い。急いで取りに行かないと。でもどうしよう。捨て場までポーションを取りに行くためには一人になる必要がある。でも、狙われているのに一人になりたいって変だよね。ん～、どうにか誤魔化《ごまか》す方法を考えないと。とりあえずテントから出て、少し頭を整理しよう。何か良い案が浮かんでくるかもしれない。テントから出ると、討伐の時に見かけた冒険者がボロルダさんと話していた。

「分かった。全員に集まる様に言っておいてくれ」

「分かりました。では、お願いします」

「あぁ」

冒険者は急いでいるようで、すぐに走り去る。

「アイビー」

走り去った後ろ姿を見ていると、ボロルダさんに声を掛けられる。視線を向けると、真剣な表情のボロルダさん。ちょっと不安になりながら、傍《そば》に寄る。

「少し用事が出来た。一人になるが大丈夫か？」

一人。最近は一人になる事は少ない。なので、ちょっと緊張するが、いつまでもこれではいけない。それに、ポーションを取りに行く必要もあるし。

「はい」

「気を付けろ」

頷《うなず》くと、頭を軽く撫でられた。他の三人もテントの設置が終わったようで、そのまま集合場所へ行くようだ。ラットルアさんが、何度も振り返りながら手を振っている。その姿に心が温かくなる。

一度テントに戻り、しっかりと扉を閉めて金具で留めてから、ソラをバッグから出す。

「ごめんね、全然外に出せなくて」

プルプルと揺れるソラを撫でる。

「まだ、狙われている状態なんだ。だからもうしばらく我慢してね」

それにしても、テントが設置出来たのはよかった。旅の道中はテントを使用しなかったため、ソラとの時間がぐっと減っていた。テントの中なら、ソラをバッグから出す事が出来る。伸びる運動をしているソラを見る。やっぱり、バッグの中は窮屈《きゅうくつ》だよね。

「ソラ、運動が終わったらポーションを取りに行こう！」

なるべく多くポーションを確保したい。一番容量の入るバッグを持っていこう。狙われていると分かってから、一人で行動するのは初めてだな。ふ～っと大きく息を吐き出して、外の気配に気を配る。こちらを監視しているような気配は感じ取れない。

「ソラ、行こう」

ピョンと跳ねて私の元に来るソラを、専用のバッグに入れて肩から提《さ》げる。テントから出ると、しっかりと入口を閉める。周りの気配をもう一度確認してから、広場を出る。

歩きながら周りの気配を探る。やはり、大通りは人が多くて気配が読みにくい。だからといって、人の少ない道を歩くのは駄目だよね。町の中も油断しないようにと、ラットルアさんから再三注意を受けている。

門で許可証を見せて、町から出る。周りを確認して、捨て場のある場所を予測する。あまり離れている場所ではないだろう。あれ程大きな町だと、ゴミの量も多いはず。遠すぎる場所だと、違う場所に捨てる人が出てきてしまうはずだから。

「あった」

やはり大きな町だけあって、捨て場の広さはすごい。だが、ラトメ村と同じくらいだ。もしかしたらテイマーを多く抱えているのかもしれないな。

「ふぅ～」

何度も気配を探りながら、森を歩くのは正直いつもより疲れる。気を緩《ゆる》める事は出来ないし。この状態では、ソラをバッグから出してもあげられない。早くポーションを拾って帰ろう。捨て場に入り、必要なポーションを手当たり次第バッグに入れる。拾うのは、ソラに不可欠な青のポーションと赤のポーションだけだ。それ以外は、まだ大丈夫だった。持ってきた劣化《れっか》版マジックバッグの容量いっぱいにポーションを詰め込む。捨て場から出ると、さすがに拾う量が多かったのか少し暗くなりかけていた。急いで帰ろう。町の方へ足を向けると、気配がこちらに近づいてくるのが分かった。すぐに木の後ろに隠れて様子を窺《うかが》う。やはり近づいてきている。緊張で手足が冷たくなる。深呼吸をして気配を読まれないように、自然と調和するように意識する。風の流れに呼吸を合わせるように、静かに……静かに……。しばらくすると捨て場へ物を捨てる音が聞こえてきた。そして、町へ戻っていく気配。よかった、私を狙っていた者ではないみたいだ。大きく深呼吸して、もう一度周りの気配を探る。大丈夫だね。そういえば、上手く気配を消せたかな？　旅の途中、セイゼルクさんに気配の消し方を教えてもらった。森の中では、自然に調和するように消す方法が一番いいらしい。これは隠れた時に一番効果を発揮すると、ボロルダさんも言っていた。

少し急ぎ足で町へ戻る。周りの気配を探るが、違和感も不快感も感じない。許可証を見せて町へ入ると、どっと疲れが押し寄せてきた。疲れた……。

71話　恐怖と名物

広場へ戻る途中、不意に不快感を覚えた。討伐隊と一緒に寝泊まりしていた広場で抱いた不快感より強い。その不快感を追うと、複数の人の気配がする。一瞬足が止まりかけるが、今いる場所は人が少ない。走らないように気を付けながら、急ぎ足で広場へ向かう。人が多すぎる場所は、注意力が散漫《さんまん》になるから駄目。でも少なすぎると、もしもの時助けを呼べないから駄目。ラットルアさんから聞いた注意事項を頭に浮かべながら、道を選んで広場へ戻る。

管理の人に頭を下げて、広場に入る。テントの中で待ち伏せされる事もあるので、入る前には気配を調べるようにとも言われている。怖いので、テントから少し離れた場所から気配を探る。よかった、テントの中には誰もいない。テントの中に入り、入り口をしっかりと閉めて金具《かなぐ》で留める。

「はぁ～……」

両手を見ると微《かす》かに震《ふる》えている。そういえば、怖すぎて誰なのかを確認出来なかったな。ソラをバッグから出して、ギュッと抱きしめる。何かを感じたのだろう、テントの中では鳴いた事が無いのに小さく「ぷぷ～」と鳴いている。テント周辺の気配を探る。少し離れた所から、話し声が聞こえる。人が動く音もするが、こちらを気にかけている気配はない。

「ありがとう、ソラ」

ソラの前にポーションを並べる。食べ始めるのを確認してから、捨て場から拾ってきたソラ用のポーションを整理する。専用バッグに入れていくが、数が多すぎたのか少し入りきらなかった。それらをテントの隅にまとめておく。途中、何度も外の気配を探る。ふぅ～、何かをしていないと落ち着かない。でも、テントの外には出たくないな。ポーションを入れてきたバッグの中に手を入れる。そして、小型のナイフを手に取る。ポーションを拾っている時に目について、思わず拾ってしまった物だ。

村を出る時、小型の剣を持っていた。だが、森の中を走り回っている時に落としてしまい、それ以来武器は持っていなかった。私には大きすぎたし、逃げる時に邪魔だったからだ。でも、このナイフを見た時、自然と手に取っていた。このナイフで何か出来るのか……たぶん何も出来ないだろうな。セイゼルクさんの話だと、手慣れた人物が多数いる組織の可能性があるそうだ。攻撃スキルを何も持っていない私が、ナイフ一本で出来る事はほとんどない。それでも、ナイフを持つと少し落ち着く。

食事が終わったソラが、ピョンピョンと私の周りを跳ねまわっている。何だか、その姿に体から余分な力が抜けた。

「ソラ、ありがとう」

お礼を言って、揺れるソラをゆっくりと撫でる。ソラがいてくれてよかった。

テントの外で音がする。気配を探ると、知っている気配だ。これは、セイゼルクさんにラットルアさん。

「アイビー、いるか？」

「はい」

ラットルアさんの声に、返事をする。ソラをバッグに入れて、テントの入り口を開ける。

「よかった。夕飯を買ってきたから食べようか」

「えっ？　夕飯？」

周りを見ると、既に明かりが灯されているテントが見える。気が付かないうちに夕方になっていたみたいだ。

「そう。この町の名物なんだ。アイビーに食べてほしくて買ってきちゃった」

ラットルアさんが、カゴを持ちあげて見せてくれる。

「うれしいです。ありがとうございます」

テントから出て、周りを確認する。ボロルダさんとリックベルトさんが、机を用意している姿が見えた。ドンッ。少し重たい物が置かれる音がすると、机の真ん中に大きな酒ビン。今日はお酒が解禁《かいきん》のようだ。それを見て、ラットルアさんが持っていたカゴを急いで机に並べていく。

「よし、食おう！」

ボロルダさんは食おうと言いながら、お酒をコップに注《そそ》ぎ飲み干す。

「あ～、久々の酒は美味《うま》い！」

「討伐隊のリーダーなんかになるからだろ。そのせいで俺たちも飲めなかった」

リックベルトさんが、愚痴《ぐち》をボロルダさんにこぼす。

「仕方ないだろ、あの時は他の奴がこの町にいなかったんだから。いたらしてね～よ」

ボロルダさんとリックベルトさんが交互に勢いよく飲んでいく。すごい！　まるで水みたいに飲んでいる。

「二人とも、少し大人しく飲め」

セイゼルクさんが、呆《あき》れたように酒のビンを取り上げる。

「「あ～……酒！」」

取り上げられた酒ビンに、手を伸ばす二人の姿に笑いが込み上げる。

ボロルダさんが取り上げられた酒を取り返すと、コップに酒を足して飲む。セイゼルクさんは呆れた顔をしている。私の中でボロルダさんの印象って、どんどん変わっていく。不思議な人だな。

「セイゼルク、返せ！」

「アイビー、気にしなくていいよ。はい、これがこの町の名物。モウの煮込みスープです！」

お皿に盛られたスープは、モウの大きなお肉がごろごろと入ったとろみのあるスープ。口に入れると、懐かしい味に近い。何だっけ……懐かしいって事は前の私だな。ビーフシチューという言葉が浮かぶ。どうやらビーフシチューという料理に味が似ているらしい。

「美味《おい》しくない？」

「えっ！」

じっと味を考えているのを、不味《まず》いと勘違《かんちが》いさせてしまったみたいだ。ラットルアさんが不安そうに私の顔を覗《のぞ》き込む。

「違います。知っている味に似ていたので」

あっ、これは駄目だ。

「知っている味？」

「……はい。昔にちょっと」

説明とか無理です。ラトミ村では、お肉は野ネズミぐらいだった。しかもほとんど干してある物。どう言えば、問題ないかな。

「そっか～、美味しい？」

「はい。美味しいです」

「よかった。これは俺の好物なんだ」

「私もこの味、大好きです」

「あっ、それはうれしい」

ラットルアさんは少し照れたような、ただ少し寂しげに見える笑顔を見せた。時々、こんな表情をする。すぐに隠されてしまうが、その表情を見ると悲しくなる。きっと冒険者の人たちって、いろいろあるんだろうな。つらい事とかも。

「アイビー！　君も飲め！」

「えっ？」

ちょっと目が据わったリックベルトさんがコップをずいっと差し出す。いきなり何だろう。それに私が未成年だと知っているよね。

「やめんか！　ったく。悪いなアイビー、今日のリックベルトは絡み酒だ」

セイゼルクさんが、私に差し出されているコップを取りあげた。それに不服そうな表情を見せるリックベルトさん。何だか新しい一面だな。ただ、ものすごく目が据わっているから怖いけど。

「あちゃ～、今日のリックベルトはめんどくさい方だね」

「めんどくさい？」

「そう、酔い方が三種類あるんだ彼。笑い酒、絡み酒、あと自慢《じまん》酒。今日は一番厄介《やっかい》な絡み酒だ」

ラットルアさんが、苦笑いしながら説明してくれた。

「ご飯食べ終わったら、テントに戻った方がいいかな。あ～なると長いから」

セイゼルクさんに絡んでいるリックベルトさんを見る。

「いいか、今回俺は本当に頑張ったんだ。なのに誰だよ、俺の手柄を～！」

絡み酒というか、愚痴を隣で言い続けられるのか。それは確かに嫌だな。よし、周りの物を片付けてさっさとテントに戻ろう。汚れたお皿などを、静かに片付ける。リックベルトさんに見つからないように、静かにテントに戻る。

「おやすみなさい」

私のちいさな声に気が付いたセイゼルクさんが、片手をあげてくれた。明日、皆大丈夫かな？

72話　緑の風のミーラ

うっすらと目を開ける。テントに微かな光が当たっている事から、明け方だろう。不快に感じる気配を探るが、近くには存在しない。ホッと息をつくと、腕を伸ばして体をほぐす。

「ふぅ～」

起き上がって横を見ると、ソラが何とも気持ちよさそうに熟睡中だ。もう一度眠りたい欲求を抑えて、着替えに手を伸ばす。

昨日、捨て場に向かったのはポーションの事もあったが、もう一つ確認したかったからだ。本当に私が、狙われているのかどうか。広場で数度にわたり覚えた不快感は、二日間の旅の道中では全く察知出来なかった。もしかしたら、討伐隊の雰囲気に慣れない私が、錯覚《さっかく》してしまったのではないかと考えた。ソラを信じてはいるが、少しだけ勘違いであってほしいという思いもあった。でも昨日察知した不快感には、それ以外に粘着《ねんちゃく》質な視線も感じた。正直、こんな早く事が起こるとは思わなかった。でも、分かった以上は考えなければならない。狙われているのが間違いないのなら、どうすればいいのか。そしてミーラさんの事を……。ラットルアさんとミーラさんはとても仲が良さそうだった。信じてくれるだろうか？　不安がよぎるが、正直に話す方がいいだろう。たとえ、それで……嫌われて、見放されても。

「よし！」

毛布の上で気持ちよさそうに寝ているソラを見て気持ちを落ち着かせてから、テントの入り口を開ける。テントの外で、もう一度腕を伸ばして体をほぐす。

周りを見て……机に突っ伏して寝ている、リックベルトさんとボロルダさんを発見した。酔いつぶれて、寝てしまったようだ。えっと、とりあえず朝食に、消化に良く、さっぱりしたスープでも作ろうかな。確か、まだ薬草が残っていたはずだ。話を聞いてもらうには、まずはしっかりと起きてもらわないと。火をおこして、鍋に水と薄くスライスした干し肉、料理に使っていいともらった根野菜を入れて煮込む。野菜が柔らかくなったら、薬草を入れてスープは完成。後は……。

「良い匂い」

ボロルダさんが匂いにつられたのか、机からむくっと起き上がる。リックベルトさんも起き上がって、不思議そうに周りを見回している。

「あれ？　……なんでここに？」

その様子を見ていたボロルダさんは大きなため息をついて、頭を掻《か》いている。

「あれだけ、俺に絡んでおいてすっかり記憶から消し去るんだから……。ほんとお前ってめんどくさいわ～」

「あ～……」

二人の声はなんだかぼそぼそと、少し聞きづらい。喉《のど》でも痛いのかな？

「アイビー、おはよう！　悪い寝過ごした」

「うわ……声が……」

ラットルアさんがいつもの調子で声を出すと、ボロルダさんとリックベルトさんが頭を抱えた。

「大丈夫ですか？」

「アイビー、おはよう。その二人だったら放置して構わない。ただの二日酔いだ」

セイゼルクさんが、テントから出てきて紙袋をラットルアさんに渡す。

「そうそう。あれだけ注意したのにな」

「声を抑えてくれ。響く」

リックベルトさんが、心底嫌そうな顔をしている。本当につらいようだ。

「それより悪い。俺も寝過ごしてしまった」

謝ってくるセイゼルクさんに、首を横に振る。スープを器に取り分けていると、ボロルダさんが机に並べてくれた。ラットルアさんは、紙袋から黒パンを取り出して切り分けてくれたようだ。

「いただきます」

二日酔いの二人は、少し迷ってからスープに手を出した。

「あっ、すごいさっぱりだ」

「ほんとだ」

二日酔いでも食べてもらえる味だったようで、ホッとした。

食事が終わって、お茶を飲む。

どうしよう、ここでいきなり話し出してもいいのかな？　もう少し、落ち着いてから？

「アイビー、少し話があるのだが大丈夫かな？」

「はい」

私も話があるので丁度いい。あれ……何だろう、セイゼルクさんの表情は何かとてもつらそうだ。それにラットルアさんが、どことなく不機嫌に見える。ボロルダさんも、何とも言えない表情をしている。リックベルトさんは、下を向いていて表情が分からない。……何が始まるの？

「……………えっとだな」

セイゼルクさんが言いづらそうに話し出す。

「はい」

「無理だったら断ってくれてもいいからな。それを前提に聞いてほしい。アイビーに組織を捕まえる手伝いをしてほしい……囮《おとり》になってほしいという事なんだが」

「……いいですよ」

逃げ続ける事は出来ない。だったらどうするべきか、ずっと考えていた。今の私の状態を考えて、囮という言葉が浮かんだ。正直怖い、でも現状を打破《だは》するには最適な方法だと感じた。

「アイビー、駄目だ！　そんな簡単に！」

ラットルアさんが、泣きそうな表情で私の肩を掴む。その顔を見ると、申し訳なく思う。でも、これ以外に何か方法があるならきっと、セイゼルクさんは私にこんな話はしない。おそらく方法が無いのだろう。

「私もお願いしようと思っていました。このままでは私は身動きが出来ません。だから協力してほしいと」

「「「えっ！」」」

全員が驚いた顔をした。

「それと……」

心臓が嫌な音を立てる。これを言ったら、誰も手伝ってくれなくなるかもしれない。それでも、言わないと駄目だから。

「緑の風のミーラさんたちは、組織の人間かもしれません」

ラットルアさんと視線を合わせていたが、最後は俯《うつむ》いてしまった。信じてもらえないかも知れない。私を嘘つきだと思うかもしれない。怖い。でも、この事は隠しておけない。

「……アイビーが疑っていたのは知っている。それに……ミーラが裏切り者だって事も昨日分かった」

「えっ？」

ラットルアさんの寂しそうな声に顔をあげる。そこには、何とも言えない表情をした彼がいた。

「討伐隊の広場に居た時、一生懸命何かを隠そうとしていたでしょ？　最初は分からなかった。でも、見ていて気が付いた。ミーラをすごく怖がっている事に」

討伐中って、そんな前から？　でも、昨日って？

「ラットルアから夕飯を一緒に食べてほしいとお願いされた時に、一応理由は聞いていた。だが信じてはいなかった、ミーラは仲間だからな。だが、昨日ミーラたちを見て裏切り者が誰か理解した」

ボロルダさんの言葉に、疑問が浮かぶ。夕飯を一緒にっていつの事だろう？　それに、裏切り者がいた事は分かっていたという事？

「しかしあれは驚いたな。討伐から広場に戻ったら、いきなりラットルアが頭を下げるんだから」

暗くなりすぎた雰囲気を変えるためか、ボロルダさんが明るい声を出す。それに釣られてセイゼルクさんもラットルアさんも笑う。討伐の時の夕飯……あっ、ラットルアさんが討伐を休んだ日の事かな。あの日ミーラさんに夕飯を一緒にと誘われて、どうしようかと思っていたらラットルアさんが「リーダーと、もう予定がある」って……でも違ったのか。そっか、私の態度で気が付いて、助けてくれたのか。

「ラットルアさん、ありがとうございます」

「いや、あの時は半信半疑だった。でもアイビーといっぱい話して、誰かを騙《だま》そうとする子ではないと思ったから」

深く頭を下げる。正直、信じてくれるとは思っていなかった。だって、ミーラさんたちは今まで苦楽《くらく》を共にした仲間だ。それなのに、半信半疑とはいえ、ずっと私を守ってくれていた。涙がこぼれる。頭がそっと撫でられた。

「ごめんな。もっと早く話せばよかったよな。でも……ミーラを信じたかった」

首を横に振る。当たり前だ、仲間なのだから。それを思うと、よけいに涙がこぼれる。何とか深呼吸をして涙を止める。顔をあげると、ボロルダさんがタオルでそっと顔を拭《ぬぐ》ってくれた。

73話　付加価値

タオルを受け取って、目元に残っている水分を拭《ふ》き取る。

「ありがとうございます」

「アイビーはどうして、ミーラの事に気が付けたんだ？」

リックベルトさんの疑問は当然だろう。冒険者として未熟な私が、どうやって気が付いたのか。どう答えるべきだろう。嘘はつきたくない。信じてくれた人たちだ。必要な事だけ、言えばいいかな……。

「私は、テイマーなんです。それで……少し変わったスライムをテイムしている状態なのですが、その子が教えてくれました」

緊張のせいで、少し変な言い方をしてしまった。大丈夫かな？

「えっ、テイマーだったの？　それにスライムが教えてくれたって？」

ラットルアさんの驚いた表情。やっぱり無理があるかな。でもスライムにはいろいろ種類がいて、まだ不明な点も多いと聞いたのだけど。

「かなり珍しいスライムである事は間違いないな。誰にも知られていない種類なのだろう。スライムは、まだまだ未解明なところが多いからな」

セイゼルクさんの言葉に少しホッとする。未解明な存在と言われているなら、少し見られたとしても誤魔化す事が出来る。これからの旅、少し余裕が持てるかもしれない。

「しかし、消化以外の能力を持つスライムか、かなりレアだな」

リックベルトさんの言葉に、やはり見られるのは駄目かもしれないと思い直す。

「テイムしているスライムが、ミーラが裏切り者だって教えてくれたのか？」

ボロルダさんが、少し不思議そうに聞いてくる。その質問に少し考える。どう言えば正解だろう？

「ソラ、スライムはソラって言うのですが、私の話にいつも色々な反応をしてくれます。でも、ミーラさんの話には反応が無くて。気になったので他の人の名前を出して反応を確かめました。そうしたらやっぱりミーラさんにだけ反応が無くて、そこから判断しました」

「そうか、反応で……しかし、そうなるとアイビーのスライムは人を区別出来ているな。本当にかなりレアだ」

「区別ですか？」

「あぁ、一般的なスライムはテイムした者は認識するが、周りにいる者たちまで区別出来ないと思われている」

そうだったんだ、という事はミーラさんにだけ無反応だと思ったのは私の気のせいということ？いやでも、ソラにオグト隊長さんの話をした時と、ヴェリヴェラ副隊長さんの話をした時では確実に反応は違った。あれは気のせいではないと思う。という事は本当にソラはかなり珍しいスライムって事なのかな。

ボロルダさんが、眉間《みけん》に皺《しわ》を寄せて何かを考え込んでいる。セイゼルクさんも、少し複雑そうだ。何か、問題でもあるのだろうか？　やっぱり、ソラの事を話すのは駄目だったのかな？

「アイビー、そのスライムだが、ミーラに見られた可能性はあるか？」

セイゼルクさんの硬い声に少し震える。

「無いと思います」

「そうか。他に知っている者は？」

「……いないと思います」

「だったら、問題が解決するまでは誰にも見せては駄目だ。絶対に」

セイゼルクさんの真剣な目が怖い。声が出なくて頷くが、どうしてだろう。無防備に見せるつもりはないが……。

「知られてしまうと、アイビーの価値が上がる。奴らにとって付加価値が付いた者は、何が何でも手に入れようとするだろうからな」

価値が上がる？　レアなスライムをテイムしている事で、付加価値が付いた？　そんな事で？

ボロルダさんの言葉に、全身が硬直する。ギュッと握り込んだ手に、温かな何かを感じた。見ると、ラットルアさんが私の握り込んだ手をそっと包み込んでくれていた。

「大丈夫。俺たちがいるから」

「……はい」

私の状態を見てリックベルトさんが、少し落ち着こうと新しいお茶を入れてくれた。ゆっくりと飲むと、心がスーッと落ち着く。強張《こわば》っていた体からも力が抜ける。大丈夫。守ってくれる人もいるし、ソラもいる。だから大丈夫。

「昨日さ。一度俺たちここまで戻ってきたんだよ。夕方より少し前かな」

ラットルアさんの明るい声が、場の雰囲気を少し明るくした。

「えっ、そうだったのですか？」

「そう、なのにアイビーがいなかったから慌《あわ》てた。もしかして攫《さら》われたのかもって」

「あっ、すみません。私、どうしても確認したくて。旅の間、不快を感じる事が無かったので、もしかして気のせいだったのかもしれないって。だから一人になれば、何か分かるかもしれないと思ったんです」

「えっ、そうだったのか。俺たちは……」

ボロルダさんの少し慌てた声に首を傾げる。

「はい？」

「ほら、アイビーは年齢の割にしっかりしているから違うって言っただろ！」

「悪い。あ～、そのつまり、ラットルア以外は無防備に遊びに行きやがってってまぁ……なぁ？」

ボロルダさんの言葉に驚く。まさかそんな風に見られていたとは……でもそうか、狙われているのに一人で行動したから。

「すみません。軽はずみな行動してしまって……」

私の謝罪に、ボロルダさんが真顔で、

「本当にアイビーって八歳？」

なんて聞いてきた。八歳だけど何だろう。あれ？　でも今日って確か八月の初めだったな、なら。

「九歳になりました」

「……そういう事ではないのだが。って、九歳？　えっ、数日前は八歳だったよね」

「昨日です。七月の終わりが誕生日だと聞いているので。おそらく九歳になりました」

「そんな淡々と……って、おめでとう」

ラットルアさんが、なぜか苦笑いしながら誕生日を祝ってくれた。何だか久々にその言葉を聞いたような気がする。五歳の誕生日に聞いたのが最後だ。ここ数年は、気が付いたら誕生日は終わっていたし。

「うれしいです。ありがとうございます」

ラットルアさんの言葉に、気持ちが和《なご》む。これにはちょっと、自分でも驚いた。言葉一つで、本当に心がぽかぽかとなったのだから。なぜか少し驚いた表情をしたラットルアさんは、私の頭を優しく撫でてくれた。彼は本当に優しい。

「問題が解決したら、盛大に誕生日をお祝いしような」

「えっ、別にそれは」

「いいの、いいの。そうだ、疑ったボロルダとセイゼルクに奢《おご》らせよう」

「いや、悪いですから。それに無断で行動した私も悪いですし」

ラットルアさんの言葉に慌ててしまう。うれしいという気持ちが大きいが、さすがにそれは悪い。

「いいぞ奢ってやる。アイビーの行動のおかげで、分かった事があるからな」

私の行動？

「私、何かしましたか？」

何か問題のある行動でも、してしまったのだろうか？　一人で町の中を歩き回った以外は、何もしていないと思うのだけど。

「アイビーは悪くないよ。逆に俺たちは感謝をしている。昨日アイビーも、通りで察知しただろ？」

昨日の通りというなら、あの不快感の事だろうな。私は静かに頷く。ボロルダさんは、少し悲しそうな表情を見せる。

「あの時、通りの反対側にミーラがいたんだ」

「そうですか、ミーラさんが」

「その時、ミーラと一緒にいた人物が問題でな。まぁ、そのお蔭《かげ》で俺たちは、裏切り者が誰なのか判断出来たんだが」

一緒にいた人物？　その人かな、あの粘着質な視線を向けてきたのは。ミーラさんだけなら、不快感だけのような気がする。

「どうした？」

「えっ……あっ、昨日は不快感だけではなく、粘着質な視線のようなモノも気になったので……」

私の言葉に、四人が息を呑む。そしてお互いに顔を見合わせている。何だろう、何かおかしなことを言ったのかな？

「どうしたんですか？」

「アイビーってテイマー以外に、看破《かんぱ》スキルを持っているのか？」

「かんぱ？　いえ、持っていませんが」

かんぱって何だろう。聞いた事が無いな。

「そうか。だとすると身の危険を感じて、視線の種類を見破ったのかもしれないな」

身の危険を感じて？　確かにあの視線は気持ちが悪かった。すぐに何処かに身を隠したくなったもんな。あんなの、二度と感じたくない。

74話　特殊な商品

「粘着質な視線か……くそっ！　なんでなんだ」

不意に聞こえたリックベルトさんの、感情を押し殺したような声に体が震える。他の三人はリックベルトさんを見ると、気まずそうに視線を逸らした。何とも言えない雰囲気が辺りに漂《ただよ》いだした事に、微かに体が震えた。

「お～」

リックベルトさんが、大きな声を出して頭を掻きむしった。その行動に驚いて、小さな声が口から飛び出してしまう。

「あっ、ごめん。悪いなアイビー。驚かせちまった。ちょっと気持ちが抑えられなくて」

「いえ……大丈夫ですか？」

昨日からリックベルトさんは少し苛立《いらだ》っていた。どうしてなのか不思議だったが、ミーラさんたちの事だったのか。

「昨日、ミーラと一緒に兄のマルマもいたんだ」

「マルマさんも？」

「マルマは俺の幼馴染《おさななじみ》だ。俺の命の恩人でもある。……どこで間違っちまったんだろうなぁ？」

その答えは、ここには無い。誰にも答える事が出来ない質問だ。泣きそうな表情で少し笑ったリックベルトさんに、心臓がギュッと軋《きし》むような気がした。

「リック、この件から降りてもいいぞ」

「いや、俺の手で捕まえたい。それにまだ……信じたい気持ちもある」

「そうか」

ボロルダさんが、リックベルトさんの肩を数回軽く叩く。ラットルアさんもセイゼルクさんも、少し苦しそうだ。本当に大切な仲間なのだ。ミーラさんもマルマさんも、トルトさんも。悲しいな。

「ふ～、話を続けないとな。アイビーには全てを話しておいた方が良さそうだ。疑問もあるだろ？」

確かにある。昨日何があったのか、何を見たのか。気持ちを落ち着けて、ボロルダさんと向き合う。

「少し前に、取り締まりをしたが失敗した、という話を覚えているか？」

「はい。情報が漏れていたという事でした」

「そうだ。その情報は限られた者にしか知らされていなかった。つまり、知っていた者たちの中に裏切り者がいるという事だ」

「自警団の団長、副団長、そしてギルマスが独自に情報を知っていた者たちを調査したらしい。だが、証拠を見つける事は出来なかったそうだ。だが裏切り者はいると断言されたよ、それが討伐に行く前日だ」

「その話を聞かされたのは俺たち四人だけだ。ちょっとギルマスと飲む機会があってな」

ボロルダさんもセイゼルクさんも、淡々と話を続けていく。仲間を調査する事になった人たちは苦しかっただろうな。そして、それを聞かされた彼らも。あぁそうか、この話を知っていたから四人は私と一緒にいてくれたのか。

「昨日討伐隊の集まりの後、ギルマスに挨拶《あいさつ》に行ったのだが、そこである依頼をされた。ある商人が特殊な商品を扱っている証拠が見つかった。まだ証拠能力としては弱いため、情報を集めてほしいと」

「商人が扱っているのが人なんだが、その……まぁ、何だ。アイビーには言いにくいのだが……」

何だろう？ ボロルダさんが、突然しどろもどろになりだした。セイゼルクさんも眉間にすごい皺が。それほど言いにくい事なのだろうか？ 商人が扱うのが人というのは予測出来る。人を攫って売りさばく、おそらく裏の奴隷《どれい》商人。これ以上に何か言いにくい事なのだろうか？ しかも私に？

「あ～、つまり……気分が悪くなったら言ってくれ？」

「はい」

ものすごく真剣にボロルダさんが言うので緊張感が増す。

「こいつの扱っている商品は、子供なんだ。とくに男の子だ。そのだな……大人にはその、特殊な嗜好というか、その……間違った愛情を子供に向ける奴がいてな、そんな奴らのための商人なんだよ……大丈夫か？」

なるほど、小児性愛者……変態。その商人に狙われているという事か……子供に性欲？

「アイビー、大丈夫か？」

考え込んでしまった私を心配して、ラットルアさんが声を掛けてくれた。黙っていたので気分が悪くなったと、思われたのかもしれない。

「大丈夫です。えっと、……大丈夫です」

いや、大丈夫ではない。頭の中がぐるぐるしていて気分が悪い。そんな対象に……私が……。少し、違う事を考えて落ち着こう。

「あの、炎の剣も雷王も上位冒険者ですよね。そんな人たちと一緒にいるのに、狙う理由は何ですか？　リスクが高いですよね？」

「……金だな。そして今まで培《つちか》ってきた自信だろう」

「お金と自信？」

「表に出せない嗜好だからな、そういう対象で狙われた子供はかなり高額で取引される。とくに国の取り締まりが厳しくなって、罰が重くなったおかげで値段が跳ね上がった」

ボロルダさんが、大きなため息をつく。取り締まりが強化されたのは良いが、逆に値が吊り上がり、金になる商売になってしまったのか。何だか、やるせない気持ちになるな。

「それと組織について、まだ何も発覚していないと思っているため、上位冒険者ごときには邪魔はされないと考えているんだろうな。今まで通り仕事をすれば問題ないと」

セイゼルクさんの声に嫌悪感が交じる。

「今回だって裏切り者だと知っていなければ、上位冒険者ではないが、緑の風にも商人の情報が流れたはずだ。そうなれば商人はすぐさま消されただろう」

あれ？　今、上位冒険者ではないがって言った？

「緑の風も上位冒険者ですよね？」

「いや、違うぞ。なんであいつらを上位冒険者だと思ったんだ？　本人が言ったのか？」

えっ？　違うの？　上位冒険者のメンバーって言っていたような気がするけど、聞き間違えたのかな？

「えっと、ミーラさんの話し方から、上位冒険者だと判断したのですけど」

「ミーラの話し方で？　まぁ違うと言っても、ある貴族からの推薦《すいせん》で扱いはほぼ上位冒険者と変わらなくなっているからな。もしかしたらアイビーの警戒心を無くすために、上位冒険者だと思わせたのかもしれないいな」

セイゼルクさんの言葉に疑問が浮かぶ。貴族さんが推薦？　その貴族さんと知り合いだったとか？　血縁関係があるとか？

「その貴族さんと、緑の風って親しいのですか？　もしくは親戚とか？」

「いや。その貴族の話では、仕事で問題が起きた時に、緑の風が親身になって相談に乗り解決してくれたらしい。その仕事ぶりから上位冒険者にしてあげてほしいと推薦があったそうだ。ギルマスの反対があったから上位冒険者にはなれなかったが、貴族の顔を立てて扱いが俺たちとほぼ一緒になったんだ。あっ、ちなみに親しいとか血縁関係で口を出したら、それは駄目。貴族と言えど非難される」

仕事ぶりを見て推薦するのは別におかしくはないかな。でも、何か気になるな。

「あの緑の風を推薦した貴族さんとはどんな人なんですか？」

顔を立てる必要があると言っていた、という事は結構上の貴族の人だよね？

「まさかアイビー、その貴族を疑っているのか？」

セイゼルクさんが、驚いた表情をする。ボロルダさんもリックベルトさんもだ。

「ちょっと気になっていて。そう言えば、どうしてギルマスさんは緑の風を上位冒険者にしなかったのですか？」

「確か、冒険者として、不安要素があるとか言っていたな」

不安要素？　これは私が考えても理解出来ないな。

「貴族さんたちがお世話になっている冒険者の事を、推薦する事は良くある事なんですか？」

「たまにだな。ほとんどの貴族は冒険者を見下してる奴が多いから。緑の風を推薦した貴族は、冒険者には人気の人だよ。同等に扱ってくれるってな」

どうしてだろう？　いい話のはずなのに聞けば聞くほど胡散臭《うさん》く感じる。これって私だけ？　リックベルトさんたちを見るが、特に何か感じているようには見えない。やはり、私の思い過ごしなのかな？

「その貴族さんの仕事を、緑の風はどれくらい引き受けていたのですか？」

「えっ？　どれくらい？」

「はい。推薦するぐらいですから一回二回ではないですよね。さすがにそんな簡単に生来《せいらい》の性質が分かる事はないと思うので」

あれ？　何か問題発言でもしたのかな？　心なしか皆の表情が険《けわ》しくなったのだけど。

「記憶にある限り一回だ」

えっ一回？　驚いてセイゼルクさんを見ると頷かれた。本当に一回らしい。

「そういえば、俺たちも一回仕事を依頼されたよな？」

「あぁ。……ボロルダのところはどうだ？」

セイゼルクさんがボロルダさんに聞くと「一回だけだ」と答えた。

「それってなんだか、自分たちの仲間に出来るか見極めているみたいですね」

私が言うと、全員が私を凝視《ぎょうし》した。

「やたら質問が多かったよな。親しくなりたいからと言われたが。あれって俺たちを……」

リックベルトさんの言葉に何か思う事があるのか、ボロルダさんが舌打ちをした。

「貴族にも注意が必要になるとしたら、少し厄介だな。他にも裏切り者がいるかもしれないし」

ボロルダさんが、苦笑いを浮かべる。ミーラさんが裏切り者だった事で、誰が味方で誰が敵なのか、分からなくなっているみたいだ。誰かの大きなため息が聞こえると、空気が重くなった気がした。

「ふぅ～」

少し気分を変えたくて周りを見た瞬間、他の冒険者が目に入りヒヤリと寒気がした。今の会話を聞かれた！　……あれ？　あの位置なら今の会話が聞こえているはず。なのにこちらを気にしている様子がない。他の所に目を向けるが、誰も私たちの会話を気にしていない。もしかして、聞こえていない？

「あの、会話って何かで遮断《しゃだん》でもしていたりします？」

「あれ？　今気が付いた？　防音アイテムを使っているんだ。魔物からドロップしたマジックアイテム。すごいでしょ」

ラットルアさんが、少し自慢げに机の上の防音アイテムを指す。気が付かなかった。それにしても魔物からのドロップアイテムか……この辺りがゲームなんだよね……ん？　何だろ今の、あぁ前の私の知識か。でも、今の会話で少し空気が軽くなったようだ。よかった、ちょっと居心地が悪かったんだよね。あれ？　そう言えばミーラさんが裏切り者ってどうして分かったんだっけ？　あっ、確か問題になっている人と一緒にいたからだったかな。でも、それだけ？

75話　試されたソラ

「あの……」

「どうした？」

「ミーラさんの事を、どうして裏切り者だと判断したのですか？」

「「「えっ？」」」

全員が不思議そうに私を見つめる。あれ？　もしかして話してくれたっけ？　いや、まだだよね。

聞いたのは問題の人物と一緒にいて、そこにマルマさんがいたって事だったはず。

「話していなかったか……どうやら、まだ心の何処かで認めたくないと思っているらしい」

セイゼルクさんが、苦笑を浮かべた。ラットルアさん以外の二人も同じような表情だ。

「とりあえず、俺が裏切り者だと判断した理由だな。ラットルアの話が気にはなっていた、だから気が付けたんだろう。商人とミーラとマルマが見せた、ほんの一瞬のアイビーを見る目に……以前、奴隷商人が見せた値踏みする視線と同じものを察知した。それが疑うきっかけだ。そのあとのリックベルトとマルマの話で決定的になった」

「俺はその視線には気が付かなかった。というかラットルアの話は全く信じていなかったよ。仲間を疑うなんてってな。だから証明してやろうって、商人と別れた二人に『見かけない奴だな知り合いか』って声を掛けた。そうだって言ってほしかったんだ。なのに『迷子らしい、ちょっと道を聞かれた』だってさ」

「リックのその行動には焦ったな。こちらが何か気付いたと知ったら、消される可能性があったからさ。だが、そのお蔭で商人とは隠しておきたい関係だという事が分かった。まぁ、俺はこの辺りからかな、二人に対して違和感を抱いたのは」

「そのあと一緒に夕飯を買いに行ったんだが、疑っていなければ気付けないほど巧妙《こうみょう》に隠していたが、こちらを警戒していた。……今までの裏切り者と同じモノを感じたよ」

「そうでしたか」

リックベルトさんから時々感じた不思議な視線は、私を疑っていたからか。まぁ、いきなり現れた私より仲間を信じるのは当たり前だろうな。それを思えば、ラットルアさんはどうしてすぐに動いてくれたのだろう。

「はぁ、覚悟を決めないとな。これからいろいろ大変になる」

セイゼルクさんは大きくため息をつく。ボロルダさんも、ラットルアさんも頷いている。リックベルトさんは、少し寂しそうだ。

「アイビー、そこで相談がある」

「囮の事なら大丈夫ですよ」

「いや、それもそうなんだが。まずは誰にこの事を話すか一緒に考えてほしい」

えっと、ボロルダさんの言っている事が、いまいち分からない。誰にこの事を話すか？　もしかして、まだ誰にも話をしていないのだろうか？　そうか、裏切り者が緑の風だけとは限らないから、話せないのか。

「他にも裏切り者がいる事を考えてですか？」

「……まぁ、考えたくはないがな。ラットルアがとりあえず五人で話をしてからだって譲らなくて」

「アイビーを巻き込むって言ったからだろ。だったらアイビーの意見も聞くべきだ」

ラットルアさんは、私が参加する事には反対みたいだ。でも、巻き込むっていうより、既に中心にいるような気がする。狙われているわけだし。

「ラットルアさん、ありがとうございます」

「はぁ、アイビーがやる気なら仕方ないけどね。でも、本当に気を付けろよ」

「はい」

「話を続けよう。アイビーの事も含めてギルマスに全て話してくる。ギルマスにある程度は判断してもらうよ。それと貴族たちには伏せてもらう。ボロルダ、良いか？」

「あぁ、誰が裏切り者なのか分からない以上、貴族に話が流れないようにした方がいいだろう」

ボロルダさんとセイゼルクさんの会話に首を傾げる。ボロルダさんは、貴族に思い入れでもあるのだろうか？

「ボロルダには尊敬している貴族が一人いるんだよ。いつもその人には、全ての情報が流れるようにしていたからさ」

私の疑問を感じたのか、ラットルアさんが教えてくれた。

「どうして尊敬しているんですか？」

「確か、命を助けられたんだよな？」

命？　あれ？　リックベルトさんも確かそんな話を。

「あぁ、俺にとっては命の恩人だなって……なんか、全てが怪しく感じるな」

ボロルダさんがため息をついて、下を向いてしまう。命の恩人か。恩を着せて疑いの目を逸らすって方法もあるよね。ん？　これって前の私の知識だよね。前の私って、どうしてこんな事に詳しいのだろう。そうとう、裏切りがはびこっている世界で生きてきたって事なのかな？　それは随分と怖い世界だな。

「大丈夫かアイビー。俺は気にしていないからな」

考え込んでいると、ボロルダさんに頭を撫でられる。

「あっ、すみません。大丈夫です」

前の私の事は後で考えよう。それに、知識としてはありがたい。

「そう言えば、ギルマスさんという人は信用出来るのですか？」

「ん？　……あっ、ギルマスって言うのは冒険者ギルドのギルドマスター、トップの事だ。彼は大丈夫だから」

あぁ、ギルマスってギルドマスターの事かそっか。何処かで聞いた事があると思った……えっ、いつだっけ？　……まぁいいか。

「誰に話すかは、お任せします」

「分かった。俺たちの雷王とセイゼルクの炎の剣のメンバーには話をする。ギルマスはおそらく自警団の団長と副団長には話すだろう。あとは裏切っていないと分かるまで、全ての情報を隠してもらうように話を付けてくる」

「俺の所もだが、ボロルダの所の後の二人は問題ないよな？」

「そこは信じている。というか信じたい」

「以前ですが、ソラは大丈夫と判断しましたよ？」

「そうなのか？」

「はい。心配なら今、確かめましょうか？」

「アイビー。確かめるなら、俺も一緒に見てていいかな？」

「えっと、ソラに聞いてみます」

テントに戻って、寝ているソラを起こす。というか、まだ寝ていたのか。ソラのマイペースには時々驚かされる。

「ソラ、ラットルアさんが会いたいって言っているけど大丈夫？」

プルプル揺れるソラはテントの入り口を見ている。これは大丈夫かな。

「ラットルアさん、どうぞ」

そっとテントに入ってくるラットルアさん。ソラを見て……固まった？　何だろう、何か問題があるのかな？

「えっ、なにその色。半透明のスライム？　えっ本当に？」

見かけないと思っていたけど、やっぱり半透明のスライムって珍しいのか。やっぱりこの問題が解決しても、ソラは誰にも見られないようにした方がいいかな。

「ラットルアさん？」

「ぅお、あっ、ごめん。えっと、その子がソラちゃん？」

「はい、半透明って珍しいのですか？」

「……伝説や物語でしか、聞いた事ないな」

「伝説……」

あっ、今はそんな事はどうでもいいな。

「ソラ、えっとボロルダさんの仲間の事を覚えているかな？　声を出すのは駄目だから、問題なかったら揺れて教えてほしい」

ソラは私の質問にプルプルと揺れて、返事をしてくれる。

「雷王の四人は私にとって問題ない？」

もう一度ソラはプルプルと揺れる。

「大丈夫みたいです」

「ん〜、本当に分かっているのかな？」

「たぶんですけど」

「ちょっとごめんねアイビー。ソラちゃん、俺は雷王の一人です」

ソラはじっとラットルアさんを見ているだけで揺れない。やっぱり、理解しているよね。

「違うって思っているみたいですけど」

「ん～ちょっと待ってて」

何だろう。やっぱりスライムが、周りを認識しているのは不思議な事なのだろうか。でも……分かっていると思うけどな。

「悪い」

リックベルトさんがテントの中に顔を出す。そしてスライムを見て、驚いた顔をした。やっぱり驚くのか。

「ソラでいいんだよな？」

「はい」

「ソラ、俺はセイゼルクだ」

ソラは無反応。あっ！

「ソラ、寝ないで。すぐに終わるから」

「ククク、悪いあと一つだけ。俺はリックベルトだ」

チラッとリックベルトさんを見てプルプルって揺れた。でも、ちょっと不機嫌そうだ。

「試された事を怒っているみたいだな。ごめんなソラ。ソラみたいなスライムは初めて見るからさ」

リックベルトさんは、テントから出ると外で何やら騒いでいる。どうも、ソラの反応が面白かったようだ。

「ありがとう、ソラ」

私の手に体をすり寄せてプルプル震える。ゆっくり撫でると、機嫌が直ったのかピョンピョンと私の周りを跳ねている。……不機嫌なソラってものすごく可愛かった。

76話　七歳！

とりあえずソラの判断は信用された。それはいいのだが……リックベルトさんがソラから離れない。かなり、気に入ってしまったみたいだ。ソラの事を撫でては突いてを繰り返したため、顔面に攻撃を受けている。……ソラの攻撃を初めて見たが、あまり効力は無いようだ。攻撃を受けたリックベルトさんの表情が、気持ちわ……残念な事になっている。跳ね返って転がってきたソラを、急いで抱き上げて彼から引き離す。

「ハハハ、悪い。そんな表現力豊かなスライムって初めてで」

「いえ」

ソラのレア度を知れば知るほど、信用のおける人にしか見せる事が出来ないと確信していく。半透明も、個別判断も、ついでに表現力が豊かなのも珍しいらしい。そして何より、まだ言っていないが食べる物はポーション、しかもビンごとだ。……ソラはレアすぎる。

リックベルトさんが、私の腕の中のソラを見て手をワキワキさせている。狭いテントの中だが、もう一歩だけ彼から離れる。信用が出来ても、リックベルトさんはちょっと……ソラを見せたのは失敗したと感じてしまう。

ボロルダさんがテントの中を覗き込み、呆れた顔をする。そしてリックベルトさんの服を掴み、テントから引きずり出してくれた。抗議をしているようだが、今はそれどころではないだろうと怒られている。確かに、その通りだ。何だかソラのおかげで、ずっと纏《まと》わりついていた鬱々《うつうつ》とした雰囲気が一新されている。

「ソラ、ごめんね。まだ話があるから行ってくるね」

テントの外に出て、入口をしっかりと閉める。そしてその前に立つ。私の様子を見てリックベルトさんが、とても残念そうな顔をしている。……ソラを変た……守らないと。

「えっと、何だっけ」

セイゼルクさんの声に視線を向けるが、ちょっと緊張感が途切れすぎたようだ。何だか、皆で笑ってしまった。

「はぁ、よし。まずはギルマスに話をして……ソラの事は伏せておこう。あれはレアすぎる」

セイゼルクさんが、苦笑をしている。やはりソラはレアすぎるようだ。皆の話を聞いて、そうかなって思ってはいたが、上位冒険者から言われると重みがあるな。

「あと、四人には今日中に話を付けよう。集まる名目は、仕事完遂《かんすい》祝いって感じでいいよな」

「そうだな。それで話はどこでする？　あまり長くアイテムを使っているのもおかしいだろう」

「だったらテントの中で個別に話そう。それぞれが考える時間が必要だろうしな。落ち着く時間も」

「分かった。セイゼルクは仲間の方を頼む。俺はギルマスに会ってくる。リックは……連れていくわ。此処に置いておくとソラに突進しそうだ」

ずっとテントを見ているリックベルトさん。何がそんなに嵌《はま》ったのか、少し困った状態だ。

「えっ、いや大丈夫だ。此処でソラと待っているから」

「「……駄目だ」」

「え～」

欲がダダ漏れだけど、大丈夫かな。私に視線を送ってもどうする事も出来ないので、

「行ってらっしゃい」

と、言葉を送ると、セイゼルクさんとボロルダさんに笑われてしまった。リックベルトさんは項《うな》垂《だ》れている。

「リックベルトは、ああ見えて可愛い動物が好きなんだよ。ただし、触りすぎて嫌われる事が多いけど」

ラットルアさんの顔は呆れている。でも、確かにソラは可愛い。可愛い物が好きな人なら、嵌るだろうな。にしても嫌われるまで触るって……そう言えばさっきソラも既に……いや、まだ嫌いまではいっていないはず。

「さて、話も纏まったし、ギルドに行ってくるわ。ほらリックさっさと動け！」

リックベルトさんは何度も振り返りながら、ボロルダさんに引きずられていった。何だか、ガラリと印象が変わってしまってどうしていいのか。……とりあえずソラを守る事を優先しよう。セイゼルクさんは四人の仲間に集合を掛けると、広場を後にした。残ったのはラットルアさん。

「あのさ、アイビーって本当に九歳？」

いきなりの事に驚いた。そう言えば、私が八歳だと言った時もなぜかみんなに驚かれたっけ。

「はい。そうですが、何か可笑しいですか？」

何だろう、何か変なのかな？　私は自分の手を見たりするが……分からない。

「あ～それともう一つ。本当に男の子？」

不意打ちだったために、固まってしまう。そしてこれはやってはいけない反応だ。どうしよう……誤魔化す方法が思いつかない。

「うわ～、ごめん。そんな泣きそうな顔をしないで！」

気が付かないうちに、泣きそうな顔になっていたようだ。そっとラットルアさんを見る。心配そうにこちらを見ているだけで、怒っているようには見えない。それにホッとする。

「すみません。騙していて」

「それは違うでしょ。アイビーは、身を守るための手段を取っていただけだよ。女の子の一人旅は危ないからさ」

「ありがとうございます。でも、何度も言う機会はあったのに言わなかったので。あの他の皆も？」

「ん～、ボロルダとかセイゼルクは気が付いているかな。経験豊富だから。リックベルトはたぶん気が付いていないよ。……無神経だから」

何だろうリックベルトさんの名前を言う時だけ、ちょっと黒いモノが見えたような。まさかね、優しいラットルアさんに限ってそれはないか。

「やっぱり、ばれてしまうのですね」

これからどうしよう、旅を続けていくのに。

「ん～、長く一緒にいると違和感を覚える程度かな。というかそれより年齢が九歳の方が驚くし」

そういえば、聞かれたな。それはどういう意味なんだろう。

「あれ？　気が付いてないの、もしかして」

私が首を傾げると、ちょっと彼は考え込んでしまった。そして私を見ると、難しい表情をする。

何だろう、すごく緊張する。

「あのさ、アイビーって見た目が九歳には見えないんだ。だいたい七歳ぐらいに見えるかな」

……………えっ！　七歳ぐらい？　それはさすがに……だって、服とかきつくなって大きく……あれ？　そういえば、五歳からこの年までで服がきつく感じたのって一、二回ぐらい？　あれ？　本当に成長していないのでは？　……マジですか？

「そ、そんなに落ち込まなくても……成長すると男の子には見られなくなるから」

それは、成長しないほうがよかったのか、悪かったのか？　ばれない点ではよかったのかな。でも、成長出来ていない点では……悲しい。

「年齢を聞くまで、俺たち全員七歳ぐらいだろうって予測していたんだ。子供になんて旅をさせているんだって、ヌーガとかマジで切れてた。で、年齢聞いた後は……悲しくなった」

「悲しく？」

「一緒にご飯を食べている様子から、病気の様子は無い。でも成長が遅いとなれば、過酷な生活を送ってきたのかなって想像して」

過酷？　……そうなのだろうか？　過酷だったのかな？　五歳のあの時から全てが変わった。それから一人で、占い師の助けを借りながらだけど、生きてきた。そうか、過酷と言えば過酷な生活だったかもしれない。

「そうかもしれません」

「いつから旅を？」

「旅を始めたのは今年です。でも森での生活は……四年です」

「そっか。ラトミ村は村長と領主が、かなりひどいらしいからな。冒険者ギルドの情報では、半分ぐらいの村民が逃げたのではないかって」

「……そんなに……」

そんなに逃げ出していたんだ。そういえば、村長が汚職した村がとても閑散《かんさん》としていたな。あんな感じになっているのかな。

77話　見た目の対策

ラトミ村の事は、正直気になるような、どうでもいいような……。それよりも、男の子に見られる方法を探らないと。今は、年齢より幼く見えている事で誤魔化せている？　……のだろうけど、これからの事を考えると対策は必要だろう。とりあえず成長した時の対策って……私、成長するよね？　大丈夫だよね？

そういえば、森で生活を始めたばかりの頃は、食べる物と言えば木の実だったな。罠《わな》を学んで仕掛けても、野ネズミすら捕まえる事が出来なかったし。そういえば、間違って毒草を食べた事も、毒を含んだ果実に手を出した事もあったな。……なんだか落ち着いて考えると、かなり過酷な生活をしていたような気がしてきた。あの時は、考える暇《ひま》なんてなかったから思わなかったけど……。

ふぅ、もう過去の事だ。今は、男の子に見られる方法を見つける事が先決だよね。ラットルアさんに聞けば、何か教えてもらえるかな？

「ラットルアさん、性別がばれないようにするためには、どうしたらいいのでしょうか？」

「えっ、難しいな。一番いい方法は顔を隠す事になるけど、顔を隠すのは町や村では禁止されているからな」

そうなんだよね。顔を隠せればいいのだが犯罪者を町や村に潜り込ませないため、顔を隠す事は国で禁止されている。

「ん～口元を覆うと少しは誤魔化せるかな……でも、それでも注意を受ける事があるからな。そういえば、かなり丁寧なしゃべり方だけどそれには意味があるのか？」

「いえ、ラトミ村でよく見た冒険者のしゃべり方を真似しただけです」

「そうか、たぶんそいつは商家の三男以降の冒険者だな。商家では、幼い頃から徹底的に話し方を教え込まれるから。でも三男ともなれば跡は継げないからな、冒険者になる者が多いそうだ」

「そうなのですか？」

「聞いた話によればだけどな。喋り方をもう少し男の子っぽく」

「男の子っぽく……」

「ん～難しいかな、喋り方を変えるのは。不意に素が出てしまう」

「そうですよね」

「ん～……。あ～……」

ラットルアさんが私をずっと見ながら考え込んでいる。それほど難しい質問だったのだろうか？

髪もかなり短く切っているし、服装も男の子の物を選んでいる。これ以上に何をしたらいいのだろう。

「無理だと思う」

「えっ」

そんな簡単に！

「今でもぎりぎりなんだよ。幼く見えているから服装や髪形で誤魔化せているけど。成長すると間違いなく無理。アイビーは完全に女顔だからね。諦めた方が良いかも知れない」

それは困る。旅はまだ続くし……成長しないほうがいいのかな？

「他の方法で身を守る事を考えた方が良いかな」

他の方法で？　……強くなるのは無理だろう。腕を見てみる……自分で言うのもなんだが、細い。

逃げ足には少し自信があるけど、それでは駄目だ。何か方法があるかな？

「一番は冒険者グループに入る事だけど、誰でもいいという訳にはいかないし。そういえばアイビーは冒険者として登録しているのか？」

「いいえ」

「そうか、だったらグループを作るのは無理か。あとは……奴隷かな」

「……奴隷？」

「奴隷を買うんだよ。で、奴隷に守ってもらう方法」

「あの、お金は無いので」

「あ〜、他には……セイゼルクが戻ってきたら相談してみようか。俺よりいろいろ詳しいからさ」

「すみません。ありがとうございます」

「ん〜でも、奴隷はいい方法かもしれないよ」

「奴隷……」

「秘密も守らせる事が出来るし、あとは元冒険者の場合は力もあるからね。とはいえお金がな〜。元冒険者の奴隷は高いからな。安い奴隷は弱いし……」

奴隷か……お金の問題があるから無理だな。もう一度、体を鍛《きた》えてみようかな。でもラトミ村の森で一年ぐらい頑張ったけど、変化が無かったんだよね。占い師にも、諦めた方がいいと言われてしまったし。そういえば、他の事に力を入れた方が良いって強く勧められたっけ。……それほど見込みがなかったのかな、私。

「冒険者グループを作るために、弱い奴隷でも目を瞑《つむ》るべきか？」

「どういう意味ですか？　冒険者グループ？」

「あぁ、あまり知られていないのか。奴隷がいれば奴隷を冒険者ギルドに登録する事が出来るんだ。その主人は名前だけで問題なし」

「……主人のスキルは必要ないのですか？」

「スキル？　あぁ、戦うのは奴隷の方だから、主人の方は必要が無い」

そうなんだ。奴隷でも登録が出来るのか。

「戻ってきた」

広場の出入り口に視線を向けると、ボロルダさんとリックベルトさん。それにその後ろにはセイゼルクさんとシファルさんの姿が見えた。

「お帰りなさい」

「「ただいま」」

リックベルトさんはそのまま私のテントに向かおうとして、ボロルダさんに服を掴まれて止められている。そっとテントに戻り、バッグにソラを入れて肩から提げて、テントを出る。どうやらボロルダさんと言い合いをしていて、気付かれなかったようだ。セイゼルクさんとラットルアさんは私の行動を見て、苦笑をしている。

「アイビー、夕飯一緒に作ろうか？」

ラットルアさんが、大きな紙袋を見せて手招《てまね》きする。紙袋の中を見ると、沢山の食材が詰め込まれているようだ。これだったら、色々と作れそうだな。

「調味料系を上手く使うみたいだから、いろいろ買ってきてしまった」

そう言うと、セイゼルクさんが別の紙袋を取り出す。袋を開けると、一〇種類以上の小袋が入っている。全て違う調味料のようだ。うれしい。

「ありがとうございます。頑張って作りますね」

セイゼルクさんが、シファルさんに声を掛けてテントに入っていく。真実を知った彼らが、どういう反応をするのか怖いけれど、私が気にしても仕方ない。私は私が出来る事を頑張ろう。

「よし！」

それにしても買ってきた物に、まとまりがない。手当たり次第詰め込んだって感じかな？　お肉も数種類、スープには不向きな野菜まであるな。知らない野菜もあるし、とりあえず少し味を確かめようかな。料理をしている間にヌーガさん、ロークリークさん、マールリークさんが集まってくる。そして順に話をするためにテントの中に呼ばれているようだ。心配でテントから出てくる様子を確かめる。シファルさんとロークリークさんは複雑そうな表情を見せている。ヌーガさんは……あまりの恐ろしい表情に、見た瞬間視線を逸らしてしまった。マールリークさんは、ものすごい笑顔でテントから出てくる。……あれ？　笑顔？

「アイビー、疑ってごめんね。しっかりと落とし前をつけさせるから」

疑ってという意味は、おそらくラットルアさんが言っていた事を信じていなかったという事だろう。それは仕方がない事だ。大丈夫と言おうと視線を合わせたら、笑顔だけど目が全く笑っていない事に気が付く。腰が引けそうになりながら、何とか頷いて相槌《あいづち》を返す。マールリークさんは、ヌーガさんとは違う恐ろしさがあった。

「……疲れた……」

セイゼルクさんがテントから出てきて、背伸びをしている。

「お疲れ様です。すぐ夕飯が出来ますよ」

「おぉ～、さすがアイビー。すっごい良い匂い」

お皿に焼いたお肉と野菜。スープとパン。それに、よく分からない白い物。

「ラットルアさん、この白いのは何ですか？」

「食後に食べる物。食べたらびっくりするよ」

何だろう。気になるな。

「とりあえず、仕事お疲れ様～……ヌーガ、マールリーク、ちょっと落ち着け。お前らの顔を見ていると食事がまずくなる」

大きなため息をついてヌーガさんが、お酒が入っているコップを持ち上げる。

『お疲れ様』

何とか、二人とも落ち着いたようだ。これからどうなるのか分からないけど、今は皆と食事を楽しもう。これから頑張るためにも。

78話　役割

食後にと勧められた白いプルプルとしたモノを口の中に入れると、広がる甘味《かんみ》。

「美味しい。……すごく美味しい」

優しい甘さに、自然と笑顔になる。ボロルダさんは、私の様子を見て頭をぐりぐりっと撫でてくる。そういえば、これを買ってきてくれたのはボロルダさんだった。

「ボロルダさん、美味しいです。ありがとうございます」

「ハハハ、本当にアイビーはいい子だな。それはミルパといってミルクを使用したお菓子なんだ」

ミルクのお菓子なのか、これ。もう一口、ミルパを食べる。やっぱりふんわりした甘さに、ついつい笑顔が浮かんでしまう。前の私は、お菓子という物を食べた事があるのかな？　お菓子と聞いて、すごく懐かしさを感じたけど。それにしても、美味しい。これからの事を思うと気が重いけど、ちょっとした幸せだ。

食器など汚れた物を、ヌーガさんとロークリークさんが片付けてくれたので、その横でお茶を用意する。全員が、もう一度席に戻り、ゆっくりとお茶を飲む。

「そろそろ話を始めないか？」

マールリークさんの言葉に少し緊張する。冒険者ギルドに報告に行ったボロルダさんが「そうだな」と言って、後から参加した四人に視線を向ける。

「さっき話した事を信じる、信じないは個人で決めてくれ。たとえ信じられないという判断をしても、仕方ないと思っている。ただしその場合は他言無用で頼む」

ボロルダさんがゆっくりと四人の顔を見渡す。彼らがどのように判断したのか、少し緊張する。

「信じたくないという気持ち……声は大丈夫か？」

「マジックアイテムを使用しているから、周りには聞こえていない」

「なら大丈夫だな。気持ち的には信じたくないが、仲間が見たモノや経験からの判断は信じる。事実から逃げるような事はしない。一緒に戦うよ」

ロークリークさんの言葉に、他の三人が頷く。この短時間で覚悟を決めた彼らをすごいと感じた。私だったら、きっとかなり悩むと思う。この判断力が上位冒険者なのだろうか？　すごいな。

「で、ギルマスは何て言っていた？」

ヌーガさんの言葉に、ボロルダさんへ視線が集まる。

「何か思う事があったのかもな。緑の風について話しても驚く事は無かった。それとアイビーについて話した。囮の件も含めてな。『危険だが、よろしく頼む』って言っていた。今ギルマスと会うのは、こちらの動きがばれるから出来ないが、すべてが終わったら挨拶したいと言っていたよ」

「アイビー、本当にいいのか？」

ヌーガさんの顔が、少し怖くなっている。少し一緒にいたから分かる、これは心配してくれている顔だ。

「はい。大丈夫です」

私は力が無いため、基本逃げる事を前提に旅をしている。狙われたら逃げる、それも必要だけど話を聞く限り逃げ切れる自信が無い。ならば、飛び込んでいくだけ。今回は、信じられる人が八人も目の前にいる。だから、大丈夫。

「それで囮って、アイビーに何をさせるんだ？」

「狙われているのが分かっていて、一人で行動させるのは不自然だよな」

ラットルアさんの疑問に、セイゼルクさんが答える。確かに此処にいる八人の性格を知っているミーラさんたちは、私が一人で行動すれば疑問に思うだろう。

「確かにな。あいつらは俺たちの性格を知っている。間違いなく何か感じるだろうな」

ボロルダさんも思う事は一緒のようだ。

「とりあえず、俺たちは緑の風の奴らの行動をチェックするか。商人が来ている以上、何か行動を起こす可能性もある。……もしかしたら他の裏切り者と接触する可能性もある。ギルマスも、もう一度冒険者全員を調べ直すと言っていた」

ギルマスさんは、まだ冒険者の中に裏切り者がいると考えているのかもしれない。緑の風の事を思えば、冒険者も警戒する必要がある。

「あの、私が動けば、組織の見張り役とか動きませんか？　一人になる時を狙うにしても、見張っていないと分からないと思うのですが？」

「アイビーって本当に九歳？　時々それよりすごく年上に感じる事があるよ」

マールリークさんの言葉に、どきりと心臓が跳ねる。間違いなく、前の私の影響だよね。でも、今の発言の何処がそう感じたのだろう。特に、九歳が言ってもおかしくないような気がするけど。

……分からない。

「だったら俺が一緒にいるよ」

ラットルアさんが、私の頭に手を載せて笑いかける。囮なら一人の方が良いだろうが、確かに一緒にいた方が違和感が生まれないだろうな。

「そうだな、お前がアイビーを一人にするわけないだろうしな」

セイゼルクさんの言葉に、皆が頷く。やはりラットルアさんは、かなり心配性で面倒見が良いのだろう。話し合いの結果、数日私とラットルアさんは一緒に行動する事になった。その間に私の見張り役を、探るそうだ。後は緑の風の、特にトルトさんとマルマさんの行動を調べる事になった。

彼らは時々、姿が見えなくなる事があるらしい。今までの説明では、森の中での強化特訓や二人だけで依頼をこなしているという事だったらしい。それも、裏切り者だと考えると怪しい行動に見える。

「アイビー、ラットルアは上位冒険者で強い。だが一人で出来る事には限界がある。もちろん陰から俺たちが援護するが」

「はい」

「もしも組織に捕まった時は命を守るために、奴らを刺激しない事。必ず助けに行くから」

「はい」

もしも捕まってしまったらと、何度も考えた。助けてくれると信じている。だが、組織がどれだけ巨大なのか分からない以上、絶対などありはしない。……きっと、助けたくても助けられない事だってあるだろう。それでも、信じる。

「お願いします」

「俺もよろしくね！」

ラットルアさんがギューッと抱きしめて……いきなり放した。

「ごめん。九歳だったな。……まだ七歳って印象が抜けなくて」

「……いえ、大丈夫です」

なるほど、七歳だと思っていたからか。……幼い見た目に助けられたとはいえ、やはり成長が遅いのだと思い知らされるな。悲しい。

「いない」

何処か悲愴《ひそう》感を漂わせた声に、視線を向けると私のテントから出てくるリックベルトさんの姿が目に入る。よかった、ソラを避難させておいて。

「リック。無断で人のテントに入るな！」

「まったく。リックのその病気は何とかならないのか？」

「無理でしょうね。ギルマスに注意されても治りませんでしたから」

「皆ひどくないか？　それにギルマスに注意ってあれは特訓という名の地獄だろ」

前にも何かあったらしい。ギルマスさんの注意という言葉で、リックベルトさんの顔が青くなる。

それにしても、病気なのか。そっか。

「アイビー、リックベルトのあれは病気ではないからな」

「えっ？　だって、病気って」

シファルさんが肩をすくめる。

「病的……ん～異常なほど好きすぎるって事かな」

異常なほど好き？　なんとなく分かったような、分からないような。とりあえず、リックベルトさんのあの可愛いモノ好きは度が過ぎているという事だろう。

「アイビー、ちょっとスライムを見せてもらえる？」

シファルさんの顔に興味津々という表情が浮かんでいる。セイゼルクさんはギルマスさんには話さないが、仲間には話したいと言ってきたので許可したのだ。セイゼルクさんが、どんな説明をしたのかは聞いていない。

「いいですけど」

リックベルトさんへ視線を向ける。テントから出てきてから、ずっと私を見ている。まったく視線がずれない。……正直、怖い。

「あぁ、ちょっと待ってて」

シファルさんがリックベルトさんの首に腕を回すと、少し離れた場所に移動する。小さな声のため、何を言っているのかは聞こえない。なんだろう？　ボロルダさんがちらりと視線を向けたが、なぜかすごい勢いで元に戻した。

あれ？　ボロルダさんの顔色が、少し悪いような気がする。

「ボロルダさん、大丈夫ですか？　顔色が……」

「ハハハ、大丈夫だ。ちょっとね」

顔が何処となく引きつっているけど、本当に大丈夫なのかな？

「お待たせ」

シファルさんの声に視線を向けると、柔らかく笑うシファルさんと顔色が悪いリックベルトさんがいる。……触れない方が良い事もある、絶対。テントに戻り、シファルさんにソラを見せる。

「確かに、これはリックベルトのど真ん中だわ」

ソラはシファルさんの周りをピョンピョンと飛び跳ねている。時折体にぶつかっては転がる遊びをしている。どうやらソラは、シファルさんがすごく好きなようだ。……リックベルトさんの対策にシファルさんなんて、考えていないよね、ソラ？

79話　奴隷

「今日からよろしく」

ラットルアさんが差し出した手を、ギュッと握る。今日からしばらくは、二人でこの町を散策する事にした。どこまで組織の人が動いてくれるのかが問題だ。

「で、今日はどうしようか？　町中でも見て回る？」

「あの、その前に、洗濯をしたいので川に行ってもいいですか？」

「え？　……川で洗濯？」

あっ、クリーン魔法で綺麗に出来るから洗う人って珍しかったっけ。どう言えばいいかな。

「えっと……」

「アイビーってもしかして、クリーン魔法と水魔法を使えない？」

これは隠し通せない。腹をくくろう。

「はい」

「そっか。……町の中に洗濯場があるけど行ってみる？」

洗濯場？　聞いた事が無いな。

「どういう場所なのですか？」

「ん？　そっか、大きな町にしかないかな？　洗濯場というのはクリーン魔法や水魔法が使えない人に開放されている場所だよ。まぁ、使える人も使っているけど」

クリーン魔法や水魔法が使えない人？　あれ？　日常に必要な魔法って誰でも使えるはずでは？

「あの、魔法を使えない人って……」

どう聞けばいいのだろう？　いっぱいいるのですか？　それとも……。予想もしていなかった事なので、聞きたい事が纏まらない。

「ん？　あぁそっか、ラトミって小さい村だったか。あのさ、日常に必要な火魔法、水魔法、クリーン魔法は誰でも使えるって教えられたのかもしれないけど、それは誤解なんだ」

「誤解ですか？」

「そう、この三つが誰でも使えるというのは誤解。三つのうち二つもしくは一つしか使えない人たちもいるし、魔力量の問題で使えない人たちだっているんだ。広場を使っていて気が付かなかった？　火をおこす火打石が用意されていたのを。あれは冒険者の中にも、火魔法を使えない人がいるからなんだ」

確かに置いてあった。この町だけでなく、村にも置いてある場所があった。

「ちなみに俺は水魔法が使えない」

「……えっ！」

「気が付いていなかったんだ」

まったく気が付かなかった。あれ、でも料理をする時に水を用意してくれていたと思うけど。

……あっ、あれってもしかしてマジックアイテム？

「お鍋に水を入れてくれた時に使っていた物って、マジックアイテムですか？」

「正解！　俺が水魔法使えないからってシファルがわざわざ見つけて買ってきてくれたんだ」

「そうなのですか？　シファルさんは優しいですね」

「まぁね。……本気で怒らせなければな」

あぁ、確かに昨日のシファルさんは怖かった。それにしても、母親に教えてもらったけど誤解だったのか。なら、生活魔法が使えない事を隠しておく必要は無いかな？　あ、でも魔力量で使えない人はどれくらいいるのだろう。

「あの、魔力量が少なくて生活魔法が使えない人って結構いたりしますか？」

「どれくらいなのかは不明だな。でも一人知り合いがいるな。もしかしてアイビーは魔力量の関係で？」

「はい。魔法自体は使えますが魔力量が全く駄目でした」

「なるほど……って、それで旅をしているのか？　危ないだろうに」

「まぁ、そうなのですが」

「火魔法が使えると、もしもの時に役立つんだけどな。ん～、やっぱり奴隷……」

そういえば、ラットルアさんは奴隷を薦《すす》めてくるな。どうしてなんだろう。

「どうして奴隷が良いのですか？　あの、ちょっと馴染みが無くて」

「あ～、小さい時から普通にいるから特に奴隷に対して何か思う事はないんだよな。もちろん犯罪奴隷は別だけど。奴隷になった冒険者の知り合いもいるし。仲間意識もあったりしてさ。いい主人に出会ってほしいなっていう気持ちがあるんだ。それに少しの借金だったら数年単位の契約だから、早く契約して借金を返した方が、冒険者にも早く戻れるだろ？」

「数年単位の契約？　冒険者に戻る？」

「あれ？　知らない？」

「はい」

「多額だと無理だけど、少額の借金の場合は、三年か五年の契約という形で奴隷になるんだ。多くの冒険者たちは、少額借金がほとんどだから数年契約が適用されているよ」

「そうなのですか。奴隷は、一生の契約だと思っていました。冒険者の方の話が聞こえた事があるのですが、悲愴感が漂っていたので」

「ハハハ、その契約だと奴隷がものすごく高額になってしまうぞ。それに犯罪奴隷でも軽犯罪の場合は最短で一〇年なのに、少額の借金奴隷が一生って、重すぎると思うな」

「確かに、そうですね」

「冒険者ギルドに登録したら、受けさせられる講習があるんだけど、そこで最初に習う事が備えるお金についてなんだ。依頼に失敗した時の事を考えて、必ず用意しておけよって。あと、借金が払えない場合、奴隷落ちになる事も。まぁ、これは既に知れ渡っているけど」

「冒険者ギルドで講習……」

「そう。で、多くの冒険者たちは奴隷落ちにならないために備えている。依頼を受ける時も、失敗した時の事を考えているしね。ただ、備えると言っても完全には難しい。そのため依頼に失敗すると、少しだけ借金が残ってしまう事があるんだ。それで奴隷落ち。でも少額だから、ほとんどが三年か五年で戻ってくるけど」

「なるほど」

「その悲愴感を漂わせてた奴らは、たぶん金を全て使っているのだろう。冒険者ギルドから注意を受けても馬鹿な奴っているからさ」

「はぁ」

「腕の立つ冒険者奴隷だと、知り合いの冒険者に契約してもらう事もある。まぁ、これは金をそうとう貯め込んでいる冒険者の知り合いがいる事が条件だがな」

何だか、思っていた奴隷とはかなり違う。奴隷落ちしたら、一生奴隷だと思っていた。どこからこんな知識が紛れ込んだんだろう。……前の私か？

ん〜、裏切りが横行して、奴隷になったら一生奴隷で……、前の私ってどんな世界で生きてきたんだろう。間違いなく、ここより厳しい世界だよね。

「アイビー？　大丈夫？」

「あっ、すみません。大丈夫です。……あの数年単位だとその時に知った内緒にしてほしい事ってどうなるのですか？」

「あぁ、奴隷の時に知った情報については魔法で縛《しば》られるから、奴隷から解放されても話す事は出来ないんだ」

なるほど、魔法で。何だか、奴隷に対して覚えた拒否感が薄れたな。と言っても、奴隷は高いから手が出ないけど。

「ここだよ、って今日は結構いるな」

目の前には洗濯をしている人たち。魔法が使えない人だと思うとちょっと不思議な感覚になる。今まで、いないと思っていた人が目の前にいるのだから。しかも。

「どうするって……アイビー、大丈夫？」

「あっ想像したより多くの人がいたので……驚いて」

「ははは、そっか」

全てが使えない人ではないらしいが、それでも想像していたより多くの人が洗濯場にはいた。洗い場の空いている場所を探して、服を洗う。置いてある桶がマジックアイテムの様で、中の水を捨てると水が自動で桶いっぱいに溜まる。初めて使うマジックアイテムに、少し興奮してラットルアさんに笑われた。旅で溜まった服などを洗うと結構な量になる。全て洗い終わって持ってきたカゴに入れる。

「お疲れ～、終わった？」

あっ、洗い物に必死で一緒に来ているのを忘れていた。……囮の事も。ラットルアさんがいてくれるという安心感はちょっとやばいな。気を引き締めよう。

「すみません。お待たせしました」

「大丈夫だよ。じゃ、干さないと駄目だし、広場に戻ろうか」

「はい」

広場に向かいながら、お店の情報などを教えてもらう。さすがに住んでいるだけあって、詳しい。特に甘味の店に関してかなり詳しい。そういえば昨日のミルパも、かなり好きそうだったな。

多くの人々が入っていく建物が見えた。そちらに視線を向けると、建物の屋根に十字架が見えた。教会だ。……私の人生を変えた場所。ずっと避け続けている場所だ。気付かれないように、そっと視線を他へと向けた。

80話　優しいから悲しい

「アイビー、話は変わるけど……」

「……えっ、はい。何ですか？」

声、震えて聞こえなかったかな？　ラットルアさんの顔を窺うが、気付かれなかったようだ。

「確か、旅の目的は王都の隣の町だったよな？」

「はい」

「そこへ行くのは、いつまでとか決まっているのか？」

「いいえ、決まっていません」

「だったらさ、この町で当分過ごしたらどうかな？　あ～、今の問題はちょっと横に置いておいて」

「……えっと……」

「一年ぐらい前にギルドに新しい制度が出来たんだよ。保護者代理制度。保護者から逃げている子供たちや両親を亡くした子供たちを、ギルドで守るためのモノなんだ。保護者不在の子供たちは、いろいろな組織に狙われているから。それに今までのギルドの体制では、血のつながった保護者にはどうしても立場的に弱かった。それを補う制度なんだ。保護者代理を立てれば、たとえ保護者が捜していても絶対に情報は流れない」

冒険者ギルドって、なんだか思っていた以上にすごい組織だ。でも……。

「ギルドに登録すれば、何かあった場合、ギルドで守ってもらえる。まぁ本登録には、保護者代理が名前を貸しただけではないと証明する、一年の期間が必要なんだけど」

目をしっかり合わせ話すラットルアさんの真剣な顔に、心が温かくなると同時にそれに応えられない事が悲しくなる。気を抜くと、涙がこぼれそうだ。

「安全な仕事を選べるし、頑張れば安定した収入にもなる。身分の保証にもなる。チームにだって参加出来るし、作る事だって出来る。考えてみないかな?」

「……………」

「俺はさ、俺たちのチームに参加してほしいって思ってる。でもセイゼルクがアイビーの性格では、気を遣って無理をするだろうからって。でも、駄目かな?」

首を横に振って、意思表示する。そして、声が震えないように気を付けながら。

「足手まといになりますから。それに上位冒険者の行く場所に、私は行けません。自分の身も守れないのに」

「う〜、そういう時は町にいても……って駄目か。余計に気を遣わせるか」

「すみません。でも、誘ってもらえてうれしいです」

「セイゼルクにもボロルダにも、アイビーを困らせるだけだから話すなって言われたんだけどさ。俺の我が儘《まま》だから。困らせているよな、ごめん」

笑って首を横に振る。困ってはいるが、とてもうれしい。それに私の事を、思ってくれているのがすごく伝わってくる。でも、スキルを記録する事が必要になるギルドには登録出来ない。絶対に。

「ありがとうございます。急ぎの旅ではないですが、何処かに留まるつもりはないので」

スキルを気にしなくていいのなら、きっとすぐにでも飛びつくだろう。でも、私には無理だ。先ほど見えた教会。司祭の格好をした人がいた。その人を見た瞬間、全身に走った震え。私のスキルを見た司祭が叫んだ言葉が、頭の中を駆け巡《めぐ》った。

『まさか、神を冒涜《ぼうとく》する忌《い》み子が!! ……なぜ教会の中にいる! 生きる価値すらない穢《けが》れた者が!』

あの叫び声が、忘れられない。震える私が、縋《すが》った父は戸惑った顔、次に悲愴感……そして、最後に見せたのは憎しみに近い表情。父は、教会の教えをとても大切にしていた。前の私の記憶があるからだろうか、幼い私には少し異常に見えた事もあった。その為、司祭が忌み子と拒絶した私の存在が許せなかったのだろう。すぐさま私を切り捨てるほど。

「そっか。無理か。でも、ちょっと考えてみてほしい」

フットルアさんの優しさが、うれしくもあり悲しい。声は震えそうだったので、何とか笑顔を作り頷く。洗濯した衣類が入ったカゴをぐっと握り込む。私は大丈夫。何度も繰り返した言葉を心で唱える。私は大丈夫。広場に戻りテントの方へ視線を向けると、視界に入った存在に足が止まった。ラットルアさんも気が付いて、二人で顔を見合わせてしまった。私たちのテントの傍に、ミーラさんが笑顔で手を振っている姿がある。その横には、私の知らない冒険者らしい人が二人。まさか、これほど早く接触をしてくるとは思わなかった。聞いていた組織から考えると、ちょっと違和感がある。もしかして、組織に何か問題が起こっているのだろうか？　……失敗したという取り締まりが、少しは打撃を与えたとか？　って、他の事を考えている暇はないな。何をしてくるのか分からないから、気を抜かないようにしないと。

「大丈夫？」

「もちろんです」

なぜか、ラットルアさんの方が緊張している雰囲気だ。それが何か可笑しくて笑ってしまう。その声につられて、ラットルアさんも笑った。小さく深呼吸して、ミーラさんたちが待つテントに向かう。

「アイビー、お久しぶり」

笑顔のミーラさんに、自然な笑顔を向ける事が出来た。よかった。

「お久しぶりです」

「よう。二日ぶり」

「たしかに。今日はアイビーの事を話したら、会ってみたいって言う友達を連れてきちゃった」

「お友達？」

ミーラさんの隣にいる二人に、視線を向ける。

「初めまして、カルアです」

「どうも、ルイセリアです。ミーラがアイビーの自慢話をするから会いたくなっちゃって。ごめんね急に」

「いえ、えっと自慢話？」

何だか、ミーラさんのペースに乗せられるのは駄目な気がする。失敗しないために、もう少し落ち着いて話がしたいな。ん～、よし。

「えっと、お茶を用意するので待っててください」

「いいね。アイビーよろしく」

すぐにラットルアさんが合わせてくれた。

「そうそう。アイビーの用意してくれるお茶って、すごく美味しいんだから」

ミーラさんも話に乗ってくれたようだ。ミーラさんたちが椅子に座ったのを確認してから、お茶の葉っぱをテントに取りに行く。テントから外に出ると、火の用意をラットルアさんが終わらせてくれていた。お鍋に水も入れられている。

「ありがとうございます」

「ん～、いいよ」

フットルアさんが、コップの用意もしてくれたようだ。ものすごく手際が良いな。沸騰《ふっとう》したお湯にお茶の葉を入れて少し蒸す。コップにお茶を注ぎ入れ、待っている三人とラットルアさんと私の分を用意する。

「お待たせしました」

「ありがとう」

「あっ、本当にいい香り」

「でしょ！」

ルイセリアさんは、お茶の香りを楽しんでいるようだ。カルアさんは静かに飲んでいる。

「アイビー、明日とかどうしているの？」

「明日ですか？」

「そう、一緒に甘味を食べに行かない？」

「いいね～」

「ちょっとラットルアには聞いてないけど」

「俺が甘味好きなのを知ってて、無視ってひどくない？」

「え～」

ミーラさんが不貞腐《ふてくさ》れた顔をする。何も知らなければ、綺麗な人なので可愛らしさが際立つんだけど。私からすれば、恐ろしい。

「皆で行けばいいじゃない」

カルアさんが、静かな声でミーラさんを窘《たしな》める。

「そうだけど」

「よし、決定！　明日は『フロフロ』か『アマロカル』に行こう」

「えっ、何でその二つ限定なのよ！」

「今日アイビーに町を紹介したんだけど、その時に行こうかって話をしていたんだよな」

まったくそんな話はしていない。でも、何か理由があるのだろう。

「はい」

「え～、私は『ママロコ』とか、おすすめだけど」

「『ママロコ』もいいけどさ～、新作が出てないだろ」

「……まぁ、そうだけど」

あれ？　今何かミーラさん、少しおかしかった。気のせいかな？

「もう！　何処でもいいじゃない！」

いきなりルイセリアさんが、大きな声を出す。

驚いた。

何なんだろう？

「だったら、明日は『フロフロ』か『アマロカル』。明後日は『ママロコ』」

「そうね。そうしよう」

やっぱり何か……気のせいかな？　それとも、あっ『ママロコ』ってところに何かある？　それにしても、なんだか急いでいるように感じる。セイゼルクさんもボロルダさんも、組織は知略《ちりゃく》に長けているって言っていたけど。そんな、印象は受けない。何だか不安になるな。

81話　理解出来ない行動

ミーラさんとルイセリアさんは予定を立てると、断る前に用事があると慌ただしく帰ってしまった。そのあとを追うように、カルアさんも席を立つ。何だか、その時の彼女の様子が少し気になった。すごく不機嫌そうに友人である二人を睨み付けて……いや、少し違う。カルアさんは、あまり表情が動かないような人に見えた。その彼女が眉間に皺を寄せて、ミーラさんとルイセリアさんを見つめていた。一見睨んでいるように見えたのだが、落ち着いて考えるとあれは戸惑っている、そんな雰囲気だったような気がする。……友人と紹介された二人共が、組織の人間なのだろうか？ミーラさんは間違いないと判断されている。ルイセリアさんも、ミーラさんとなんとなく同じ雰囲気を感じた。でもカルアさんはどうも違うような気がする。

「大丈夫？」

ラットルアさんが新しいお茶を入れてくれた。

「ありがとうございます。あの～おかしくないですか？」

「うん。おかしい」

「ですよね。聞いていた組織は用意周到で証拠も残さないって。でも、ミーラさんとルイセリアさんの行動ってそんな印象を受けません。私たちが、疑っているってばれているのでしょうか？」

「そうかもしれない。でも、ばれているならもっと違う行動にでると思う。もしかしたらこれも全て罠とか？」

あっ、そうか。全てが罠という事もあるのか。……でも、これってどんな罠になるんだろう？

とりあえず、三人に疑惑を分散させるとかって、これは意味がないな。本当にただの友人で、ミーラさんから目を逸らせるためというのはあるかもしれない。そういえば、さっきの話では『ママロコ』という店に何かあるぞって言っているようなモノだったな。そんな分かりやすい行動をするのかな？

「『ママロコ』というお店はどういうお店なのですか？」

「老舗《しにせ》の甘味屋だよ。団子を使ったお菓子がある」

団子……いろいろ思い浮かんだけど、これは全て前の私の知識だろうな。って、名前が分からないけど黒い土に覆われている物もある。あれってなんだろう、『あんこ』？　すごい見た目だな。

「どうした？　眉間の皺がすごいけど」

「えっ、いえ。何でもないです」

危ない、前の知識の事で怪しまれてしまった。気を付けないと。えっと……。

「『フロフロ』と『アマロカル』はどんなお店ですか？」

「この二つは、俺が信用している元冒険者の人がやっているお店なんだ。『フロフロ』はミルパに近いけどもっとふわっとしたお菓子を出しているんだ。『アマロカル』はサクッとしたお菓子を出している」

えっと、何とも抽象的な説明だな。ミルパに似たふわっとしたお菓子？　と、サクッとしたお菓子？　頭に色々と浮かびそうになるのを、無理やり抑えつける。よし、落ち着け。

「明日が、楽しみです」

「俺も、久々に甘味三昧」

そういえば、ラットルアさんはお酒はあまり飲まないって言っていたな。その代わり、甘味に目がないのか。ラットルアさんは、なんとなく可愛いと感じてしまう性格をしているな。

忘れていた洗濯物を干して、夕飯に取り掛かる。なぜか昨日以上に食材が増えている。誰が増やしたのか分からな……いや、これはきっとヌーガさんだ。マジックアイテムには食材の鮮度を保ってくれる物がある。その中に大量に詰め込まれた肉。確かめたら、種類の違う肉の塊が六個。たぶん食べたいのだろうな。そしてもう一つには……シファルさんかな。スープに入れると美味しいと聞いた食材が、詰め込まれていた。セイゼルクさんには調味料をもらったし、頑張って作ろう。

「悪いな、アイビー。なんだかすごい事になっているな」

食材の山を見てラットルアさんがちょっと呆れた顔をしている。

「大丈夫です。料理を作るのは好きなので」

料理をしていると、狙われているという恐怖心が少し忘れられる。それに食べた時の皆の笑顔を思い出すと、明日もこの笑顔が見たいからけっして負けない！　という気持ちが湧《わ》きあがる。

良し！　とりあえず、お肉に隠し包丁を入れて味を染み込ませて……。後は、スープ。そういえば、ボロルダさんがミルクを貰ってきていたな。自由に使っていいと言われているので、ミルクのスープにしよう。旨味の強いお肉があるから、それと一緒に煮込もう。

そろそろお肉を焼こうと思っていると、ヌーガさんが戻ってきた。……何かセンサーでもついているんだろうか？

「お帰りなさい。お肉ありがとうございます」

「あぁ……使った？」

「はい」

甘味のあるたれを作って漬け込んでみた。何だろう……お肉を凝視している。えっと、焼いていいのかな？　そっとお肉を移動すると、ヌーガさんの方からグ～っと、結構な大きさの音が聞こえてきた。

「……すまん。あ～、皿とか用意するかな」

ちょっと顔を赤くして離れていくヌーガさん。期待してくれているのだろうか？　だったら、うれしい。

「ただいま。ちょうどいい時に戻ってきたみたいだな。アイビーご苦労様」

「いえ、野菜ありがとうございます」

シファルさんとロークリークさん、マールリークさんが戻ってきたようだ。少し離れた場所で、セイゼルクさんとボロルダさん、ラットルアさんが話している姿が見える。ミーラさんたちの事を話しているのかな？

「野菜って何？」

「えっ？　……あの、食材が……あれ？」

シファルさんは不思議そうに、山になっている食材を見ている。もしかして、使っては駄目な物だった？

「あ～、それ俺！」

リックベルトさんが声をあげる。驚いた。いつ戻ってきていたんだろう、気が付かなかった。

「リックベルトさん、ありがとうございます」

「気にしないで……それで……」

「そうだぞ、気にする必要は全くない」

マールリークさんが、呆れた表情をリックベルトさんに向けている。シファルさんも、戻ってきたヌーガさんもだ。えっと……何が起こったのだろう？

「アイビー、リックベルトはこれをエサにソラに会わせてって言いたいんだよ」

マールリークさんの言葉に、リックベルトさんが視線を逸らしたのでどうやら本当らしい。

「ソラ……シファルさん、協力をお願いします」

「了解！」

「えぇ～、ちょっとアイビーそれは無い！」

「野菜のお礼にソラには会わせます。シファルさんも一緒です」

「任せてアイビー。リックベルト、よ・ろ・し・く！」

ものすごくショックを受けた顔のリックベルトさん。悪いかな～とは思うけど、ソラの精神衛生上仕方なし！　だって、ソラが本気で嫌がるまで止めないんだもん。あれは無い。全員が集まって食事が始まる。食べながら話していたはずが、途中から全員が食べる事に集中してしまった。好みの味だったようでうれしいが、ヌーガさんがいつのまにか確保した肉の量で言い合いが……本気の目が怖い。ボロルダさんはミルクの使い方にちょっと驚いていた。ミルク煮ってあるよね。……あれ？　あったはず。食事も終わり、お茶で一息。

「食事中にいろいろ話そうと思っていたけど、無理だったな」

「そうだね。それにしてもあの漬け込んだお肉は美味かった」

「ありがとうございます」

ヒイゼルクとマールリークさんの感想に笑顔になる。

「そろそろ話そうか」

ボロルダさんの声に、少し緊張感が戻る。

「ラットルアから聞いた。ミーラたちが来たと、誰だっけ……ルイセリアとカルアか」

「その二人は確か、別々の冒険者チームだったと記憶している。仲がいい印象は無かったがな」

「今日、ここに来た理由が掴めないな」

「罠にしてはお粗末《そまつ》すぎる」

皆もこれといった意見が出ず、やはり困った感じだ。やはり三人の行動は、かなり違和感がある。

「結論が出ないな。他に話す事がある奴は？」

ミーラさんの行動についてはとりあえず保留となった。

「トルトとマルマが明日、森で特訓をするらしいので、確かめてくる」

マールリークさんとロークリークさん。それにセイゼルクさんがその調査に加わるようだ。シファルさんとヌーガさんは、今日は商人の行動を監視。明日は接触した人物の調査に入るらしい。私とラットルアさんは話し合った結果、三人に付き合う事になった。ラットルアさんが探りを入れるそうだ。私はいつも通りでいいと言われたが、すでに緊張している。

82話　三人の関係

三人の姿が見えると、やはり緊張してしまった。それを察知したのか、ラットルアさんが軽く背中を叩いてくれた。その瞬間ふっと余分な力が抜けたのが分かり、小さく笑ってしまった。本当に彼は、頼もしい存在だ。

「アイビー、こっちこっち」

手を振るミーラさんと、軽く手をあげるルイセリアさん。そしてちらりと視線をよこすカルアさん。マールリークさんの話では、本当に仲がいいのか疑問だと。でもミーラさんとルイセリアさんの二人を見ていると、とても仲がいいような印象を受ける。カルアさんは、確かに一歩引いた雰囲気があるので仲良くは見えないな。

「お待たせしました」

「悪いな」

待ち合わせた場所は『フロフロ』のお店の前。朝方ミーラさんからラットルアさんに、待ち合わせ時間と場所についての伝言が届いた。伝言を聞いてすぐに待ち合わせ場所に向かったのだが、少し遅れてしまった。ミーラさんたちは、気にした様子も見せずにお店に入っていく。後に続くと、午前中という事もあるのか店内は少しガランとしている。お客は、女性の二人連れと男性の三人連れだけだ。

お店の人に案内されて椅子に座る。私の隣にはカルアさん、反対側にラットルアさん。前の席にミーラさんとルイセリアさん。少しルイセリアさんがカルアさんを睨んだように見えたが、何だろう。気のせいかな？

メニューについて話していると、視線を感じた。微かな不快感。自然になる様に気を付けながら、店内を見回す。一人の男性と視線が合う。ちょっと身構えるが、先ほど感じた視線とは異なる印象を受けた。男性の視線からは、興味ありげな様子が窺える。初めてみる顔だと思うのだが、なんだろう。

「どうしたの？」

隣に座ったカルアさんから声がかかる。別に誤魔化す事もないだろう。

「ちょっと、じっと見てくる男性がいて」

「男性？」

カルアさんが店を見回して、私を見ている男性に視線を向ける。何だか、思いっきりため息をついている。

「ごめんね。私の知り合い……ちょっと話してくる」

ラットルアさんも会話を聞いていたのか、男性を見る。

「大丈夫？」

小さな声で聞かれたので、頷いておく。カルアさんの知り合いだという男性の視線には不快なモノを感じない。それより好奇心が抑えきれずという雰囲気なのだ。カルアさんの知り合いらしいので、きっと彼女から何か聞いたのだろう。好奇心を刺激されるような話ってなんだろう？

ばごっというちょっと大きな音がお店に広がる。慌てて音の発生源と思われる場所を見る。カルアさんが男性の頭を思いっきり叩いたようだ。……男性はひたすらカルアさんに謝っているし、連れの男性二人は大笑いしていた。何だかすごく気になる集団だ。

「あれって、カルアの知り合いだっけ？」

「えっと、そうだっけ？」

ミーラさんとルイセリアさんの会話が届く。やはり三人は仲がいいとは言えないようだ。

「ミーラさんとルイセリアさん、カルアさんはいつから友達なのですか？」

隣でラットルアさんが少し驚いた顔をしていた。ただ、警戒して何も聞かないのは逆におかしいと感じた。ミーラさんに疑いがあるから、意味を探ろうとして何も聞けない状態になっている。もし、その前提が無ければ私がどう行動するかを考えた。疑問があれば、間違いなく納得がいくまで聞く。それが私の性格だ。なら、この質問は間違ってはいないはず。それに、答えが分かるかもしれない。

「えっと、ちょっと前かな。飲んでいる時に意気投合して……ね？」

ルイセリアさんが少し慌てたような雰囲気で話す。

「そう、私とルイセリアが親しくなって、ルイセリアに紹介されたのがカルアなの」

「そうなんですか？　冒険者仲間で親しくなったのかと思っていました」

「合同チームの討伐依頼でもないと、同じ冒険者でもそれほど親しくはならないかな」

ミーラさんが笑って私に視線を向ける。

「そうか？　同じスキルとか持っていると仲が良くなったりするだろ？」

「まぁ、そうなんだけど」

ラットルアさんの言葉に、少し言葉を濁《にご》すミーラさん。やはりミーラさんとカルアさんの関係には違和感が拭えないな。カルアさんが戻ってくると注文を依頼する。新商品五つとラットルアさんだけいつも食べているというお菓子も追加していた。しばらくすると、お皿に載ったふわっとしてぷるっとした印象のお菓子と、果実を搾《しぼ》ったジュースが目の前に置かれた。

「いただきます」

全員がスプーンを持ってお皿のお菓子を食べる。口に広がるあまりに優しい味に、ふっと癒《いや》される。美味しい。

「美味いだろ」

ラットルアさんの言葉に頷いて、もう一口お菓子を口に入れる。全て食べ終わってからジュースを飲む。口の中がさっぱりする。

「ラットルアさん、本当に美味しいです」

「ねぇ、アイビー」

「はい」

「あのね、お茶の葉っぱを探したいのだけど。一緒に森に行ってくれないかな？」

森へ一緒に……これは確実に罠かな。どうやって断ればいいかな。難しい。

「お茶の葉っぱって、私が飲んでいる物ですか？」

「うん、食後にぴったりだと思って。欲しくなったんだけど、どんな木なのか分からなくて」

断りづらいな。

「この辺りの森にあるか分かりません。討伐隊がいた場所からこの町まで少し森を見て歩きましたが、お茶の葉っぱが採れる木はありませんでした」

「そうなんだ。もっと奥に行けばあるかもしれない？」

「それは、ちょっと分かりません」

「それなら一緒に探そうよ」

ルイセリアさんも話に乗ってくる。

「俺も一緒だから」

「ラットルアは仕事があるでしょ？　私はちょっと休息日を貰っているから問題ないけど」

休息日？

「あぁ、マルマとトルトが二人だけで修業する数日は、休む日にしているのだっけ？」

「そう。それに狙われているのは知っているからしっかり守るわよ」

「話は少し聞いている。私も一緒にアイビーを守るから問題ないでしょ」

ルイセリアさんがミーラさんを援護する。これは外堀を埋められてしまった。

「それなら問題ない。セイゼルクから当分は依頼を受けないって言われているから」

「えっ、どうして？」

「あぁ、シファルにとって大切な時期だからね」

ミーラさんの焦った雰囲気に、ラットルアさんが堂々と答える。その話し方から本当なのか嘘なのか見分けがつかない。でも、昨日はそんな話は無かった。と言っても、私はシファルさんの事情を知らないし。どっちなんだろう。

「だったら、皆で行けばいいじゃない」

カルアさんの一言に、ルイセリアさんの眉間に皺がよる。どうやら不本意のようだ。私の視線に気が付くと、一瞬でその表情を隠したが。

「カルア、お茶に興味なんてあったの？」

ルイセリアさんとミーラさんの様子からカルアさんの行動は予定外のようだ。やはりカルアさんは組織とは無関係なのだろうか？

「アイビーのお茶を飲んでから興味が湧いたの。そうだ私の知り合いも一緒に良いかな？」

「知り合いって誰？」

ラットルアさんが聞くと、カルアさんはお店の中の男性三人を指さす。指を差された男性はちょっと焦っている。

「あの、今日じゃなくてもいいから」

ミーラさんの少し大きな声がお店に響く。驚いてミーラさんを見ると、慌てている。

「もう、何をやっているのよミーラは」

ルイセリアさんが急いでフォローしたが、その様子を見て、やはり首をひねってしまう。どう考えても、一筋縄ではいかない組織とは思えない。やはり何か問題を抱えているのかもしれない。その問題が何か、分からないかな？

83話　考えすぎ？

お茶の葉は、また今度みんなで探しに行く事になった。ミーラさんは問題ないと答えていたが、顔が少し引きつっていた。次のお店に行く予定だったけど、ルイセリアさんには用事があるらしい。先ほどまで森に行こうと話していたのに。これは、予定通りにいかなかったからだろうか？　お店の前でミーラさんたちと別れて広場へ戻る。やはり色々とおかしい。

広場に戻りながら、野菜を売っている店舗をラットルアさんと見て回る。野菜なら山積みにあるので、特に必要は無いのだが。お互いに、すぐに広場に戻る気がしなかった結果だろう。

「カルアはどっちなのだろうな？」

先ほどの行動を見る限り、私を助けてくれているように見える。だが、それはなぜかと考えると答えが出ない。ミーラさんたちの事を、彼女も何か疑っているのだろうか？

「カルアは二年前にこの町に移動してきた冒険者だ。その前までは二つ隣の町で冒険者をしていたらしい」

ラットルアさんからカルアさんの情報を貰う。ただ、そもそも私は冒険者についてよく知らない。

「冒険者の方は、よく移動をするのですか？」

「報酬を増やしたいと考えた時や、まぁ、ちょっとしたいざこざから逃げる時も」

「いざこざ？」

「あ〜、えっと、男女の問題とか、兄弟間のいろいろとか……分かる？」

「なんとなくですが、分かります」

移動してきた事については違和感はないようだ。店舗を見終わり、人の少ない道に入る。周りを見て、問題ないと確認してからラットルアさんに問いかける。

「あの、取り締まりって失敗したんですよね？」

「えっ、そうだよ。なんで？」

「ミーラさんたちの様子から、話に聞いていた組織のイメージと合わないからです。と言っても、冒険者を仲間にしている事を考えると、やはり用意周到な面が推察されます。それを考えると、組織に何か問題が起こっているのではと思ったので」

「問題が起こるきっかけになったのが、取り締まりって事？」

「それは分かりませんがミーラさんたちの行動は、何か急いで事を進めようとしているように感じます」

「確かに、ミーラたちは何か焦っている印象だな。でもあの取り締まりは本当に何もなかった。確かに少しだけ書類は残されていたが」

「書類ですか？」

「そうだけど、まったく意味はなかったらしい。これについてはセイゼルクも確認している」

「書類でないとしたら、お金はどうですか？」

「お金？　確か金庫があって少し残っていたという話だったかな。でもそれもたいした金額ではないという事だ」

「取り締まった場所って民家ですか？」

「確か、元商家だったかな。結構な大きさの建物だ」

大きな建物なら、今私の頭に思い浮かんだ隠し部屋があったりしないかな？

「建物内に何か隠されている可能性はありませんか？」

「いや、ないと思う。徹底的に調べ尽くしたからな」

「そうですか……その場所は今どうなっていますか？」

「今は確か、まだ問題が解決していないから見張りを付けているはずだ」

「見張り……どれくらいの人数ですか？」

「えっと、最初より人数は減っていて、今は五、六人だったかな」

「見張りをしているのは自警団の方ですか？」

「あぁ、冒険者も加わっていたがミーラたちの事があるからな。今は自警団だけだ」

「自警団。あの、取り締まりの場所を調べたと言いましたが、誰が調べたのですか？」

「ん？　あっ、大丈夫。調べたのは自警団だけで冒険者は参加していないから」

「自警団だけで……もしかして……」

「アイビー？」

どうしよう、証拠も何もない私の想像だけだけど。とりあえず話すだけ話してみようかな。

「あの……自警団の人たちって大丈夫なのですか？」

「自警団？　もしかして調べた奴らの事か？　いや、彼らは大丈夫だと……」

「その人たちはどうやって自警団に入ったのですか？」

「各部署の隊長や副隊長、あとは貴族からの推薦………」

「貴族？」

「そう、貴族から推薦されて……」

「あの、言いにくいのですが……」

「大丈夫、言いたい事は分かった。そうだよ、自警団にだって裏切り者がいる可能性があるんだ」

そう、用意周到な組織ならば、冒険者だけではなく自警団にも手を出していると私は考えた。ラットルアさんも、それに気が付いたのだろう。少し混乱している。

もし、自警団にも裏切り者がいると考えると、元商家には何かが隠されている可能性が出てくる。組織はそれを取り戻したい、だが見張りがいるために行動を起こせない。ゆっくり待てば、いずれは見張りもいなくなるからそれからでも遅くない。でも、隠してある証拠が重要過ぎて待てないとしたら……。組織としてどう動くか。見張りに割《さ》く人手を削ればいい。

ミーラさんは、組織にとって捨て駒かもしれない。ミーラさんだけではない、今組織の人間だと思われているすべての者が捨て駒とも考えられる。ミーラさんが裏切り者だと発覚した事で、まだ裏切り者がいる可能性を考えて、冒険者ギルドは動きづらくなったと言える。既に見張りから手を引いている。そうすると、主として動くのは自警団になる。そんな時にミーラさんたちが行動を起こせば、間違いなく捕まえようと動き出す。見張りに人を回す余裕もなくなるだろう。

「トカゲのしっぽ切り」

「えっ、何それ」

「……いえ、なんでもないです」

一つ深呼吸して、今の考えをラットルアさんに話す。ラットルアさんも似たような事を考えたようだ。そして、苦虫をかみつぶしたような顔をする。

「どうしたんですか？」

「自警団の三割ぐらいが貴族からの紹介だ」

何というか、それはまた多すぎるな。全員が裏切り者という事はないだろうが、調べるとしたら時間がかかりすぎる。これも計算しての行動だとすると、この組織のトップは恐ろしいな。でも、私が考えた事ぐらい他の人も思いつくだろう。ギルマスさんや、自警団の団長さんは私より知識が多いのだから。

「あの、私の考えすぎという事もありますから」

「……アイビーがもし、一番に疑うとしたらどんな貴族？」

フットルアさんが立ち止まって私を見下ろす。私だったら……。

「犯罪とは無縁だと判断される人物でしょうか。もしくは武勇伝があるかもしれません」

「……どうして？」

「信用されている人や尊敬されている人には、様々な情報が集まりやすいです。そして何かあった時にも、まずは疑われる事が無いので安全に逃げる事が出来ます」

「そうか……思い当たる人が二人いる。一人はボロルダが信頼している人。もう一人はこの町の住人ならけっして疑う事をしない人だ」

「疑う事をしない……どうしてですか？」

「一一年前。盗賊に襲われている冒険者家族の子供を、自分の命を顧《かえり》みず救った人だからだ」

「救った人ですか？」

命を救った人か、何だかここ数日で何度も聞いた言葉なんだけど。

「怪我を負わされながらも勇敢《ゆうかん》に子供を守った事で、町の英雄だ」

「襲ってきた盗賊はどうしたのですか？」

「全員死んでいる……どうしてだ？」

「…………自作自演なんて事は……」

「……………」

あっ、黙ってしまった。でも、もしそれが自作自演なら一一年も前から準備をしていたことになる。あれ？

「あの、組織の事が認識されたのは何年前ですか？」

「確か七年前だったかな。奴隷にされそうになった女性が、逃げ出した事で組織があると知ったんだ」

七年前、その四年も前に自作自演？　早すぎるかな。でも、認識されたのは七年前でも活動はもっと前からっていう事もあるし。広場が見えてきた。テントに視線を向けると、セイゼルクさんの姿が見える。今日は早いなと思うが、マールリークさんとロークリークさんの姿が見えない。何かあってセイゼルクさんだけが戻ってきたのだろうか？

84話　みんなで混乱

「どうしたんだ、ずいぶん深刻そうな顔をしているが」

私たち二人の顔を見て、セイゼルクさんは戸惑った様子で聞いてくる。ラットルアさんは少し考え込んだ後、覚悟を決めたように大きく深呼吸。その様子に少しビビっていたセイゼルクさんを椅子に座らせ、今日のお店でのやり取りと、二人で話していた内容をそのまま伝える。

「……いや、だが……だがな……」

セイゼルクさんの眉間に、深い皺が刻《きざ》まれる。それほど、今話に挙がっている貴族が組織の人間だと考えるのは難しいのか。私の貴族のイメージでは、お金と権力のためなら何でもする人たちなんだけど。セイゼルクさんが大きくため息をつく。

「アイビーの考えは、確かにあり得る事だと思う。だがファルトリア伯爵《はくしゃく》ではないと思う」

ファルトリア伯爵？　もしかして私が疑っている貴族の名前だろうか？

「どうしてですか？」

「取り締まりを提案したのはファルトリア伯爵なんだ」

「あっそうなのですか。えっと、どういう経緯で取り締まりの提案を？」

「えっと、何だったかな。たしか、ファルトリア伯爵が裏商売をしている商人の情報を掴んだんだ。その商人が出入りしていたのが元商家の……いや、違う。その商人は違う場所を拠点としていたはず……。あれ？　どうしてあの場所を取り締まる事になったんだ？」

「……もしかして最初の場所とは違う場所を取り調べたのですか？」

「あぁ、そうだ。誰の情報だったかな。思い出せないが」

そんな重要な事を、セイゼルクさんが思い出せないなんてありえないと思う。考えられるのは、故意に隠されて情報が流された。でも、どこから元商家の情報は流れてきたんだろうか？

「あれ？　なんであの場所になったんだ？」

セイゼルクさんの唖然《あぜん》とした声が届く。ラットルアさんも複雑な顔をしている。

「あぁ～！　俺はこういうの苦手なんだよ！　だから冒険者になったのに！」

セイゼルクさんが、いきなり髪を手でぐちゃぐちゃにして大声で叫んだ。ラットルアさんと私は驚いて、椅子から跳び上がってしまった。そして、いまだに意味の分からない叫び声をあげ続けるセイゼルクさんを見つめる。……壊れた。セイゼルクさんが壊れてしまった。ラットルアさんと視線を合わせて、椅子に座り直す。どうしたらいいのか分からず、放置して五分ぐらい。ようやく、叫び声が止んだ。よかった。このままだったらどうしようかと、本当に不安だったのだ。ただ、顔をあげない彼に少し不安な状態は続いているが。

「何をやっているんだ？」

後ろから聞こえた声に振り向くとボロルダさんが唖然とした表情でセイゼルクさんを見ている。助けになるかな？　というか、助けて欲しい。ラットルアさんが、これまでの経緯と話していた内容を伝える。やはりボロルダさんも途中で少し混乱した様子だったが、最後まで話を聞いていた。

「そうか、それでセイゼルクがこうなったと。こいつな、人のドロドロしたモノが嫌で冒険者になったからな。冒険者はほら、討伐だけすれば済むから」

そうだったのか、それはとても悪い事をしてしまった。ラットルアさんが何だか面白そうな顔をしているのは、見ない事にしよう。巻き込まれたくはない。

「しかし、アイビー」

「はい」

何を言われるんだろう。やっぱり考え過ぎって事かな？

「年を誤魔化しているだろ。絶対九歳ではないよな。正直になれ」

ボロルダさんも混乱中の様だ。

「言っておくが混乱はしていないからな」

読まれた！

「まぁいいか、アイビーの話は驚いた。今日俺たちが話してきた内容と似ているからな」

「どういう事ですか？」

「朝、ギルマスに呼ばれて行ったんだが、自警団の団長もいたんだ。で、奴から自分たちの仲間に裏切り者がいる可能性があると言われた。どうやら見張り役をしている奴に怪しい奴がいるらしい」

「うわ～、アイビーが言っていた通りになってる。すごいなアイビー」

「だろ？　だから絶対九歳とは言わさん！」

そう言われても、私は間違いなく九歳です。

「で、自警団に裏切り者がいるなら色々と状況が変わってくる。ミーラの行動についてもな」

「あぁ、それで見張りの途中なのに呼び戻されたのか？」

セイゼルクさんが顔をあげる。何だかここ数十分で五歳ぐらい老け込んだように見える。

「あぁ、下手に動くのは向こうの思うつぼって事になりそうだからな」

「なるほど。で？」

「アイビーと同じ結論、あの元商家に何かあるってな。で、あの場所を調べるように言った人物を調べた。最初はファルトリア伯爵だと思い込んでいたんだが、一応って事でな。そうしたら彼は違う場所を指定していた」

「それは俺も覚えている、ファルトリア伯爵が言った場所は村のはずれの民家だろ？」

「そうだ。で、あの場所に変更したのはフォロンダ領主だった」

フォロンダ領主、この町を治めている貴族かな？

「フォロンダ領主はアイビーに言おうと思っていた二人のうちの一人だよ。で、ボロルダが尊敬している貴族だ」

ボロルダさんが言っていた命の恩人。よかった、この話の雰囲気からフォロンダ領主は味方になってくれるかも。でも、それをしっかり調べたいな。どうすれば、敵と味方をしっかり判断出来るだろう。太ももにあるバッグがもぞりと動く。視線を向けると、普通のバッグに入っているソラが動いているようだ。シファルさんがソラにと、くれたバッグ。中になぜかファーが付いている、ちょっと変わったバッグだ。入り心地が良いのか、かなり気に入っている。あっ、ソラに協力してもらって判断出来ないかな？

「あの、ソラに調べてもらうってどうでしょう」

「「「は？」」」

何でそんなに驚くんだろう。調べるなら最適だと思うのだけど。

「まってアイビー、どうやってソラに協力を？　外に出すわけにはいかないだろ？」

「はい、ソラにはバッグの中から教えてもらいます」

「あぁ、ってそのバッグ。なんだか見た事があるけど」

セイゼルクさんが、驚いた表情でバッグを凝視している。何があるんだ、不安になるな。

「はい、シファルさんがくれました」

「マジで！」

フットルアさんも驚いた様子。なんだ？　シファルさんがくれたバッグって何か意味があるのかな？　マジックバッグではなく普通のバッグなんだけど。

「あの、このバッグ何かあるのですか？」

「いや、それは大丈夫。シファルって、あまり人に物をあげたりしないからさ。ちょっと驚いた」

「あまりって、まったくの間違いだろ」

そうなのかな？　バッグだけではなく、上から羽織る事が出来る服ももらったけど。そういえば、綺麗なコップももらったな。

「とりあえずそれはまた今度話し合え、今はソラの協力の話だからな」

ボロルダさんが呆れた様子で、シファルさんの性格について討論しているセイゼルクさんとラットルアさんを見つめる。

「悪い。で、ソラの協力だな。出来るのか？」

「大丈夫だと思います。ソラ、今日会ったカルアさんは味方？　味方だったら二回揺れて。違う場合は止まってね」

バッグの中で何かがプルプルしているのが足に伝わってくる。カルアさんは大丈夫の様だ。

「カルアさんは大丈夫みたいです。ルイセリアさんはどう？」

バッグの振動は完全に止まって、動きを見せない。やはり、組織の人間だったようだ。残念だ。

バッグの状態を見ていた三人から、小さな声が上がる。

「バッグの動きとしてはおかしいですよね」

「それは大丈夫。テイマーの中にはバッグの中でテイムした動物を飼う人もいるから」

そうなのか。だったら、勝手に動くバッグがあっても問題ないな。それにしてもソラって何で判断しているのか、不思議だな。

85話　ソラの判断

ソラを連れて、冒険者ギルドに行く事になった。目的は二つ。一つはソラがギルマスさんを判断する事。もう一つは、ギルマスさんが味方と確定したら、裏切り者を見分ける事が出来ると、報告する事だ。ソラについては、ボロルダさんもセイゼルクさんも秘密にすると約束してくれた。ただ、納得させる方法があるのかと不安に思っていると、ボロルダさんが何やら準備をしていた。何をするのかと聞いてみたが、後のお楽しみだと言われてしまった。初めて入る冒険者ギルドにちょっと興奮してしまう。絶対に足を踏み入れる事はないと思っていた場所だ。周りを見回すと、人が少ない。もっと人が溢れかえっている印象だったのだけど。

「今の時間は人は少ないよ。もうしばらくしたら、依頼を終わらせた冒険者でいっぱいになる時間だ」

私がちょっとがっかりしていると、ラットルアさんが説明してくれた。なるほど、今はちょうどみなさん仕事中か。残念。ラットルアさんの後を追いながら、通りすがりに張り出されている依頼表を見る。薬草の採取や町の掃除、洞窟《どうくつ》内の鉱石の採掘や魔物の討伐依頼まで色々あるようだ。

「アイビー」

名前を呼ばれて気が付いた。いつの間にか立ち止まって依頼表を見ていた。急いで、ラットルアさんのいる部屋に入る。中には四人の男性の姿があった。ギルマスさんだけではないのか、誰だろう？　皆、体格が良いな。ただ、一人だけすごい神経質そうな人がいる。私を見て、眉間に皺を寄せた。

「どうしてこんな幼い子供が、あなたたちと一緒にいるのですか？」

その神経質そうな人が、少し大きな声で問いかけてくる。

「話しただろ？　この子がアイビーだ」

「連れてきたのか！」

一番顔の怖い人が叫ぶ。その声に体がビクつく。

「ギルマス、うるさい」

ボロルダさんが、耳を塞ぐしぐさをすると、ギルマスさんが私に向かって謝ってくれた。

「向こうの動きがおかしいだろ？　だから一緒に動く事にした」

セイゼルクさんの言葉に全員が納得したようだ。

「アイビー紹介するよ。うるさいのがギルマスだ」

「しつこいぞ。ギルドマスターのログリフだ。ギルマスでいいぞ」

「よろしくお願いします」

「俺は自警団の団長をしているバークスビーだ」

「副団長のアグロップ。よろしく」

「ギルドの財務管理をしているフォロマロです。先ほどは失礼を」

「よろしくお願いします」

ギルマスさんは背が高くてとにかく顔が怖い、だが声は優しい。団長さんは、驚くほど穏やかな表情をしている。副団長さんは、顔に大きな傷があり鋭い目をもっている。フォロマロさんは、やっぱり神経質そうな顔つきだ。

ボロルダさんに向かって大きく二つ頷く。これは、此処にいる人たちは大丈夫という合図。此処に来る前に、ソラにあるお願いをした。自己紹介の時に、問題のある人か、ない人かを判断してもらう様に。なので、自己紹介されるたびに、バッグの中でプルプルと二回ずつ震えて教えてくれていたのだ。結果、ソラの判断は全員大丈夫。なので、私はボロルダさんに二回頷いたのだ。ちなみに、問題ありの人がいる場合は一回だ。ボロルダさんが手に持っていた物に視線を向ける。それはテントからわざわざ持ち出してきた少し大きいガラス玉。じっと見ている姿に、何をしているのかと不思議に思う。

「ここにいる者は、全員大丈夫みたいだ」

「何がだ？」

ギルマスさんが、不思議そうな表情をしている。彼だけでなく、この部屋にいた他の三人も似たような顔つきだ。私は、その言葉に少しドキリとする。ソラの事は話さないと言っていたが、どうやって納得させるのか。

「あぁ、このマジックアイテムが反応しなかったから、ここにいる全員が味方と判断したんだ」

……ん？　あっ、なるほど。ソラを隠すために、別の物を用意したのか。

「ほぉ～、それはマジックアイテムか？」

「そんなマジックアイテムがあるなんて聞いた事が無いが」

「マジックアイテムは世界各地で未知なモノが発見されているからな、それもその内の一つだろう」

ギルマスが前のめりになってボロルダさんの手元を覗き込もうとしている。団長さんと副団長さんは興味がありそうだが、ギルマスさんほどではないようだ。ボロルダさんはさっとガラス玉をバッグに隠してしまう。

「最近手に入れたんだ。ただ、使い始めると二、三日で石に変化しちまう」

「そうなのか？」

「あぁ。もう一つあったのだが、無駄に使って石になっちまった」

嘘をつくのが、上手だなと思う。でも、そんな嘘をつかせてしまったのは私のせいなので、少し後ろめたい。ソラの事は説明出来ないけど……。ちょっと落ち込んでいると、背中にぬくもりを感じた。横を見るとセイゼルクさんが、少し笑って肩をすくめた。それに微かに笑い返す。そうだ、ソラには頑張ってもらってボロルダさんに恩を返そう。……私はソラを運ぶだけだな……ご飯をもっと美味しく作れるように頑張ろう。

「二、三日か……ボロルダ、やってほしい事が」

真剣な表情で団長さんがボロルダさんを見つめる。団長の願いは、ここにいる全員が分かっているだろう。

「わかっている、自警団の裏切り者を見つける事だろ？　冒険者の方はどうする？」

「参加してほしい奴をここに呼んでおく、あとでまた来てもらえるか？」

ギルマスさんの言葉に頷いたボロルダさんは、団長さんと副団長、それと私たちを連れて部屋を出る。

「おい、大丈夫なのか？　アイビーはまだ子供だろう？」

副団長さんがボロルダさんとセイゼルクさんに小声で訊いている声が聞こえる。それに二人は問題ないと答えているが、どうやら副団長さんは心配のようだ。何度も私を確かめるために後ろを振り返っている。どうしてあんなに心配をされるのだろう？

「副団長には、アイビーと同じ年頃の子供が三人もいるからな。他人事とは思えないんだろう」

ラットルアさんが、理由を教えてくれる。それが聞こえたのか、ちょっと副団長の耳が赤くなっている。鋭い目をもっていて、見た目はちょっと冷たい人のように見えたが違うようだ。六人でしばらく歩くと、大きな商家が見えてくる。その周辺には自警団の制服を着た、数人の見張りがいた。

団長さんや副団長さんに気が付いたのか、ちょっと驚いた表情をしている。

「ご苦労様、ちょっと中を確認する事になってな。あぁ、紹介しておく。この子はアイビーだ。事情がありボロルダたちが護衛している。アイビー、ここにいる団員たちを紹介するよ」

団長さんが右から順に団員を紹介してくれる。それはガラス玉に、一人ずつ味方か敵かの確認させるためという事になっている。実際はソラに判断してもらうためなのだが。私が一緒にこの商家に来た理由は護衛もあるが、一人一人名前を呼び上げる事を自然に行えるからだ。この町の冒険者では既に顔が知られていて改めて自己紹介などしない。でも、私がいるとそれが出来る。なので、一緒についてきた事になっている、表向きは。

「最後にマルガジュラ」

それまでプルプルしていたソラが止まったのを感じた。つまり最後に紹介された人は、裏切り者。握っていたラットルアさんの服を一回引っ張る。

「マルガジュラ、久しぶりだな。ここ最近顔を見ないと思っていたらここだったのか」

「あぁ、ちょっと怪我をしてな。見張りだったら出来そうだから団長に異動をお願いしたんだ」

どうやらラットルアさんの知り合いだったようだ。よかった、自然にボロルダさんとセイゼルクさんに伝えられた。ラットルアさんの対応を見て、ボロルダさんが団長さんに何かを伝えている。

次の瞬間、団長が一瞬鋭い目を見せた。驚いた。それまでの穏やかな団長さんの表情が、ギルマスさん並みに恐くなったのだ。やっぱり、この町を守る自警団の団長さんだけはある。ドキドキとうるさい心臓を、ゆっくり深呼吸する事で落ち着かせる。心臓が落ち着いた頃、建物内を案内してくれる事になった。

「あの、この子供もですか？」

「組織に狙われているから、離れるわけにはいかなくてな」

白警団の人たちは、セイゼルクさんの答えにかなり驚いたようだ。

「楽しみだね、アイビー。何か見つかるかな？」

ラットルアさんは、ワクワクした表情で周りを見回している。ほんとうに何か発見出来たらいいな、特に隠し扉とか！

86話　二人の貴族

団員さんに案内されながら元商家を見て回る。団長さんは別行動をしているのか、周りを見てもその姿は確認出来ない。副団長さんも、マルガジュラさんと一緒にどこかに行っていて近くにはいない。

「それにしても広いな」

ラットルアさんは、壁を叩きながら周りを見回している。

「そうですね。蔵《くら》も二個あるみたいですよ」

「そうなのか？」

「窓から見えました」

「隠し部屋があるならそっちかな？」

どうだろう？　隠し部屋って何処に作ったら、一番見つからないだろう。蔵はなんとなく隠し場所のイメージがあるから、重点的に調べられそうだし。あっ！

「マルガジュラさんが調べた場所ってどこですか？」

「ん？　あぁ、そういう事か」

「はい。彼は裏工作をするために、組織から命令を受けてここにいるのでしょうから」

問題のある部屋を、問題なしと報告させる。その役目を負っているのがマルガジュラさんだ。つまり、彼の調べた部屋に隠し部屋に繋がる何かがあるはず。もしかしたら、団長さんは一人で調べに行ったのかもしれない。見つかるといいな。組織を追い込む何かがあるはずだから。一階を見終わった時、建物の入り口の扉が開く音がする。丁度、近くにいたので視線を向けると、団員二人に案内されてきた身なりの良い、温和な雰囲気の男性と気難しそうな雰囲気の男性がいた。その姿を見た瞬間、ラットルアさんの息を呑む音が聞こえた。どうやら、ここにいてほしくない存在のようだ。誰だろう。

「ファルトリア伯爵、フォロンダ領主。どうかされましたか？」

ボロルダさんが、すぐに男性に声を掛ける。その名前に聞き覚えがある。ファルトリア伯爵は怪しい人。フォロンダ領主はボロルダさんが信じたいと思っている人だ。

「たまたま、近くを通りかかってね。今どうなっているのか確認しておこうと思ったのだよ」

「そうですか」

「私は、ファルトリア伯爵と一緒にいたので、ついてきただけだ」

見た目通りファルトリア伯爵は随分と穏やかな話し方で、悪い事とは無縁な印象。フォロンダ領主は、静かな雰囲気だが、どこか近寄りがたい印象があるな。

「おや？　そちらは？」

ファルトリア伯爵の視線が私に向いて、ふわりと笑う。その笑いに不快なモノは無く、本当にこの人を疑っていいのだろうかという思いが湧きあがった。その為だろうか、ちょっと後ろめたい。

「アイビー」

ボロルダさんに手招きをされたので、隣に並ぶ。彼の表情には変化は無かったが、私の肩に置いた手が少し強張っているのに気が付いた。それに釣られるように、私も体に力が入ってしまう。

「この子はアイビーと言います。ある組織に狙われているため、我々が護衛をしています。他の仕事と重なったため、一緒に行動をしてもらっているんです」

「可愛らしい子だね。ファルトリアだ。よろしくね」

私に目線を合わせるように少し背を屈め、穏やかな声に、柔らかな笑顔。何処にも不安を感じる要素などない。ただ、バッグがピクリとも動かない。つまりソラは、ファルトリア伯爵を問題ありと判断したようだ。

「大変だな。ボロルダたちは優秀だ。安心して大丈夫だぞ」

フォロンダ領主は、私を見下ろした状態で笑顔を見せる事も無い。声にも優しさは無いが、ボロルダさんを優秀だと言った時だけ、なんだか温かさを感じた。見た目は、正直言うと怖い。でも、私の太ももにプルプルとソラの揺れを感じた。ボロルダさんの服を少し掴む。

「ファルトリア伯爵、よろしくお願いします」

声を出すと同時に、掴んだ服を一回引っ張る。

「フォロンダ領主も、よろしくお願いします」

服からそっと手を離す。肩に置かれていたボロルダさんの手から、すっと力が抜けた。きっと安心したのだろう。ボロルダさんが信じている人が、味方でよかった。私も、体から力を抜く事が出来た。それに気が付いたのか、ポンポンと軽く肩がたたかれた。

「団長は何処にいるんだい？」

ファルトリア伯爵が、周りを見回し聞いてくる。あれ？　今の聞き方は、ここに団長さんがいる事を知っているみたいだな。でも、どうして知っているのだろう？　先ほど団長さんは「忙しくて、ここに来るのは取り締まりの日以来だ」と言っていたけど。誰かから聞いたのかな？　……もしかして、建物の外にも見張り役の人がいるのかな？　何だかいっぱい潜んでいそうで嫌だな。

「ここにいますが、何かご用でしょうか？」

団長さんは一階の奥から姿を見せた。あっ、副団長さんとマルガジュラさんも一緒だ。

「いや、少し様子を見に来たんだが」

「そうでしたか。上がって中を見て行きますか？」

その言葉にどきりとする。どうしよう、団長さんにはファルトリア伯爵が問題ありだとまだ知らせていない。ちらりと隣にいるボロルダさんに視線を向ける。私の視線に気が付いたのか、にやりと彼が表情を変える。ん？　こんな表情を初めて見たな。何かを企んでいるような顔と言えばいいのか……何だろう。

「いやいや、仕事の邪魔をしても悪いからね。元気な顔を見たかっただけなのだよ」

「そうでしたか、わざわざありがとうございました」

ノァルトリア伯爵は、笑顔で周りの団員さんにも声を掛けながら建物から出ていく。そのあとを追うように、フォロンダ領主が足を外へ向ける。

「フォロンダ領主、少し話したい事があるのですが」

「なんだ？」

「ここではちょっと言いにくい事ですので、お時間を作ってほしいのですが」

ボロルダさんが、頭を下げる。フォロンダ領主は、一瞬何かを考えるそぶりを見せたが、あとでギルドに顔を出すと約束してくれた。二人の姿が完全に見えなくなると、どっと疲れがきた。初めて貴族を前にして、ドキドキとずっと心臓が鳴りっぱなしだったのだ。しかも一人は、組織の人間で敵。穏やかな見た目と優しそうな笑顔が、途中から怖くて、怖くて。もう少し長く話しかけられたら、震えていたかも知れない。

副団長さんがマルガジュラさんに、蔵をもう一度調査するから団員を集めるよう指示を出している。やはり、まだ隠し部屋は見つかっていないようだ。……って違う。問題ありのマルガジュラさんに、指示を出しているという事は……。もしかして、偽装工作かな？　隠し部屋が見つかったのかもしれない！　マルガジュラさんはすぐに二人の団員さんを呼びに行き、副団長さんと共に蔵へ向かった。その後ろ姿を見送っていると、伯爵たちを案内してきた二人の団員さんとここまで私たちを案内してくれた団員さんに、戻るよう指示を出す団長さんの声がした。

入口付近にいるのは団長さん、ボロルダさん、セイゼルクさん、ラットルアさんと私だけだ。団長さんが私をちらっと見て、少し思案顔をしている。首を傾げると。

「団長、アイビーは問題ない」

「それは先ほど聞いたが……」

団長さんが迷うそぶりを見せると、ボロルダさんがなぜか納得した表情を見せた。

「まぁ、普通は巻き込まないようにするか」

「そうだろ？　やはり」

「アイビーは、おそらく団長が今まで何をしていたのか、そしてその結果も予想している」

「は？」

あっ、怖い顔の人がちょっと抜けた表情になると、面白い顔になるんだ。にしても、団長さんがどうして、そこまで驚くのだろう。順序立てて考えれば、答えは分かりそうなのに。

「アイビーが考えている事は想像がつくけど、普通の九歳は考えないからな」

ラットルアさんの言葉に首を捻《ひね》る。そうだろうか？　って普通って、私も普通の九歳なのに。

「見た目は、九歳にも見えないのにな」

セイゼルクさんには貶《けな》された！

87話　混乱、後悔、作戦？

「九歳？」

団長さんの困惑した声に、私も困ってしまう。それほど九歳という年齢と、私の見た目には違和感があるのかな。

「はい。九歳です」

「あっ、いや。年齢は関係ないな。悪い。えっと、何だったかな。そうだ、俺のここでの行動に賛成しているんだな」

……賛成？　何の事だろうか……。隠し部屋を探している事に対してなら賛成だけど。それを私が賛成する、しないは関係ない事だ。

「団長、落ち着け。アイビーはここであんたが一人、別行動していたのは隠し部屋を探していたためだと予測している。それに見つけたとも思っているはずだ」

ボロルダさんの言葉に、団長さんが私をじっと見つめてくる。なので、同意の意味を込めて一つ頷いておく。

「本当に？」

「本当だ。しかも自警団に裏切り者がいる事。この建物の中に隠し部屋があり、そこに重要な証拠がある可能性も予測していた。言っておくがアイビーからその話を聞かされたのは、俺が情報を話す前だからな。俺は情報を漏らしてないぞ」

団長さんは微動だにせず、じぃ～っと私を凝視し続けている。一見穏やかに見えるが、その視線には鋭さがある。怒られるわけではないと思うが、なんとなく恐さを感じて、数歩後ろに下がってしまう。

「団長～、アイビーが怖がっているよ」

ラットルアさんが、団長さんの肩を軽く叩く。ハッと気が付いたように苦笑いして、軽く頭を下げてくれた。

「悪い。驚いてしまって。しかし、すごいな」

「いえ。……で、見つかりましたか？」

隠し部屋があったのか、無かったのか。一番の気がかりだ。あったのなら使える証拠は残っていたのかどうか。私の聞き方がおかしかったのか、少し驚いた表情をした団長がニヤリと笑みを見せた。

「あぁ、見つかった。少し確認しただけだが、奴隷売買に関する書類を見つける事が出来た。あとは借金の借用証書や殺しの依頼書まであったよ。これから詳しく調べて、関係者を特定していくつもりだ」

少し確認しただけで、それだけの物が出るとはすごいな。いったいどれだけの犯罪の証拠があるのだろう。そりゃ、仲間を送り込んで隠し通したくなるわけか。

「お金はありましたか？」

「いや、まだそこまで詳しく調べていない」

「そうですか」

団長さんと私の会話を聞いていたボロルダさんが、

「書類はどうするんだ？」

「白警団詰所まで持っていって調べるつもりだ」

「そうか、部下を呼んできてやろうか？　アイビーも一緒に来てくれ」

ボロルダさんと一緒に行って、自警団の残りの人たちの中に裏切り者がいないか調べた方が良いだろうな。でも、その前に気になる事がある。ファルトリア伯爵の態度で感じた事だが、この建物の周りは組織の人間が潜んでいる可能性がある。

「あの、書類は移動しない方が良いと思います」

「俺もそう思う」

セイゼルクさんも、同じ事を考えているようだ。

「なぜだ？　此処に置いておくと組織に奪われる可能性が高くなる。早急に手を打たないと」

「そうなんだが、この建物の周りに組織の者が潜んでいる可能性が高い」

「どうしてそう思うんだ？」

「ファルトリア、奴の行動からだ。あいつは今回、愚かなミスを犯したかもな」

「おいセイゼルク、ファルトリア伯爵に向かって言葉が過ぎるぞ。誰かに聞かれたら問題視される事になる」

「あぁ、そうか。まだ報告していなかったな。ファルトリアは組織の人間だ」

ボロルダさんの言葉に団長さんが目を見開いた。

「何？　あっ、マジックアイテムか！　ボロルダ、反応したのか？」

「あぁ、だからファルトリアは組織の人間だ。おそらく組織の元締めか、それに近い幹部。証拠に奴の名前は載っていなかったか？」

「い、いや。まだそこまで詳しくは調べていないからな……しかし、あの方が？」

団長さんは唖然とした顔をし、何かを考え込む。そして少しずつ、顔の表情が怒りに変わっていく。視線は鋭さを増し、それを見た私はぶるっと震えてしまった。

「ファルトリアが組織の人間だったなら全てに説明が付く。取り締まりが失敗した事も……潜り込んでいた仲間が殺された事も。奴が組織を動かす存在……ならば俺は……」

憤怒《ふんぬ》の色を見せていた団長さんの目に、深い後悔が浮かぶ。仲間の死んだ原因が、ファルトリア伯爵に情報を流した事で起こったのなら……。

「くそっ！　奴に情報を流したのは俺だ。俺が仲間を殺したのか！」

それは違う。ファルトリア伯爵を疑っていなかったのだから、仕方のない事なのだ。でもその言葉は団長さんにとって、何の助けにもならない。誰も声を出せない。少しの間、元商家の玄関付近は異様な静けさに包まれた。

「はぁ、すまない。もう大丈夫だ」

団長さんは何度か、深呼吸を繰り返し一階の奥へと歩き出す。

「隠し部屋はこっちだ。あと、周りに組織の者が潜んでいる可能性があるのだったな」

「あぁ、何か手はあるか？」

「難しいな、一般人もこの辺りにはいるから、組織の人間と区別するのは」

ボロルダさんが団長さんの後を追う。その後ろを、残った三人がついていく。何事もなかったかのように会話する、団長さんとボロルダさんを後ろから見つめる。強い人たちだと心から思う。心に衝撃を受け、それでもすぐに立ち上がれる強さ。これまでも色々と経験をしているのだろうな。これが心の強さなのかな？

「アイビー、何か考えはあるか？」

「えっ？　いえ、あの」

ボロルダさんが、振りかえる。見張りを利用する手はある。でも、これは組織がどこまで手を回しているのか分からない状態では危険だ。

「何かあるな」

セイゼルクさんが、横から私の顔を覗き込み、断言する。

「話してくれ、俺はあいつ等を捕まえたい」

「えっと、危険なのですが」

「構わない。俺たち自警団は覚悟の上でこの仕事についている」

「分かりました。えっと、見張りを利用してこの場所を襲わせたらどうでしょうか？」

「「「ん？」」」

少し、全員の歩みが遅くなる。あれ？　説明が足りなかったのかな。えっと、どう言えばいいかな。

「見張りをしている者たちに、この場所の警備が手薄になった事を見せるんです。そうすれば襲うはずです」

「なるほど、そこでそいつらを捕まえるって事か」

団長さんとボロルダさんは、立ち止まって私に視線を向けてくる。セイゼルクさんとラットルアさんは、少し驚いた表情を見せる。驚くような事は言っていないと思うけど……何かまた間違ったかな？

「はい。今一番重要なのは証拠を守る事です。そして組織の動きを鈍《にぶ》くする事。襲ってきた者たちを全て捕まえれば、動きが読まれたと考えるでしょう。そうすれば疑心暗鬼《ぎしんあんき》になり、行動しづらくなります。ただ、組織がどこまでこちらの情報を掴んでいるのかが、問題になってきます」

「「「九歳じゃないよな」」」

「九歳です！」

団長さん、どうして首を横に振るのです。ラットルアさん、笑っているの分かっていますから。顔を隠しても、肩が震えすぎです。

「でも、警備が手薄になる理由がないな」

セイゼルクさんの言葉に団長さんもボロルダさんも頷いている。団長さんは少し歩き、ある部屋の扉に手を掛け開ける。どうやら一階の一番奥の部屋に、隠し部屋があったようだ。

「たぶん、ミーラさんたちが作ってくれます」

部屋に入って、周りを見渡す。棚《たな》が並んでいるので、納戸や物置のような部屋に見える。

「ミーラたちが？　あぁ、確かにあいつ等はちょっとおかしな行動を繰り返しているな。……確かに、何か起こそうとしているのは分かっている。それに便乗しておけば、ここの警備が手薄になってもおかしな印象にはならないか」

「はい。なのでミーラさんたち次第なんですが」

「……おかしな作戦だな」

ボロルダさんが、笑っている。それはそうだろう。敵任せなのだから。

セイゼルクさんも何とも言えない顔をしている。団長さんだけがまだ険しい顔をしている。

「確かにな」

「そう、上手くいくか？　ミーラたちが囮だとしても、ここの警戒だってそれほど手薄にはならないだろう」

「はい。だから、問題ありの人たちを中心に警護にあてます」

団長さんの言うとおり、手薄にするにも限度がある。なら、裏切り者を配置すればいい。見た目はしっかりと警備している事になるのだから、誤魔化せるはずだ。

「なんだか、敵を利用しまくっている作戦だな」

そうかな？　セイゼルクさんの言葉に首を傾げる。

88話　組織のお金

「ここだ」

団長さんが一見、固定されているように見える棚を手で押すと、近くの壁が横にゆっくりと移動した。壁の向こうから現れたのは、八つに区切られた棚。五つの棚は空だったが、三つの棚には箱が積み上がっていた。一つの箱は蓋《ふた》が開き、中に入っている紙が見えている。

「見つけたのはこの棚だ。あと箱には全て、書類が入っていた」

「俺たちが見ても問題ないか？」

セイゼルクさんの言葉に、団長さんが頷くと三人が書類に手を伸ばす。団長も新たな箱の蓋を開けて、確認を始めた。私が見ていい書類ではないので、部屋全体を見て回る。

「そんな、まさか……」

しばらくすると、誰かの苦渋に満ちた声が聞こえた。そしてドンッという、棚を叩く音。見るとボロルダさんが、苦しそうな表情を浮かべている。セイゼルクさんが、そんな彼の肩に手を置く。

「あいつが……」

もしかしたら、知人が犯罪に加担している書類でも見てしまったのだろうか？　これから知らされるだろう真実に、どれだけの人が苦しむのだろう。ボロルダさんを見ていると、心臓の辺りにギュッと痛みが走った。視線を逸らして、一回深呼吸をする。私に出来る事はそれほど多くない。まずは問題のある人を知らせる事だけだ。

部屋をゆっくり歩きながら、壁や天井を確認していく。建物内を見て回っている時に、金庫も見たのだが小ささに驚いた。組織の規模を聞いていたので、金庫の大きさに違和感を覚えたのだ。なので、お金の隠し場所があるのではないかと期待している。気になる部分を順番に押してみたり、引いてみたり……何も起こる気配がない。残念。お金はこの建物には置いてなかったのだろうか？ 部屋全体を見終わっても、団長さんたちの書類を読む勢いは止まらない。だが、ここに長時間居続けるのは不審がられるので注意が必要だ。声を掛けようと四人に近付くと、足元からギシッという音がした。

「ん？　床？」

木造の建物なので、床が鳴ってもそれほど違和感はない。現に玄関や、廊下は歩くたびにギシギシと音がしていた。なのに、なぜか床の音が気になった。もう一度音が鳴った場所を踏んでみる。ギシッと音がする。おかしいな、何が気になったのだろう？

「何かあったりして」

ちょっと期待して、床の部分をよく見ようとしゃがみ込む。床を見回すと、少し段差がある事に気が付く。その段差の部分を押してみるが、特に変化はない。次は横に移動させてみようと引っ張るが、動く気配もない。

「そう、上手く見つかる訳ないか、残念」

立ち上がるために床に手を置いて押す。が、手をついた床が前に移動した。

「ぅわっ！」

ゴンッ！　額《ひたい》に衝撃が。

「アイビー！」

私の叫び声に、ラットルアさんがすぐに駆けつけてくれた。そして転んでいる私を起こして、体に付いた埃《ほこり》を払ってくれる。

「おい、それ」

ん？　ボロルダさんの視線を追うと、床の一部が開いている。横に移動ではなく前に移動させる構造だったのか、惜しい。ラットルアさんが床を完全に移動させると、床下に大きな木箱が見えた。木箱の蓋を開けると……。

「あった！」

ぶつけた額が少し痛いが、お金を見つけた興奮が先に立つ。視線の先には箱に入った大量のお金。しかも、同じ木箱が三箱もある。組織は書類だけではなく、資金も置いていったのだ。資金の損失は組織にとって、大きな痛手だ。これで、ミーラさんたちの異常な動きにも説明がつく。

「すごい大金だなって、アイビー血が出てるぞ！」

団長さんの焦った声に、ラットルアさんが慌てて布を額に押し付ける。押さえられたからか、ずきずきとした痛みが走った。しまった、ポーションを持ってくるの忘れた。

「はい」

日の前には青のポーション。視線を向けるとボロルダさんが、ポーションを差し出している。

「あっ、いえ。大丈夫です」

「気にするな、見つけてくれた報酬だ」

「ボロルダ、報酬が安すぎるだろ」

セイゼルクさんの冷静な突っ込みに、顔を歪《ゆが》めるボロルダさん。

「分かってるが、とりあえずだろうが」

ラットルアさんがボロルダさんからポーションを受け取り、私の傷に振りかける。スーッと痛みが引いていくのが分かる。すぐに痛みが無くなったという事は正規品だろう。まさか、私が正規品を使う日が来るとは、思ってもいなかったな。

「ありがとうございます」

ボロルダさんに頭を下げると、頭を撫でられた。

「アイビー、ありがとうな」

団長が、木箱を床下から引っ張り上げながらお礼を言ってくれる。役に立ててよかった。床下には木箱が全部で四箱。三箱ではなかったようだ。どの箱の中も、金貨が詰まっている。数えなくても、すごい金額がある事だけは分かる。これほどのお金を動かしていた組織。考えるだけで恐ろしい。

「なんだか、ちょっと想像を超える金額だな」

セイゼルクさんの言葉に、他の三人が頷いている。組織を知っている四人にとっても、想像を超えるお金。

「はぁ、俺たちが推測していた組織より、デカい組織だったという事か」

団長さんが、疲れたようにため息をつく。お金を動かす規模によって、組織の大きさが分かるらしい。その辺は、経験から考えられる事だろうな。あっ、結構な時間がかかっているな。

「不審に思われる前に、この部屋を出ませんか？」

ボロルダさんが苦笑いしながら、私の頭をポンと軽く撫でる。そして額を触ってくる。傷痕《あと》でも残ったのかな？

「傷痕は残らなかったな、よかった」

傷痕など気にした事が無いので、少しむずむずする。ポーションは命に関わる大切な物なので、他人に無償で譲る事は無いと聞いた事がある。なのに、迷いなく差し出してくれたボロルダさん。思い出すと口元が緩む。

「アイビーがさっき考えた作戦をとっとと始めるか。俺が考えるより成功率が高そうだ」

団長さんの恐ろしい言葉が耳に入る。慌てて団長さんを見ると、なぜか頷かれた。えっ、その頷きはどういう意味？

「いやいや、団長。俺たちもしっかり考えないと駄目だろ」

ボロルダさんの言葉に、無言で何度も頷く。ラットルアさんは下を向いて隠しているが、肩が震えている。ちょっと私が焦っている時にと思って、拳を作り彼の肩を叩く。

「アハハハ……」

酷くなった。それに合わせて、セイゼルクさんも笑い出した。なぜだ！

「いや、ボロルダ。よく考えろ。アイビーの作戦には説得力がある。あれ以上の作戦を考えられるか？」

「ん～、まぁ確かにそうだな」

「だろ？」

えっ、ちょっとボロルダさんまでどうして納得しているの？　団長さんもそのしたり顔はおかしい。

「あの、さすがにあの作戦は相手任せな部分が多いので、もっとしっかり団長さんたちが作戦を立てた方が良いと思います」

「大丈夫だ。あのままでも、しっかりした作戦になっている」

大丈夫じゃないと思うが……。とりあえず書類とお金を元に戻して、玄関に向かう。

「さて、まずは証拠とお金の移動だが、何処がいい場所だろうな？」

団長さん、どうして私に向かって、しかもばっちり視線を合わせて話しているのだろうか？　おかしい、この中で一番若いというか子供なのに。

「……マルガジュラさんが調べている蔵が良いかと」

「そうだな。そこが一番の候補になるな」

ボロルダさんも同じ結論になっているようだ。なら、もっと早く意見を言ってほしい。

「ならば、マルガジュラをここから追い出すか」

「団長さん、マルガジュラさんも証拠品の移動に参加させましょう」

「いやいやいや、組織の人間にそれは駄目だろう」

「あっ、説明不足ですね、すみません。えっと、各部屋に木箱や棚などが置いてありました。それを蔵に保管する名目で移動させます。で、その中に書類などを紛れ込ませるんです。中を確認しながら移動すれば、蔵には無用な物しかないと、マルガジュラさんに印象付けられます」

「組織にとってもって事か」

セイゼルクさんの言葉に頷く。マルガジュラさんは、ここでの異変は全て組織に流しているだろう。その為にいるのだから。団長さんのいる方から「アイビーに作戦をたててもらって」という、恐ろしい言葉が聞こえてきた。絶対に視線は合わせないからな！

89話　専門部隊？

団長さんとボロルダさんと一緒に、自警団詰所に向かう。

「アイビーが一緒に来る必要があるのか？　ボロルダはすぐに戻らせるし。自己紹介の理由など、どうとでもなるだろう。団員には怖い顔の奴がごろごろいる、怖がらせると思うが」

団長さんが何度も確認するが、団員たちを判断するのはマジックアイテムではなくソラだ。それにボロルダさんだけでは、自己紹介をさせる理由が思い浮かばない。どうとでもなるというが、違和感を持たれたら作戦は失敗するかもしれない。なので、一緒に行く必要がある。ソラの事を話していないからなのだが、ものすごく心配されている。そんなに怖い顔の人がいるのだろうか？　団長さんを納得させるため、私がボロルダさんを一番信用しているからという事になった。

その話の時の、ラットルアさんの顔が怖かった。彼のあんな顔を初めて見たな。思い出して、ぶるっと体が震えてしまった。

「大丈夫か？」

団長さんに見られてしまい、心配に拍車がかかった。失敗した。

「大丈夫です。急ぎましょう」

今回自警団と冒険者が集まって、組織を追い詰める専門部隊を組織するという大義名分を作った。その為の人選びだ。拠点となる場所は元商家。その為の準備を今日中にする事になっている。もちろん全て、組織を罠にかけるための嘘だ。と言っても、今日中に人を選んで、準備はするので本当の事でもある。ただその理由は、拠点となる場所を整えるためではない。証拠の書類やお金を安全な場所に移動させるためだ。

「しかし、専門部隊ね。考えた事が無かったな」

団長さんの言葉に、苦笑いしてしまう。組織の調査をしている専任者について聞くと、団長さんが驚いていた。ある犯罪の解決の為だけに専門チームが作られるという知識は、前の私の物だと気が付いたが遅かった。話す前にしっかり考えないと、いつか自分の首を絞める事になる。今回は団長さんたちだったから、大丈夫だけど。

「確かにな。まぁミーラたちの動きがあってこそ作れる部隊だな」

確かに、今まで無かった物を作るのだから、原因が無ければ不審に思われただろうな。専門部隊を作る理由は、組織の関係者らしき者たちが活発に動き出したためだ。ある意味、ミーラさんたちには感謝している。

この専門部隊については、表向きは団長さんの思いつきという事になった。副団長さんに見つけた書類やお金の事、これからの作戦について話した。専門部隊の事を話すと「団長のいつものアレで」という事になった。どうやら団長さんは思いつきで行動しては、副団長さんが不備を補うために走り回っているらしい。何処かで似たような話を聞いた気がするな。

情報を共有するのは自警団では副団長さんまで、あとはギルマスさんとシファルさんたちだけとなった。問題ない団員たちにも、表向きの情報以外は隠す事になっている。知っている者が多くなれば、それだけ漏れる確率が上がるからだ。組織の目が何処にあるかも分からない状態では、ごく少数だけで動いた方が確実だ。

「ここだ。アイビー本当に大丈夫だな？」

「はい。大丈夫です」

団長さんに力強く頷いて、そっとバッグを撫でる。ソラに頑張ってもらわないと。此処に来る前に確認したが、元気に揺れていたので大丈夫だろう。

「お～い、集まれ。紹介したい子が居る」

集まった団員は全部で一二〇名ほど。休みの人もいてこの人数……大きな町だけあって人数が多い。しかも、これに見習い団員という者たちまでいるらしい。ただ今回、見習いさんは除外だ。さすがに一二〇人近くが前に並ぶと圧巻《あっかん》だ。団長さんが、私が組織に狙われている人物である事。その為、一人の姿を見たらすぐに保護する事。また、誰かと一緒でも様子がおかしい場合は、団長さんやギルマスさんに報告する事。そして、私が顔を覚えるために自己紹介する事などを説明する。

「アイビーと言います。よろしくお願いします」

ボロルダさんの服の裾《すそ》をつまんでそっと頭を下げる。さすがにこの人数にちょっと腰が引けるが、そんな事を言っている暇はない。しっかりとソラが判断してくれたのを、ボロルダさんに伝えないと。


「疲れた」

さすがに一二六人の自己紹介は多い。そして見逃さないようにソラに集中していたので疲れた。きっとソラも疲れているだろう。後でいっぱいポーションをあげよう。

「に、しても多いな。問題ありが二九人もか」

私はソラの判断を間違えず伝えるのに必死で人数までは分からないが、そんなにいたのか。見張り役が、裏切り者だけで構成されていなかったのは運がよかったのかもしれない。

「どうだ？」

団長さんがそっとボロルダさんに聞きに来る。少し迷ったようだが、人数を告げる。それに、一瞬動きが止まったがすぐに「そうか」と静かに団長は頷いた。

「紙に名前を書きだしてくれ。出来るか？」

「当然。すぐにやるよ。紙は？」

団長さんが紙を数枚渡し、これからの予定を話すために団員たちに向き合う。何事もなかったように、通常通りに見えた。ただ、一回手をぐっと握りしめたのが見えた。

「冒険者の方も、覚悟しておかないとな」

小さくこぼれた声は、どことなく疲れた印象を受ける。仲間だと思っていた多くの人が、裏切っていた。この現実はつらいな。専門部隊に選ばれたのは問題ありの人で、団長が今まで信用していた人たち八人。そして問題なしの人たち一二人が選ばれ、合計二〇人。紙に書かれた名前を見て、一度だけ団長さんの目が見開かれた。その人は、ガボジュラさん。その人も専門部隊に選ばれていた。次は冒険者ギルドに向かう。ラットルアさんが、ギルマスさんに話を通してくれているはずだ。

少し疲れたが、あと少し、頑張ろう。

「お疲れ、大変だな」

ギルマスさんは一五人の冒険者と会議室にいた。そして団長さんと同じ説明をする。そのあとの自己紹介。一五人という数字がとてもうれしい。すぐに終わるのだが……七人が問題ありとソラは判断した。隣のボロルダさんから、小さなため息が聞こえる。

「大丈夫ですか？」

小声で聞くと、乾いた笑いが返ってきた。

「ハハ、覚悟していたからな。しかし、俺たちが手を掛けて育てた奴らが裏切り者か……」

ギルマスさんが結果を聞いて、眉間の皺を深くする。専門部隊にはボロルダさんが育てたチームが選ばれた。ボロルダさんの様子を心配したが、選ばれた三人のチームの人たちと話す彼はいつも通りだった。ふぅと小さくため息をつく。精神的に疲れたな。バッグを上からそっと撫でる。ソラには本当に感謝だ。

専門部隊に選ばれた人たちと一緒に、元商家に向かう。その間に、団長さんがこれからの予定を話した。元商家を拠点にすると言った時に、少しざわついたが意見を言う者はいなかった。

「アグロップ、戻ったぞ～」

団長さんが副団長さんの名前を大声で呼ぶと、しばらくしてシファルさんが顔を見せた。

「あれ？　アグロップは？」

「中で移動する物を確認していますよ。マルガジュラという人物が手伝っています。アイビー疲れていないか？」

「はい。大丈夫です。ありがとうございます」

えっと、シファルさんには話が通っているのかな？　皆、隠すのが上手くて私では分からない。

「あぁ、団長。ようやく戻ってきたか」

疲れた雰囲気で副団長さんが現れる。その後ろにマルガジュラさんもいる。

「木箱の中身など確認して移動しても問題ない物ばかりだと判断した。移動先は蔵だ。すぐに取り掛かってくれ。今日からこの建物で寝泊まりする者がいる。掃除ぐらいは終わらせるぞ」

「待て、ここに集めた者たちの名簿だ。冒険者もいるから纏めておいた」

問題ありの人に印が入った紙を団長さんが副団長さんに渡す時、小声で何かを伝えたのが見えた。おそらく印の意味を知らせたのだろう。紙を一通り見た副団長さんは、数回頷いた後、すぐに個別に指示を出し始める。すごいな、一切の戸惑いを見せなかった。しかも、問題ありの人が固まって行動しないように、絶妙なバランスでちりばめられている。

「さすが、考えなしで突っ走る団長を、一〇年以上支えている人だけの事はあるな」

ボロルダさんの言葉に、より一層副団長さんに尊敬を感じる。ヴェリヴェラ副隊長の時も思ったけど、トップを支える人はすごいな。

90話　組織の者

副団長さんの指示のもと、蔵に大量の荷物が運び込まれていく。建物が広いため、その量は私が考えたよりも多かった。自警団の人たちが、建物内を走りまわっている。ちょっと、申し訳なく思ってしまった。だが、これも証拠の書類とお金を守るためだし、頑張ってもらおう。誰にも疑問に思われる事無く、順調に進み、最後の棚が蔵に運び込まれた。副団長さんと団長さんが確認して蔵に鍵がかけられる。

「さて、疲れているだろうが掃除だ。とっとと終わらせるぞ。今日からこの建物で寝泊まりする奴もいるからな。埃にまみれても良いなら別だが、俺は嫌だ」

疲れた顔をした団員たちが、苦笑いをしながら掃除道具に手を伸ばす。木箱や棚を移動したため、埃が部屋中に散っているのだ。そして、今いる団員たちと冒険者は、掃除をしなければ確実に埃にまみれて寝る羽目になる。さすがに、色々経験している人たちでも嫌なようだ。

「すみません。誰かいませんか？」

玄関の方から声が聞こえたので向かうと、慌ててラットルアさんが追いかけてきた。

「こらっ！　一人で行動したら駄目！」

「あっ、すみません。同じ建物にいる安心感からつい……」

「安心してくれるのはうれしいけどさ、気を付けないと」

「はい」

玄関には、問題ありと判断した自警団の二人の姿。見た瞬間、ラットルアさんの服を掴んでしまった。本当だ、行動には気を付けないと。

「おっ、良い匂いだな。もしかして差し入れか？」

ラットルアさんの言葉で、玄関全体に香ばしい香りが充満している事に気が付く。

「正解です」

一人が手に持っていた、大量の紙袋を掲げて見せた。

「お～、悪いな。ただ、もうしばらくかかりそうだ。今から掃除なんだ」

「掃除ですか？　荷物はもう移動を？」

紙袋を持っていない方の団員が、廊下の奥を見つめて首を傾げる。

「あぁ、全て蔵に運び込んだ。あとは掃除だけだ」

ラットルアさんの言葉に、二人の団員の表情が微妙に歪んだような気がした。一瞬だったので良く分からないが。

「どうかしたのか？」

「えっ、いえ。元商家だから何か無いかな～って。ほら金目の物とか」

「残念だな。もしあってもマルガジュラが手に入れてるだろう」

「マルガジュラが？」

「あぁ、副団長とマルガジュラが中身を全て調べていたはずだ」

「へぇ、あとで奴に聞いてみようかな。何か見つけたかって」

「見つけてたら、奢ってもらおうぜ」

「ハハハ、良いなそれ。俺も参加させろよ」

団員二人の会話から、荷物の中身を確認しに来た事が窺える。上手く隠しているつもりだろうが、既に運び込まれた事で焦ったようだ。少し表情に、その焦りが見え隠れしていた。それにしても、マルガジュラさんに確認させておいてよかった。おそらくそれで誤魔化し通せるだろう。ただ、組織の動きは早いな。

「アイビーだったよな。大変だろうが、俺たちもいるから安心しろよ」

急に話が変わり、団員の一人が私に向かって話しかけてくる。それに少し肩が跳ねてしまったが、すぐに笑顔を作る。

「ありがとうございます。ボロルダさんやラットルアさんたちがいるので大丈夫です」

「そうか。でも、何かあったら俺たちも頼ってくれ」

「はい。その時はお願いします」

二人としっかりと視線を合わせてから、頭を一度下げる。そんな私に優しそうな表情で、それぞれが笑いかけてくれた。なにも知らなければ本当に優しそうな表情。だけど知っているので、余計に怖さを感じて背中をひやりとしたモノが走った。

「おっ、ここにいたのか」

声に視線を向けると、ボロルダさんと、セイゼルクさんがこちらに歩いてきていた。その後ろに団長さんがいるのだが、玄関にいた団員たちの姿を見て眉間に皺を寄せた。

「差し入れを持ってきてくれたんだって」

ラットルアさんの言葉に、団員二人は軽く頭を下げる。

「ご苦労。奥にアグロップがいるから、上がって持っていってくれ」

「分かりました。では、失礼します。アイビーまたな」

「はい。また」

……出来れば会いたくないです。でも、きっとまた会う事になるのだろうな。奥に向かう団員に鋭い視線を向ける団長さん。

「気を付けろよ。早速動き出したようだからな」

ボロルダさんの言葉に、団長さんは肩をすくめる。

「それより、俺たちはいったん広場に戻る事にしたから」

セイゼルクさんの言葉に少し驚く。このまま、ここで過ごすものだと思っていた。とはいえ、一度気持ちを落ち着けたいので助かる。ソラの事もあるし。

「あとは……シファルだけだが、何処にいるんだ？」

ボロルダさんの言葉に周りを見るが、シファルさんの姿は無い。

「悪い。先に戻ってもらった。他の奴らが戻ってきているかもしれないからな」

そういえば、荷物を運んでいる時から見なかったかも。

「そうか、だったらこのまま戻るか。団長、とりあえず明日の朝、顔を出す予定だから」

「あぁ、ただ何かあったら呼びに行く可能性がある。アイビー今日はありがとうな」

「いいえ、お疲れ様です。また明日」

団長さんに挨拶すると、頭を少しだけ強く撫でられた。外に出ると、なんだか解放感で満たされた。ずっと緊張していたためだろう。

「疲れちゃった？」

ラットルアさんが、ポンポンと軽く背中を叩く。

「ちょっとだけ。ずっと緊張していたみたいで」

「大変な役割があったからね。ってまだここら辺にも潜んでいる可能性があるから気を付けないとな」

まだ、元商家というか拠点となった家の近くだ。きっと、組織の者が潜んでいるはず。気を抜くのは早すぎたな。

「よし、今日は人気の屋台をはしごして帰るぞ～」

先頭を歩いていたセイゼルクさんが、いきなり宣言をして広場へ帰る道から逸れる。逸れた方向にあるのは、屋台が密集している場所。どうやら、夕飯を作る必要は無いようだ。今日は精神的に疲れているので、助かる。もしかしたらセイゼルクさんには、見透かされているのかも。……いや、ボロルダさんやラットルアさんにも。

「アイビー、甘い物も買って帰ろうか。俺の一押しがある」

「ありがとうございます」

本当に良い人たちだ。

広場に戻ると、シファルさんとヌーガさんの姿が見える。そういえば、シファルさんとヌーガさんは商人の行動を監視していたはず。どうして別行動をしていたのだろう。マールリークさんとロークリークさんの姿は見えないけど、大丈夫かな？　トルトさんとマルマさんの森での行動を確かめに行ったはずだ。

「お帰り。おっ、それって最近美味いって人気の店のヤツか？」

シファルさんは早速、紙袋の中身を確認して喜んでいる。どうやらいつも並んでいるから、諦めていたそうだ。

「ちょっとテントに戻ります」

全員に聞こえるように声を掛けて、テントの中に入る。バッグからソラを出すと、ものすごいのびのび～と縦運動をし始めた。どうやらバッグの中は窮屈だったようだ。

「ごめんね。バッグからなかなか出せなかったから」

のびのびとしながら跳ねるソラ。ちょっと形が不気味だけど、愛嬌《あいきょう》がある。運動をしている横で、ソラの食事用のポーションをマジックバッグから取り出す。今日は頑張ってくれたので、いつもより五本多めだ。容量いっぱいに拾ってきておいて、よかった。運動が終わったのか、ポーションに覆いかぶさって食事を始めたソラ。しゅわ〜っと消えるポーションをぼーっと眺めていると、テントの外から声がかかる。マールリークさんとロークリークさんが戻ってきたので食事にするとの事。急いで、お茶の葉っぱを持ってテントから出る。ラットルアさんがお湯の用意をしてくれていた。人数分お茶を入れて、椅子に座るとここ数日でおなじみになった風景が広がっていた。その光景に心がふっと軽くなった。

91話　やばい人が多すぎる！

忘れていたわけではないのだが。

「リックベルトさんは、いないのですか？」

「ちょっと用事があるんだ。先に食べちゃお」

ラットルアさんの言葉に頷いて、目の前のお肉を口の中に入れる。長時間煮込まれた柔らかいお肉が美味しい。

「美味しい」

「確かに、人気店だけあるな」

ラットルアさんの言葉に無言で頷く。全員がお肉の煮込み料理を堪能し、食後のお茶の時間。ボロルダさんが、盗み聞き防止のマジックアイテムを起動させると、シファルさんが口を開いた。シファルさんとヌーガさんだが、やはり朝から商人の行動を調べていたようだ。

「商人だが、人目を避けた場所で一人の男と会っていたんだ。その男が誰か分からなくて、仕方なく二手に分かれて調べる事にした」

「その男が誰か分かったのか？」

「もちろん。商人と会っていたのはオルワという人物で、貴族たちの御用聞きだ。調べるのに少し手間取ったが」

「そうか。で、御用聞きだが、どの貴族に出入りしているか調べたか？」

ボロルダさんの言葉に、シファルさんが首を横に振る。調べたのが漏れると、貴族の場合は目を付けられる可能性があるから、下手な調査は出来ないのだとラットルアさんがこっそり教えてくれた。貴族は色々とめんどくさいな。

「そうか、分かった」

「商人の方だが、シファルと別れた後は、この町の商人と会っていた事以外に問題はなし。ただ、会った商人がタフダグラという点が問題だな」

「あいつか。あまりいい噂を聞かない奴だな」

「証拠はないが、アヘンの売買に手を染めていると言われているからな」

アヘン？　何処かで耳にしたような言葉だけど、何だろう。

「ラットルアさん、アヘンって何ですか？」

「知らない？　気持ちを高揚《こうよう》させる麻薬なんだ。国として禁止しているモノだよ」

あぁ、麻薬。馴染みが無いから忘れていたな。組織も麻薬に手を出しているのかな？　それにしても商人は、組織が用意した罠の可能性が高い。そんな人物に、組織に関わっている人物が会いに行くだろうか？　もしかして、商売敵だったりして。

「あとは俺たちだな。こっちはもっとやばいかもしれない。トルトとマルマだが、森の奥の洞窟に大勢の人間を匿《かくま》っている事が分かった」

ロークリークさんの言葉に、全員が少し険しい顔をする。マールリークさんは、少し疲れた表情を見せて話を続ける。

「集まっている奴らはどう見ても一般人とは思えなかった。まぁ一般人が洞窟に隠れ住む必要は無いからな。犯罪者を匿って上手く利用しているって感じだろう」

「そいつらを今回、けしかけてくるつもりかもしれないな」

セイゼルクさんの言葉に、マールリークさんとロークリークさんは頷いた。

「人数は確認出来たのか？」

「全員なのかは不明だが、今日確認出来た人数は二一人だ」

「多いな！」

ボロルダさんが驚くのも分かる。洞窟に隠れ住んでいるというから、もう少し人数は少ないと思っていた。いや、組織がばれる事を前提にしているのなら、この人数も頷ける。拠点の見張り役は、問題を起こす人数が多くなればなるほど少なくせざるを得ない。でも、どんな犯罪者だろう。人手が一番必要な犯罪だと……人殺しとか？　まさかね。

「ボロルダたちは何を始めたんだ？　で、俺たちはどう動く事になっている？」

シファルさんが聞いた事で、代表してボロルダさんが朝からあった事を話し出す。元商家を拠点として、組織に対して罠の下準備が既に終わった事。罠に必要な人を選ぶために、ソラが自警団員とギルマスさんが選んだ冒険者を判断した事。そこで判明した問題ありの人数や、ボロルダさんたちが目を掛けていた冒険者が駄目だった事などだ。

「あいつらが、駄目？　本当か？」

「あぁ、アイビー、間違いないよな」

ボロルダさんの言葉に頷く私を見て、シファルさんもヌーガさんも大きなため息をついた。

「そうか、まぁ自警団もそれだけの人間があっち側なんだ。あり得るか。馬鹿な奴らだな」

シファルさんの静かに響く声が、寂しそうで悲しい。あれ？　で、リックベルトさんはどうしたんだろう。

「あの、リックベルトさんは……」

「あぁ、忘れてた。悪い。リックベルトだが、あいつって特技があるんだ」

マールリークさんの、忘れていた発言にちょっと場が明るくなる。

「特技ですか？」

「そう、人の顔を覚えるのが得意なんだ。一回見ただけで記憶出来るんだ」

「すごいですね。私、人の顔を覚えるのが少し苦手なので羨《うらや》ましいです」

「へ～、アイビーにも苦手な事ってあるんだ」

ラットルアさんの言葉に驚く。苦手な事だらけなんだけどな。

「いっぱいありますよ」

「そう？　気が付かなかった」

「確かにアイビーってなんでもこなす印象があるな。で、リックベルトだけど、洞窟に潜んでいる奴らを確認してもらって、今は冒険者ギルドで指名手配されている人物がいるか調べてもらっているんだ」

「おっ、噂をすればだな」

セイゼルクさんが、広場の入り口に向かって手をあげる。見るとリックベルトさんが、かなり疲れた顔をしてこちらに向かってくるのが見えた。

「疲れた～。さすがに人数が多かった」

「ご苦労。で、どうだった？」

「ちょっと休憩させてくれてもいいと思うんだが。まぁいいけど。指名手配者が一一人。調査対象が五人だ」

「指名手配が一一人？　間違いなく？」

シファルさんが、人数に驚いているが全員が似たような反応だ。私もまさか指名手配されている人物がそれほどいるとは。

「俺も驚いた。だから何度か確認したんだが、間違いないと思う。で、もっと最悪なのが一一人中一〇人が人殺しって事だ。調査対象とされている人物も殺し関係だった」

「うわ～。そんな奴らが森に潜んでいると思うと気持ち悪いな。というかこれまでよく会わなかったよな」

セイゼルクさんが自分の肩をさすっている。確かに気持ちが悪い。それにいつ遭遇してもおかしくない状態だったのだから、恐ろしくもある。いや、組織が罠のために集めたのなら、最近集まった可能性もある。でも、すぐにこれだけの犯罪者が集められるという事は普段からどこかに匿っている可能性があるのかも。

「で、何を話していたんだ？」

リックベルトさんに、ボロルダさんがもう一度説明をする。

「なるほど罠か。というかアイビーを巻き込むのはどうなんだ？」

「そうなんだが、作戦のほとんどがアイビーの案だからな」

「確かにそうだが……アイビー怖くなったらすぐに逃げて……って何処にって感じだな今のこの町って」

リックベルトさんの言葉に、全員が苦笑いだ。確かに敵が多すぎて逃げ場が見当たらない。

「俺はそろそろ行くわ」

「ん？　あぁ、そう言えばフォロンダ領主と会う約束をしていたか」

「あぁ、あの後伝達が来て、夜に屋敷に行く事になった」

「一人で大丈夫か？」

ヌーガさんが心配そうに聞いている。それに対して、ボロルダさんが軽く肩をすくめた。それは大丈夫という事なのか、それとも……。

「ソラの判断を信じるよ。オルワの御用聞き先も聞いてくる」

ボロルダさんは、笑ってそう言うと広場を後にした。ヌーガさんとシファルさんは、心配そうに後ろ姿を見送っている。リックベルトさんはいつも通りだ。

「大丈夫だろ。ソラが大丈夫って判断したんだから」

「そうだが……あっ、悪いなアイビー。別にソラを疑っているわけではないからな」

ヌーガさんが私の顔を見て慌てている。もちろんそんな心配はしていない。いや、疑われても仕方がないと思っている。ソラの判断には、まだ何の確証もないのだから。

「大丈夫です」

「それにしても、裏切り者に指名手配犯。どうなっているんだこの町は」

セイゼルクさんの言葉に、誰も何も答えられないようだ。それはきっと思っていたより悪いからなのだろう。ボロルダさんは大丈夫かな？　本当にフォロンダ領主は、こちら側の人なのだろうか？

「大丈夫だよ」

私の心境を察したのか、ラットルアさんが優しく頭を撫でてくれる。視線を向けると、笑顔でもう一度大丈夫だと言ってくれた。そうだ。ソラを信じている私が、不安に思うなんて駄目だよね。

「ありがとうございます」

92話　フォロンダ領主

冷たい水で顔を洗うが、寝不足のため少し頭が痛い。昨日、夜遅くまで起きていたせいなので仕方ないのだが、ちょっとつらい。

昨日は、フォロンダ領主に会いに行ったボロルダさんが心配で、夜中まで帰ってくるのを待っていたのだ。なかなか姿を見せない彼に、ソラの判断が間違っていたのかと途中から気分が最悪だった。そんな私を心配してくれたラットルアさんに勧められて、途中でテントに戻ったのだが、そこからの記憶が途切れている事から、どうやら寝てしまったようだ。ふと意識が浮上し、慌てて飛び起きたが既に朝。ドキドキしながらテントから顔を出すと、ラットルアさんがボロルダさんが帰ってきている事を教えてくれた。

「よかった」

「大丈夫って言っただろ」

「はい。でも、本当によかった」

安堵《あんど》から「はぁ～」と大きなため息が出た瞬間、頭にズキッとした痛みが走った。表情に出たのか、寝不足だねと笑われた。痛みが落ち着いてから、朝食作りを始める。朝なので簡単なスープだ。それと昨日の残りのお肉を食べやすい大きさに切って、パンに挟んでみた。ちょっと野菜を多めにしたので、さっぱりと食べられるはずだ。マヨネーズが欲しいところだけど、そういえば見た事が無いな。今度探してみよう。

「おはよう。昨日は随分遅くまで待っていてくれたんだってな。悪かったな」

ボロルダさんの表情はいつも通り、穏やかで優しい。帰ってきているとは聞いたが、姿も確認できた事で本当に安心出来た。

「いえ、勝手に待っていただけなので。あの～、それでどうなりましたか？」

「あぁ、それについては、後で話すよ」

「はい」

「それにしてもそれは何だ？　手に持っているそれ」

「サンドイッチもどきです」

「へぇ～、面白いな。どこかの町で知ったのか？」

「……そんな感じです」

どうして私は、これを作ったのだろう。やっぱり、色々テンパっていたのかもしれない。なんせ、わざわざ記憶の中から引っ張りだして作ったのだから。

「なんか美味しそうだけど、初めて見るな」

ハハハ、シファルさん止《とど》めを刺さないでください。って、知らないから仕方ないのだけど。とりあえず、聞こえなかった事にしようかな。

「用意は終わっているので、食べましょうか」

「おはよ～。あれ、アイビーはまた面白い物を作ったな」

マールリークさんも止めて！　ぅう～、パンに挟んだだけなのに。きっとどこかに似たようなモノがあるはずだ。そうだ、きっとある！　あるといいな～。

「ロールか？　ちょっと違うか？」

ロールという物があるなら、それで誤魔化せないかな。

「『さんどいっちもどき』というらしいぞ」

あ～、しまった。ボロルダさん名前が違う！

「へぇ～『さんどいっちもどき』なんだ」

あっ、これ駄目だ。皆が聞いてしまった。……お腹が空いたな。

「食べましょうか」

サンドイッチは好評だった。お肉と野菜をパンに挟んだだけなのだが。ロールはちなみに、チーズを挟んだパンらしい。なので、それを真似してみたと言い張っておいた。そして名前は『サンドイッチもどき』になった。ロールもどきにしたいが、何か言うと墓穴を掘りそうで怖すぎる。名前の理由を聞かれたので、思いつきと答えておいたけど納得してくれたのだろうか？　ちょっと不安だが、そう食べる事も無いだろうからいいか。なぜなら、柔らかいパンが手に入らないと作れないからだ。主流となっている黒パンは、固くてサンドイッチには向かない。今日はたまたまラットルアさんが、朝方パンを買いに行ってくれて柔らかいパンがあったのだ。ちなみに柔らかいパンは値段が高い。

「さて、そろそろ落ち着いたから話すか」

食後のお茶を飲んでゆっくりしていると、マジックアイテムを起動させたボロルダさんが昨日の夜の事を話し出す。フォロンダ領主は、ソラが判断したように問題なし。拠点とした元商家を、冒険者ギルドの取り締まりの場所として紛れ込ませたのはフォロンダ領主だ。正確にはフォロンダ領主の味方の冒険者さんだが。

フォロンダ領主は、八年前に組織から逃げてきた子供を内密に保護した事で組織を認識したらしい。ラットルアさんたちが組織を知る、一年前の事だ。それからずっと独自に調査を続けて、何とか組織を壊滅させようと奮闘してきた。だが、なかなか組織の全貌《ぜんぼう》が掴めない状態で、長く痛恨の念に苛《さいな》まれていた。そんな時に飛び込んできたのが、ファルトリア伯爵が掴んだ裏商売をしている商人の情報。だが、その情報にフォロンダ領主が疑問を感じた。彼はその商人を既に調べていたのだ。そして組織とは無関係と判断していた。もしかしたら、ファルトリア伯爵が騙されている可能性を考えて、長年信頼している冒険者に独自に調査を依頼。商人はやはり組織とは無関係だと判断した。そして確認した情報をどうするべきかと考え、最初はファルトリア伯爵に全てを話すつもりだった。だが、もしファルトリア伯爵の近くに組織の者がいた場合、彼の命が危うくなる可能性を考え断念。前々から怪しいと思っていた元商家を、取り締まりの場所として秘密裏に変更させることにした。元商家は狙い通り組織の拠点だった、だが情報が洩《も》れてしまい証拠が全て持ち出された後だった。そしてその動きによって、フォロンダ領主が組織を追っている事に気付かれた可能性がある、と判断したらしい。

「あの取り締まりの時まで、組織を欺《あざむ》けるとはさすがフォロンダ領主だな」

セイゼルクさんが、尊敬するような表情を見せる。ボロルダさんがうれしそうにしている。信じていた人が、ずっと組織と戦っていた事がうれしいのだろうな。裏切り者がごろごろいると分かった後では特に。

「で、こちらの作戦については何と？」

「白警団や冒険者に裏切り者がいる事は話した。覚悟していたようだが、人数を聞いて驚いていたよ」

「あ～、まぁな。あれは誰でも驚く人数だろ。だが冒険者にだって、まだいる可能性が高いだろ？全員を調べたわけではないからな」

確かにソラに判断してもらったのは、ギルマスさんが紹介してくれた冒険者のみ。結果、半分が問題ありという慄然《りつぜん》とする結果になったが。……もしかして自警団よりやばいのかな？　まぁ、それは追々考えればいいか。

「それと、ファルトリア伯爵が組織の者だと話したら、あり得ないとも怒鳴《どな》られたよ。まぁ、そう言われるだろうとは思っていたから問題ないのだが、信じてもらうためにマジックアイテムを使用したと言っておいた」

「この町でファルトリア伯爵と組織を結びつける者は、今ここにいる者と他に数名だけだな」

「あぁ。愕然《がくぜん》としていたよ。信じてもらえないかと不安になったが、マジックアイテムを使用した事とギルマスが信じた事で信じてくれた。こちらの作戦については話していない。それよりも、問題が浮かび上がってしまったから」

「問題？」

「数日前に、組織を追っている事をファルトリア伯爵に相談したらしい。それで彼から護衛として、信頼出来る冒険者を紹介してもらう事になっているんだ」

「それは、危険だろ」

確かに組織を追っている領主など、組織にとって邪魔な存在だ。では、組織としてどうするか。間違いなく、消しにくる。そして、組織に利益を生む者を領主に据えるだろう。

「フォロンダ領主も危険性に気が付いていて、どうするか悩んでいた。護衛の件を断ると、すぐに組織が動く可能性もある。だからと言って紹介された冒険者を近くに置くのもな」

「冒険者たちは本当に敵でしょうか？　フォロンダ領主だけでなく、その冒険者たちも一緒に殺されると思うのですが」

「えっ、フォロンダ領主は分かるけど冒険者も？」

「一緒に殺してしまった方が効果的だと思いますけど……」

「ん～……効果的って？」

「えっと。自分が紹介した冒険者たちも、そして大切な友人も亡くしてしまったと悲嘆にくれる姿は同情を誘います。そして力が及ばず守れなかった彼のために、組織と戦う意思のある者を紹介するとか言って、次の領主に組織の手の者を置く。同情を集めるには、一人でも多くの人が死んだ方が効果的かと思います。この組織は、これぐらいは平気ですると思うのですが、どうでしょうか？」

「「「「…………」」」」

あれ？　何かおかしな事を言ったかな？　どうして、全員が私を見て固まっているのだろう？　ん～、同情は人をもっとも愚かな行動に走らせると前の私が言っているのだけど、違うの？

93話　計画をつぶす！

「あぁ、そうだな。そうだ。確かにその通りだ」

ボロルダさんの、少し戸惑った様子に首を傾げる。やはり、ちょっと間違ったのだろうか？

「組織のこれまでの動きを考えると、起こり得る未来だな」

シファルさんの言葉に、ラットルアさんたち全員が頷く。何だ、やっぱり合っていたのか。でも、だったらどうしてあんな反応だったのだろう？　あっ、私の年齢だ！　しまった。

「アイビーは本当に色々と思いつくな」

「いえ。ちょっと……」

やばい、どうしよう。考えてから話をしようと思っていたのに、九歳という部分を除外していた。これからは、もう少し慎重になろう。……でも私、組織に狙われているんだよね。こんな状態で、慎重になる必要ってあるのかな？　それに、既にいろいろ言ってしまった後なので、今更取り繕うのも手遅れな気がする。というか、確実に手遅れだろう。うん、今回はいいかこのままで。でもこの問題が解決したら、ちゃんと考えよう。いつか自分の首を絞める事になりそうだ。

「フォロンダ領主が狙われる可能性が高いと考えて良いな。どうする？　団長たちに相談するか？」

セイゼルクさんの言葉に、ボロルダさんが首を横に振る。

「今の団長たちの周りには敵が多すぎる。はぁ、味方を増やしたいが」

「味方か～、増やしたいが。情報の管理がな～」

マールリークさんの言葉は、全員が思っている事だ。味方が多い方が色々と動きが取りやすい。その反面、情報が漏れやすい。ボロルダさんから「あいつらが敵でなかったらな～」と小さな声が聞こえた。きっと問題ありと判断した冒険者たちの事だろう。

「あ～。とりあえず味方は諦めよう」

ファルトリア伯爵は、いつ動き出すだろう？　これまでの組織の動きは、想像以上に早かった。とすれば、既に何らかの準備を終わらせている可能性も考えられる。

「ファルトリア伯爵が、既に準備を整えていると考えた方が良いかもしれません。なので、こちらもいつ組織が動いてもいいように、準備を整えておく必要があるでしょう」

「確かにな、組織の動きは早いな」

ボロルダさんの眉間に、くっきりと皺が寄る。何処かで組織の計画を狂わせたいが……あ～、何も思いつかない。

「悲観していても仕方ないな。よし、まず団長たちと合流しよう。組織が動いたら、どう動くか決めておかないと駄目だしな。とりあえず拠点に向かうぞ。ラットルアはアイビーから離れるなよ」

セイゼルクさんの言葉に、全員が動き出す。私はテントにソラを迎えに行く。ソラはまるで話を聞いていたかのように、シファルさんにもらったバッグの近くで揺れていた。

「ソラ、頑張ろうね。応援してね」

縦に一回ぐ～っと伸びるソラを撫でるとバッグに入れる。少しバッグがもぞもぞと動くが、すぐに動かなくなった。テントを出て、ラットルアさんの隣に並んで歩き出す。

「そういえばラットルアさん、今日もミーラさんたちと会う約束をしていなかったですか？」

「あっ！　忘れてた。今日は、断った方がいいよな？　まだ、拠点の準備が完全には終わっていないし」

確かに終わっていない、拠点に来た組織の人たちを捕まえる方法を話し合う必要がある。でも断って大丈夫だろうか？　拠点に私たちが出入りしている事は、きっともう知られている。不審がられてしまったら、ミーラさんは動かなくなる可能性がある。そうなるとこちらの作戦に支障をきたす。こちらはミーラさんが動いて初めて作戦が動き出すのだから。

「どうしたの？」

「いえ、私たちが拠点に出入りしている事は知られていますよね？」

「あぁ、間違いなく」

「ミーラさんが警戒して、予定を変更する可能性があると気付いてしまって……」

「確かにありえるな。だったら今日は会いに行った方がいいという事か。でも何か仕掛けてくる可能性があるぞ」

「はい」

それを防ぎ切れるか不安が残る。そういえば、あの犯罪者たちはどういう役割があるんだろう？　囮？　それとも……あ～、頭が混乱してきたな。ちょっと気持ちを落ち着けて冷静に。

「ふ～」

私の予想だけど、組織はまだ私たちがミーラさんを敵だと知っているとは思っていない。だから私の誘拐計画は継続中のはずだ。だからきっと、ミーラさんは何かをしかけてくるはず。

「ミーラさんは動きますよね？」

「動くと思うぞ。前に会った時の雰囲気から、かなり焦っている様子だったからな」

ですよね。私は囮だ。その為の誘拐。ただ、ミーラさんはきっとそれは知らない。知っていたらもっと組織から手助けがあるはず。あんな何かありますというような態度はとらない。きっとミーラさんが捕まっても組織には近づけない。彼女は失敗しても良い捨て駒《ごま》。このままいけば、彼女も彼女の兄弟も組織に殺される。……駄目！　今はそんな事を考えている暇はない。えっと、ミーラさんを使って私を誘拐する理由は、混乱が目的だと思うんだよね。ミーラさんを使えば冒険者の中に裏切り者がいた証拠になる。もしかしたらまだ仲間に裏切り者がいるかもしれないと思わせる事が出来れば組織の思うつぼ。命令してもその相手は本当に仲間なのか分からないのだから。私とミーラさんだけで冒険者も自警団も身動きが出来なくなる。あっ、そうか。そんな時に森に犯罪者の集団が潜伏していると報告があったら、裏切り者が途中で暴れ出す可能性を考えて討伐隊をいつもより多くしたりするのかな？

「ラットルアさん、仲間に裏切り者がいると分かっている。でもそれが誰か分からない状態の時に森に犯罪者が多数潜伏していると分かった場合、自警団と冒険者ギルドはどう動きますか？」

「そうだな……今のこの町の状態だと犯罪者が潜伏しているという情報が届いたら、すぐに組織関係だと思うだろう。そして裏切り者がいると分かっているなら……一〇人ぐらいの討伐隊を何個か作って潜伏先に向かわせるな。裏切り者がこちらに向かってきても対処出来るように」

一〇人ぐらいを何個か？　それで対処出来るの？

「ただし、裏切り者が四、五人だと成功する作戦だ。あの数の裏切り者がいると、この方法では討伐隊は全滅だろうな」

「そうですか」

「森にいる奴らの役割か？」

「はい」

「なるほど。俺たち冒険者や自警団をおびき寄せる囮か？」

「私の予想なので、正直分かりませんが」

でも、あれだけの人数をわざわざ集めたのにはきっと理由があるはず。今、考えられるのは誰かを襲わせるか、囮なんだよね。それと組織は、討伐隊や犯罪者の彼らが全滅してもしなくても気にしないような気がする。だって彼らの目的は拠点となった元商家から、証拠とお金を安全に取り戻す事なのだから。つまり、それ以外はどうでもいいと思っているはず。少し話を聞いたけど、かなりすごい証拠だったみたいだから。そう、確実に町から自警団と冒険者を減らすためだけに集められたのが、森にいる犯罪者たち。そう考えると無駄に多い人数にも頷ける。

「あっ、ミーラさんが動けなくなったら、すぐに殺されてしまうかもしれません」

「「「えっ？」」」

そうだよ。冒険者の裏切り者はミーラさんだけではない。代えとなる冒険者はまだまだいる。とりあえず最初に出会って、私がある程度一緒にいるように見えるから、彼女に私の誘拐の指示がきただけだ。

「組織にとって動けない者は不要だと思います。代えの冒険者はいますから」

私の言葉にラットルアさんたちが、ぐっと険しい顔をする。

「捨て駒か」

「今日は甘味屋に行きましょう」

仕掛けられても何とか対処して、次の時までにこちらも準備を整えて待とう。……待つ？　あれ？　待つ必要ってあるのかな？　組織の裏をかいて混乱させたいなら、今日が最も組織に罠をしかける最善の日なのでは？　だって、拠点を作ったのは昨日、組織もまさか今日動き出すとは思わないはず。でも、不自然に動くと拠点の罠に気付くかもしれない。どうにか自然に動いて……あっ、森にいる犯罪者たちだ！　そうだ、彼らを使えば、組織に混乱を引き起こす事が出来るかも。上手くいけば惑わすだけでなく追い詰める事が出来る！　それにはどう動けばいいか……ミーラさんだ。彼女にはきっと組織の見張り役がいるはず、失敗した時のために。その人物を利用出来れば……。

「ミーラさんたちを利用して、すぐに仕掛けましょう！」

「「「えっ？」」」

うん、仕掛けるなら今すぐだ。何か動きがあると、組織はすぐに対抗措置を考える。昨日、拠点が出来た。おそらく一日か二日で何か策を講じるはず。拠点にいる人間を裏切り者だけにするとか？　ハハハ、ありえそう。なら、それらの対策が出来る前に、こちらが先に動けば良い。そうしたら、ミーラさんたちだって救えるはず。まずは、組織を混乱させる事が重要になる。何をしたら混乱するだろう。たとえば、拠点を襲う日が今日になったらどうだろう？　それも一時間後ぐらいとか？　あっ、これ良いかも。

「今日拠点を襲わせましょう！」

「「「はっ？」」」

「その為にはミーラさんが重要になります。森にいるマルマさんたちを含めた犯罪者たちに討伐隊が組まれていると……いや、既に討伐隊が動いているの方が慌てますよね？」

「ちょ、ちょっと待って。セイゼルクとボロルダを呼んでくるから」

セイゼルクさんとボロルダさん？　どうして？　あっ、そういえば、いつも彼らがチームの方向性を決めていたな。そうか、彼ら二人はそれぞれチームのリーダーだ。何かを決めるには、二人のどちらかと決めないと駄目なのかな？

「アイビー、少し話は聞いた。えっと、ミーラを使って仕掛けるのか？　それも今日？」

セイゼルクさんとボロルダさんが、慌てた様子で私の左右に並び訊いてくる。どこに組織の者が潜んでいるか分からないので、小声で答える。

「はい、そうです。ミーラさんには、おそらく見張りが付いていると思います。失敗した時のために。だからミーラさんを利用するというか、見張り役を利用します。それと動くのは今です。わざわざ組織が動くのを待つ必要が無いと気が付いたんです。組織を混乱させるのに今日は一番最適な日だと。上手くいけば、ミーラさんたちを助けられるかもしれません」

セイゼルクさんが、少し目を見開く。そして、ボロルダさんには頭を撫でられた。

「よし、だったら団長たちと話し合って」

「いえそんな時間はありません。それに、団長さんの周りには組織の者がいっぱいいます。なので無理やり巻き込みましょう」

「えっと……どういう事だ？」

ボロルダさんが、かなり戸惑っている。

「マルマさんたちが犯罪者を匿っていると騒いで、すぐに討伐隊を組むように団長さんに提案してください。その間に私とラットルアさんがミーラさんと接触して情報を漏らします。おそらくですがミーラさんは、すぐに動くと思います。仲のいい兄妹だと、ラットルアさんから聞いているので。もし動かなければ、私の考えが間違っていた可能性があります」

「なるほど、ミーラが慌てて動き出せば、見張りは俺たちの動きに気が付く。そうすれば否応《いやおう》なしに、拠点への襲撃をすぐに実行に移す必要が出てくる」

「はい。拠点周辺でも同じ情報が流れるので、違和感が無いと思います。実際に討伐隊が出ていくわけですし」

んー、ここからが問題だな。多くの人を死なせないためには、時間との勝負だ。出来るかな？

いや、皆が悲しい顔をするのは嫌だ。皆の力を借りてやってみせる。まず考えないと駄目な事は、どうやって裏切り者を生きたまま捕まえるか。動きを止めるだけでもいいのだけど。眠らせる？ 飲み物に……睡眠弾？ ってなに？ あっ、これは前の私の記憶だ。えっと、ガスを吸い込むと寝るの？ それ良いな～。ここにもあるかな？

94話 組織を潰すためなら

「ここからが時間との勝負です。団長さんたちには、森に入ったらすぐに問題ありと判断した人たちを全て捕まえてほしいです」

「えっ？ それだったら洞窟の奴らが逃げ出さないか？」

「ミーラさんの見張り役は拠点の周辺に討伐隊の事を言いに行くと思います。ミーラさんたちは、私たちが足止めするので、洞窟に知らせに行く者はいないかと思います。組織にとって重要なのは拠点にある証拠なので」

「なるほど」

ボロルダさんが何度か頷いて私に笑いかけた。

「フットルアさん、ミーラさんたちを押さえられますか？」

「ん～、何とかなるかな。で？」

「味方だけとなった討伐隊は拠点に戻り、拠点の周辺の人たちを調べる場所まで誘導してください。理由はお任せします。そして誘導された人たちをソラが調べます。その時はボロルダさんが一緒にいてくださると、うれしいです」

「俺というか、偽のマジックアイテムだな」

「はい。あの～、建物内にいる全ての人を眠らせる方法ってありますか？」

「あぁ、あるよ。洞窟に立てこもった奴らを捕まえるのに必要だからな。まさか、拠点にいる人間を敵味方関係なく眠らせようとか考えてる？」

セイゼルクさんが驚いた表情でこちらを見る。

「えっと、人手が足りないですし、とりあえず逃げられないようにしないと駄目なので。少ない味方を守るためにも、お休みいただいた方が、良いかなっと」

「まぁ、確かにそう言われるとそうなんだが……」

「最後に、洞窟にいる犯罪者たちを一掃する予定です。えっと……こんな感じです」

この計画はとにかく時間との勝負。でも、成功したらきっと組織を追い詰められるはず。

「すごいな。過激な計画だ」

「えっ？　過激ですか？　すみません」

「いや、謝る必要は無い。組織を潰せるなら、これぐらいどうって事は無い。それに……」

セイゼルクさんは苦笑いしている。あれ？　ちょっと違うな。楽しそうに見える？　まさかね？

「楽しそうだね～」

うわっ、ビックリした！　いつの間にか、私の後ろに立つシファルさん。気配がしなかったですよ。あれ？　彼の表情が今日は一段とあくど……素晴らしいですけど、どうして？

「白警団の裏切り者と拠点の周りにいる組織の者たちを捕まえるのって、組織に内部情報が漏れていると思わせるのが狙いかな？」

「はい、シファルさんの言う通りです。ついでに冒険者の方もある程度捕まえられれば、信憑《しんぴょう》性も増すと思うのですが」

「うん、いいねそれ。そこまでしたら、組織の動きはかなり鈍くなるだろう。情報が漏れている心配に、動かそうにも手足がもがれた状態だ。その間に俺たちは証拠を調べて止めを刺すか～。最高だね」

シファルさんとセイゼルクさんの笑顔に寒気が……。ラットルアさんはいつも通り……ではないみたい。なぜかものすごい笑顔……それ、笑顔ですよね？　何気に一歩後ろに下がって、視線を逸らす。上位冒険者の殺気？　を含んだ笑顔は、私にはまだ刺激が強いみたいです。えっと、他に伝える事があったはずだけど、何だったかな？

「あっ、拠点には組織側の人を多く残してほしいです。あとは、フォロンダ領主にお手伝いをしていただきたい事があるのですが」

「フォロンダ領主に？」

ラットルアさんが首を傾げる。よかった、いつもの彼が戻ってきた！　さっきのは……忘れよう。

「はい。昨日ボロルダさんが、証拠の中に貴族の名前があったと言っていました。もしかしたら、貴族が自分たちで、証拠を消そうと動くのではないかと思って。あり得ないとは思うのですが、もしもという事がありますから。そして貴族の中には、自警団員たちや冒険者の人たちにつらく当たる人もいるので、同じ貴族の人がいた方がいいかと思いまして」

「確かに証拠の中に多数の貴族の名前があったな。しかも、それなりの地位にいる奴らだ。まさかとは思うが、貴族の中には頭の悪い馬鹿がいるからな」

セイゼルクさんの言葉に苦笑が浮かぶ。

「あの、私が話した作戦は、そうとう無理があります。なので少しでも無理だと感じたら、他の方法をとってくださいね」

成功したら、組織を少しは追い詰める事が出来るはず。でも、失敗したらと思うと怖い。

「大丈夫だと思うぞ。アイビーの作戦は、組織に大きな一撃を与えられる。しかも楽しそうだ」

「おいおい、シファル。最後の楽しいは、口に出したら駄目だろう?」

というセイゼルクさんも、表情が今までにないぐらい楽しそうだ。マールリークさんもリックベルトさんも表情には笑みが浮かんでいる。何だろう。かなり無理な作戦で反対される覚悟だったのだけど、すごくやる気になっている。

「ふふっ、アイビーは最高だな。今までの積年の恨み辛みがこれで晴らせる」

ボロルダさんの表情が怖いです。おかしいな、優しい彼はどこに行ったのだろう？

「これまでの恨みが返せるかと思うと、ものすごくやる気が出るな。本当に今までやられっぱなしで、どれだけの人が悲しんだか。しかも、大切な仲間まで引きずりこみやがって」

ボロルダさんの言葉に、ラットルアさんたちの表情の中に悲しみが浮かぶ。

「必ず、成功させるぞ！」

ボロルダさんが、力強く言い切ると、周りの空気が変わった。

「指名手配を調べた事は既に組織に知られているだろう。だが事が事だからな、もう一度確認してもおかしな事ではない。リックベルトとロークリークは冒険者ギルドで指名手配犯を調べてくれ。『間違いない、すぐに討伐隊を組むよう団長たちに相談しよう』てな感じで演技してこいよ。そうだ、ミーラとの約束は何時だ？」

ボロルダさんの言葉に、指名された二人がものすごく嫌そうな顔をしているが、重要な事だと理解しているからだろう、「了解」と言ってくれた。そういえば、彼らは声を普通に出しているけど大丈夫なのかな？　周りを見て確かめるが、不思議な事にこちらを気にしている様子はない。結構、声が大きいと思うのだけど。

「あと一時間後かな。それより、もしかしてアイビーに話していないのか？」

何を？　そう言うとラットルアさんが、セイゼルクさんの持っているカバンから何かを取り出した。それは、話を聞かれる事を防ぐマジックアイテム。

「発動しているのですか？」

「そう。ごめん、ずっと小声だったからおかしいなって思っていたんだけど……」

「はぁ～。もう少し、早く教えてほしかったです」

誰かに聞かれないかとびくびくしていたのに！　と少し思う。

「悪い。誰かがちゃんと説明していると思っていた」

セイゼルクさんが、顔の前で手を一回ぐっと握るしぐさをする。それは冒険者たちが、声を出せない時に謝る合図となっているものだ。

「大声でです。では、普通に話しても大丈夫なのですか？」

「大声でない限り大丈夫だよ」

ラットルアさんに、髪の毛をぐしゃぐしゃっとかき回される。ちょっと拗《す》ねた態度をしてしまった私が面白かったようだ。

「よし、話をつづけるぞ。マールリークとヌーガとシファルはこのまま拠点に行ってくれ。団長たちに問題発生の可能性あり、討伐隊が必要だと自警団から相当数の人数を集めるように言ってくれ。ただし、詳しく話す必要は無いだろう。彼らもプロだから、ある程度の情報で察する事が出来るはずだ。あ～途中で退場者が出る事だけは、それとなく伝えてくれ」

ある程度で団長さんたちには伝わるのか。さすが、色々と経験しているだけはあるな。

「俺は？」

セイゼルクさんがボロルダさんに聞く。

「セイゼルクはギルマスに、作戦の事を言ってくれ。ついでに残りの裏切り者の冒険者も参加させるように。奴らはここで退場してもらう。自由にしておくと厄介だからな。あっ、情報はまだ伏せるように言っとけよ」

「分かった」

「俺は、ギルドの外で待機。リックベルトたちと合流したら拠点へ向かう。ラットルアとアイビーはミーラと会って、犯罪者たちと討伐隊の事を話してくれ。方法はラットルアに任せたらいいから。俺たちは拠点へ行って、討伐隊をすぐに作って、森へ行く」

すごいな、さすがボロルダさんだな。後は、彼らに任せたら大丈夫だよね。

「って、感じでどうだ。アイビー？」

ん？ 私に聞く理由が分からないが、問題は無い。

「大丈夫だと思います」

「アイビー、ミーラにはどう聞けばいいのかな？」

「そうですね」

どうして、私に聞くのだろう？ セイゼルクさんやボロルダさんがすぐ隣にいるのに。

「とりあえず、マルマさんたちに借金がないか、友人関係に問題がないか聞いてみましょう」

人が身を崩す場合は、お金が関係している事が多いと聞いた。他には、秘密を握られたとかかな？

「なるほど、不信感を与えるんだな？」

「はい。マルマさんたちの事を聞きだそうとしていると分かれば、ミーラさんは何か反応すると思います。混乱させれば、行動を止めやすくもなるだろうし」

私たちがするべき事は、ミーラさんにマルマさんが疑われていると気付かせて、混乱させる事。

そしてミーラさんの近くにいる組織の人間を、一人以外は捕まえる事。残した一人は、討伐隊が既に行動を起こしている事を、拠点周辺に潜んでいる組織の者たちに知らせる役目があるから必ず逃がす事。

「俺も人の事は言えないが。ラットルア、それぐらいは自分で考えろよ」

「よく言う。ボロルダだって心配でアイビーに確認取ったくせに」

「……重要度が違う」

「ぅわ、開き直りやがった」

「二人とも、どっちもどっちだからね」

シファルさんの突っ込みに、その場に笑い声が広がる。彼は、仲間を苛め……注意する時って本当に楽しそうだよな。でも、そのお蔭で緊張感が少し緩んで、いい感じになった。これが狙いなんだろうな、すごいな。

95話　仲間が増えた

「う～、緊張してきました」

「アハハハ、大丈夫、大丈夫」

ラットルアさんと約束の場所へ向かう。つまり、作戦は動き出してしまった。成功するか、失敗するか。怖い。正直、今すぐ逃げ出したくなる。失敗したら、誰かが死ぬかもしれない。グッと両手を握る。気を抜くと、震えてしまいそうだ。

「アイビー、本当にありがとう」

「えっ？」

ラットルアさんは、遠くを見るように視線を空へ向ける。その横顔には、どことなく陰りが窺えた。

「今まで、どれだけ組織を追い詰めたと思っても、まるで雲を掴むみたいに目の前から消えてきた。それが何度も何度も。どれだけ自分たちの力の無さを恨んだか。それだけじゃない。ボロルダやシファルの知り合いの子供たちが、被害に遭っている可能性があるんだ。俺の弟たちも、もしかしたら……。証拠が無いから何とも言えないが」

驚きで、一瞬息が詰まる。ラットルアさんは時々、私を見て悲しそうな顔をしていた。何か理由があるとは思っていたが。まさか、弟さんたちが被害に遭っているかもしれないなんて……。

「組織はこの町に、ずっと影を落としてきた問題なんだ。でも、手を伸ばしても掴めなかった。それがアイビー、君のおかげで組織の欠片《かけら》を掴む事が出来た。そしてそれ以上の物まで、手に入れた」

きっと証拠の事だろう。

「でも、アイビーとソラがいなかったらきっと奪われていただろう。というか、気付かないうちにあそこから消えていた可能性の方が高いな。全てアイビーのおかげなんだよ。なによりアイビーは、諦めかけていた俺たちの背中を押してくれた。それに、組織を出し抜く作戦も立ててくれたしな。あとは俺たちの仕事なんだ。この町に住んで、この町を守る俺たちの」

握り込んでいた両手から、ゆっくりと力を抜く。そうだ、彼らは弱い人たちではない。諦めかけていたというが、ずっと耐えて機会を窺っていたのだと思う。組織に襲いかかる時を。

「そうですね。セイゼルクさんやボロルダさんの仲間たちは、すごく優秀なので大丈夫ですね」

「もちろん、俺もだよね？」

「もちろんです！」

約束の場所が見える。そこには、ミーラさんとルイセリアさん、カルアさん。そして初めて見る男性の姿。予定外の人に、少しドキリと心臓が跳ねた。でも、大丈夫。きっと成功させる。

「知っている人ですか？」

「あぁ、俺たちと同じ冒険者だ。でも、あいつは……」

ラットルアさんが言葉を濁す。何か思う事がある人なのだろうか？

「アイビー、ラットルア、おはよう」

ミーラさんが、笑顔で手を振ってくる。

「おはようございます。ミーラさん、ルイセリアさん、カルアさん。えっと……」

「ごめんね。急きょ一人追加。でも、いい奴だから」

「初めまして、マカシャです。ラットルアさんとは一緒に仕事をした事がありますよね？」

男性が名前を告げた時、カバンからプルプルとした振動が伝わる。この人は大丈夫のようだ。男性が見えた瞬間に掴んだラットルアさんの服から、そっと手を離す。

「あぁ、久しぶりだな。今日はどうしてミーラと？」

「久しぶりにカルアに会ったら、これから美味い物を食いに行くって言うのでついてきました」

「甘味に目がないからね。こいつ」

どうやらミーラさんの友人というより、カルアさんの知り合いのようだ。甘味に目がないか、ラットルアさんと話が合いそうだな。

「今日はママロコなんですよね。俺、あそこの『だんず』というやつ好きなんですよ」

「あれか……俺より甘党だな」

ラットルアさんの顔が、ちょっと引きつった。あっ、カルアさんもだ。もしかして『だんず』という物は相当甘いお菓子なんだろうか？

「アイビーは手を出すなよ。あの甘さはやばい」

「確かに、ちょっと甘すぎるよね」

ミーラさんがにこやかに笑う。綺麗な人だから、その笑みは人を引き付けるんだろうな。

「あ、そうだ。ミーラ、ちょっと聞きたい事があるんだけど」

「何？　こんな所でなくてもお店でいいでしょ？　早く行こう！」

「……そうだな」

急かすように、ミーラさんがお店に誘う。間違いなくお店で何か仕掛けてくるだろうな。何だろう。あるとしたら……。ラットルアさんの服を少し引っ張る。視線がこちらに向いたので、少ししゃがんでもらう。

「飲み物、食べ物注意です」

周りに聞こえないように小声で伝える。少し驚いた顔をしたが、すぐににこりと笑顔を見せた。

「なに？　どうしたの？」

ミーラさんの声が先ほどより少し低い。もしかして、会話を聞かれたのだろうか？

「『だんず』に挑戦したいって」

「え～、ダメダメ。あれは本当に一口で胃もたれするから」

ミーラさんが口を開く前に、カルアさんが反対する。その隣でマカシャさんが少し情けない顔をしている。

「え～、美味いじゃないか」

「あんたのその味覚、絶対おかしいからね」

何だかカルアさん、今までと雰囲気が違う。親しいマカシャさんがいるからかな？　もっと大人しい印象だったのだけど。

「ハグ、おはよう」

ミーラさんを先頭にママロコというお店に入ると、ハグさんという人が挨拶をしてくれた。その雰囲気は、とても優しそうだ。

「初めての子がいるね」

「そう、アイビーって言うのよね」

「初めまして。アイビーです」

「ママロコのハグと言います。よろしく」

バッグがピクリとも動かない。予想はしていたけどね。ラットルアさんの服を掴み、一回引っ張る。彼も予測していただろうから、ただの確認作業って感じだ。

「注文は？」

ミーラさんおすすめの甘味と、『だんず』一個をお願いする。ラットルアさんとカルアさんが、反対する『だんず』が少し気になる。とはいえ、今からの事を考えると甘味どころではないが。お店を見渡すが、私たち以外に客はいないようだ。という事は、組織の者はハグさんとルイセリアさん、ミーラさん。ハグさんには伝達係をお願いして、押さえ込むのは女性二人。ラットルアさんだけども大丈夫かな？　ラットルアさんを見ると、優しい表情で頭をポンと撫でてくれた。そう言えば、私をここで攫う予定なんだよね。その場合、ラットルアさんたちはどうするつもりなんだろう。まさか、殺す予定とか？　ありえそうだな。まぁ、そちらの罠に引っ掛かる予定はないから心配はないけど。

「ミーラ、少し聞きたい事があるんだ」

「何よ、改まって」

「お前の兄たちの事だ」

ラットルアさんの言葉に、ミーラさんの表情が少し変わる。ばれないようにハグさんに視線を向けようとすると、同じ行動をするカルアさんが視界に入る。やっぱりカルアさんって、何か知っているような気がする。もしかしたら、手を貸してくれるかもしれないな。ソラの判断では、問題なしだし。視線をハグさんに向けると、注文した物を作っているようだ。手元が見えない作りになっているので、何かを混ぜられても気付かないだろうな。

「兄たちが何？　今は森で修業中だけど」

「本当に修業なのか？　ちょっと森であいつらを見た奴がいてな」

「えっ……。それが何だっていうの？」

ミーラさんの顔が少し強張っている。

「なぁ、あいつ等、誰かやばい奴から借金とかしてないよな？」

「してないわよ！　さっきから何？　おかしいよラットルア！」

「あいつらが犯罪者を匿っているという情報があるんだ。それで既に討伐隊が出立している」

そろそろ拠点から出ている頃だろうな。予定が狂っていなければ。

「えっ、どういう事？」

「確かな情報だよ。ミーラは知らなかったのか？　まさか、知っていたのか？」

ルイセリアさんは、ラットルアさんの言葉に目を見開いて驚いている。その本気で驚いている様子から、彼女が何も知らなかったと分かる。視界の隅に見えていたハグさんが、そっと移動するのが分かった。様子を探ると、外へ出ていこうとしているみたいだ。どうやら、彼が見張り役という事情を知っている組織の者で間違いない。おそらくミーラさんとラットルアさんとの会話で、予定を変更しないと駄目な事に気付いたのだろう。あれ？　カルアさんがハグさんを気にしてる？　やっぱり何か気付いているのかな？　どうしよう……カルアさんがどう動くのか分からない。下手に動かれると作戦に支障をきたすかもしれない。ラットルアさんを見る、ミーラさんがどう動くか様子を窺っているのが分かる。これは邪魔をしない方がいいだろうな。

「マルマとトルトは、多数の人殺しを洞窟に匿っている。それに対して討伐隊が出たんだ」

ラットルアさんの言葉に、ミーラさんが椅子を倒して立ち上がる。その音に視線がミーラさんに集中した。その隙に、ハグさんが店を出ていくのが分かった。カルアさんが立ち上がろうとしたので、とっさにその手を握る。

「えっ？」

「彼は、あれでいいんです！」

カルアさんの目をじっと見る。視界の隅にルイセリアさんが立ち上がろうとしているのが見えた。

「マカシャさん、ルイセリアさんを捕まえてください！　お願いします！」

「なっ！」

私の声に驚いた顔のルイセリアさん。マカシャさんとカルアさんもじっと私を見る。

「お願い！」

「りょ、了解！」

一度目のお願いにルイセリアさんは逃げようとしたが、マカシャさんの方が動きが速く捕まえる事に成功した。ハグさんは情報を組織に伝えに行ってくれたはず。ミーラさんはラットルアさんに腕を掴まれて動けないし。何とか作戦は成功したと言っていいのだろう。よかった〜。

「なに？　どういう事？」

ミーラさんの声に視線を向けると、カルアさんもマカシャさんもルイセリアさんも、私を見ている。あ〜、それはそうだよね。九歳の私がなんとなく全員に指示を出してしまったもんね。これはどう誤魔化せばいいのだろうか？

「アイビー、ありがとう。指示通りだね」

ラットルアさん、さすが！

「はい。これでよかったですか？」

笑顔で頷くラットルアさんに、カルアさんとマカシャさんが納得した顔をした。よかった、本当によかった。

96話　カルアさん

「離してよ、何なの？　マカシャ、離せって！」

ルイセリアさんが、叫んで暴れ出した。何かを感じたのか、その顔は恐怖で歪んでいる。

「ルイセリア、諦めろ。お前が組織に加担している事は調べがついている」

「……違う。違う、違う！　私は知らない！　組織なんて知らない！」

「いい加減にしろ！」

ラットルアさんの怒鳴り声が、お店の中に響き渡った。その声の迫力に体がびくりと震える。

「あっ、アイビー悪い。大丈夫か？」

「はい。大丈夫です」

　フットルアさんが、失敗したという顔をして私に謝ってくれたが、正直怖かった。あんな彼の声を聞いたのは、初めてだ。

「説明を、してほしいのだけど？」

　カルアさんが、私とラットルアさんを交互に見る。私に説明を求められてもな……と思うので、ラットルアさんを見る。

「あ～、というか。カルアはどうして、ミーラたちと行動を共にしていたんだ？」

「ん？　こっちの事情を調べたわけではないの？」

　あっ、ラットルアさんが少し困った顔をしている。それはそうだよね。私が相談無く、彼女たちを巻き込んでしまったのだから。ごめんなさい。

「組織の仲間ではない事は調べたが、それ以上は調べていない。だが組織の手先となっているミーラたちと一緒にいる事から、何か事情があるのだろうと思っただけだ」

「そう。というか、私はその組織が何か知らないのだけど。……もしかしてこの町の一番問題になってる組織とか言う？」

「知らなかったのか？　ミーラはその組織の人間だ。まぁ、簡単に切り捨てられる末端だろうが」

　ミーラさんが末端の人間？　……それもそうか。組織に深くかかわっている人間だったら、使い捨てにされたりしないよね。

「そうなの？　それは知らなかった。私は、姉を捜してるの。そいつの兄がどこかに連れていった可能性があって……まさか、組織に渡された？」

カルアさんの顔色が一気に悪くなる。そして、キッと音がしそうなほどミーラさんを睨みつけたと思ったら、胸倉をつかみあげた。

「お前！　姉さんを何処に！」

「カルア、落ち着け！」

「落ち着いてなんて！」

「今は、組織を追い詰められるかどうかの瀬戸際なんだ！　だから少し落ち着いてくれ！」

ラットルアさんの言葉に、カルアさんの動きがぴたりと止まる。ミーラさんもルイセリアさんも、驚きの表情を見せている。おそらく組織が、そんな状況に追い詰められるとは思ってもいなかったのだろう。

「嘘。嘘よ！」

ルイセリアさんは、力が抜けたようにその場に崩れ落ちた。そして、首を振ってぶつぶつと何かを言っている。

「うるさい！」

カルアさんが、ルイセリアさんの首に何かを突き刺した。……えっ！　今。何をしたの？

「えっ？　ちょっとアイビー違うわよ。殺してなんていないから！　眠り薬を打っただけだから。マカシャ、そうよね！　ね！」

私の視線の意味に気が付いたのか、カルアさんが焦りだす。

「アハハハ、そうだよアイビー、カルアは怖いから近づいたら、ぐぇっ、ごほっごほ……カルア、

肘！」

マカシャさんが、お腹を押さえて膝《ひざ》をつく。カルアさんを見ると、ものすごいこわい顔をしていた。ルイセリアさん、本当に生きているのだろうか？

「ごほっ。アイビー、大丈夫だ。カルアは薬師《くすし》でもある。おそらく眠らせただけだよ」

大丈夫と言いながら、おそらくを付けるのはどうなんだろうと思うが頷いておく。

「で、もしかしてこれからも動くの？」

カルアさんの言葉に、ラットルアさんと私が同時に頷く。それを見たカルアさんが、ラットルアさんを睨みつける。

「ちょっとまさか、アイビーにも手伝わせているの？　この子まだ子供なんだよ！」

「違うんです！　私が無理やり参加したんです」

「でも！」

「カルア、俺たちがしっかり守るから大丈夫だ」

「わかっているけど、六歳ぐらいの幼い子に、見せていい世界じゃないでしょ！」

六歳ってなに！　一番幼く見られている！

「九歳です！」

「えっ！　そういえば、ミーラがそんな事を言っていたっけ。ごめん見た目が……」

「カルア、悪いけど。ミーラにも頼む。ちょっと時間がかかりすぎた」

ラットルアさんの言葉に、呆然としていたミーラさんが逃げようとしたがすぐに眠らされた。手足を縛って、さてどうするかとなった時、ラットルアさんが「協力者を連れてくるから待っててくれ」と言って、お店から出ていった。

「本当に、無理やり付き合わされているわけではないの？」

「違います。組織に狙われていると分かってからずっと守ってくれているのです。私も自分の事なので出来るだけ協力したくて」

「そっか。でも、無理は駄目だからね！　絶対に」

「はい」

カルアさんはいい人だ。よかった、ここにいるのがカルアさんで。

「悪い、待たせた」

ラットルアさんの言葉に視線を向けると、最近見た事がある人がいた。確か、『フロフロ』のお店の人だ。そういえば、ラットルアさんが信頼している元冒険者のお店って言っていたな。

「簡単に説明は聞いた。この二人を逃がさないようにしたらいいんだな」

「あぁ、出来るだけ早く引き取りに行くようにするけど、予定が立てられなくて」

「大丈夫だ。組織の関係者なら絶対に逃がさない。それにしても、冒険者だよなこいつら」

冒険者の中に、裏切り者がいて悲しんでいるようだ。彼女たちだけではない。もっと多くの冒険者たちが、組織に関係している。それを知ったら、どれだけの人が悲しむのか想像も出来ない。本当に、どうして裏切ったりしたのだろう。

「カルア、マカシャ、協力してくれ」

「もちろん……あっ、私の協力者もいいかしら？」

「あ～、それは」

「何？　問題ないと思うけど」

「悪い。調べられない今の状態では何も言えない」

「どういう事？　信用出来ないって言うの？」

カルアさんの表情が険しくなる。

「移動しながら話そう。では、そいつらをお願いします」

「おう。任せとけ」

『フロフロ』のお店の人が、二人を肩に担いでお店から出ていく姿に驚く。まさか二人を一気に運べるなんて。

「すごい」

「お、まだ現役でもいけそうだよな」

マカシャさんが感激したような表情を見せたので、もしかしたら有名な人なのかもしれない。

ラットルアさんが拠点に向かいながら、組織について、そして組織に手を貸す者たちについて話をする。

「えっ、そんなに多いのか？」

マカシャさんが、神妙な表情でラットルアさんに聞いている。カルアさんも、かなり厳しい表情だ。

「あぁ、だからカルア。今はお前の協力者という者たちを信用できない」

「そうね。それはその通りだわ。でも、どうしたら調べられるの？」

「ボロルダがマジックアイテムを使用して調べてる。これからの事だが、拠点の周りに潜んでいる組織の者をあぶり出す事と、もう一つはミーラの兄たちと共にいる犯罪者たちの一掃だ」

「拠点の周り？」

「元商家の周りに、組織は何重にも見張りを付けている可能性があるから、そいつらをボロルダが見つけるんだ」

「そう。で、私たちはどう協力したらいいの？」

「犯罪者たちを捕まえるのに協力してくれ。あれは人が多い方が良い」

「犯罪者？　そんなにやばいの？」

「指名手配犯の巣窟《そうくつ》だよ。しかも人殺しが一番多い」

「うげっ」

「マカシャ、変な声を出さないで」

「あっ、自警団と冒険者の裏切り者の確保は成功したみたいだな。既に討伐隊は戻ってきているようだ」

ラットルアさんの視線を追うと、困惑した表情の町の人たちが綺麗に並ばされている。その周りを問題なしと判断した自警団の人たちが、武器を片手に歩き回っている。拠点の建物からは、手足を縛られた人たちが庭に放り投げられ……運ばれている。あっ、なんだかすごい豪華な服を着た人がいる。

「あれは、貴族だな。読みが当たったな。うれしくないが」

その貴族を見て、ギルマスさんが頭を抱えている。もしかして彼でも手を焼く貴族が含まれているのかな？　フォロンダ領主で大丈夫かな？　手が出せない人だったら……。

「ねぇ、何あれ？」

「ん？　あれは拠点にある証拠を奪いに来た、組織の者たちを一網打尽《いちもうだじん》にした結果だな」

「あそこに積み上がっている人の中に、貴族がいるような気がするけど」

カルアさんの質問に、ラットルアさんは苦笑い。

「さて、カルアとマカシャは俺と来てくれ。アイビーは、あっいた！　ボロルダがあそこにいるから」

ラットルアさんの視線を追うと、人が並んでいる先にボロルダさんの姿がある。どうやら、その後ろにある建物から出てきたみたいだ。もしかして裏切り者を捜すのは、あの建物の中で行うのかな？

「では、ボロルダさんと合流しますね」

「えっ、どうして？」

カルアさんが不思議そうに聞いてくる。

「ボロルダの傍の方が安全だろ？」

「あぁ、そうか。……でも、この列に組織の者がいる可能性があるのでしょ？　一緒に行くわ」

「ありがとうございます」

カルアさんと一緒にボロルダさんのもとへ行く。ボロルダさんは、カルアさんを見て驚いていたが何かを察してくれたようだ。

「悪いなカルア。感謝する」

「いえ……あの、この列に私の知り合いを並ばせてもいいですか？」

「あぁ、構わないぞ」

「ありがとうございます」

ポンと頭の上に手が乗る。見れば、ものすごいいい笑顔のボロルダさん。ここまでの作戦が成功してうれしいようだ。

97話　説明してくれ！

SIDE：バークスビー団長視点

「どうだった？」

アグロップが首を左右に振る。拠点の周りには組織の者たちが潜んでいる可能性があるという話だったため、調べさせたのだが。やはり、気配すら感じる事は出来なかったようだ。ここまで、何もないと本当に見張られているのか疑問に思うな。とはいえ、あの子が感じた事だ。きっと居るんだろうな。しかし、ミーラたちはどう動くんだ？　この見張りを手薄にするには、多くの自警団を一気に動かす必要があるが。その辺りも、目星がついているのか？

「どうしました？」

「いや。奴らがどう動くのかと思ってな」

「なるほど、彼女の動きですか。狙いはあの子なんですよね……」

アグロップは、眉間に深い皺を作る。どうも、あの子を参加させる事を嫌がっているようだ。まあ、九歳とは言っても見た目がな。

「あの子に頼り過ぎですよね」

「分かっている」

「自覚があるなら、これ以上は何も言いませんが」

確かに、頼り過ぎだよな。あの子の作戦を、そのまま実行しようとしている。それも狙われているのを利用して、大人として最悪な判断だ。だが、疲れてしまっていたのだ。何度も追い詰めては逃げられ、その度に被害者が出る。その事に心が疲弊《ひへい》して、諦めようとする気持ちが生まれていた。それを隠し、気持ちを奮い立たせてはいたが。疲れはどんどん積み重なっていき、正直限界まできていた。そんな時に、ボロルダとセイゼルクに紹介されたのがあの子、アイビーだ。子供が狙われている事に、またかという気持ちがあった。今度こそは守り抜きたいと思うのだが、不安が拭えなかった。だが、アイビーは今までの子供たちと全く違った。俺と同じように、追い詰められていたボロルダが笑ったのだ。組織の話をする時は、悲愴感さえ漂わせていた奴が。話を聞いて驚いた。自分の置かれた環境を理解し、その上でどう動くべきなのかを考えていると聞いたからだ。そんな事が出来る子供がいるのかと驚いた。しかも、組織と対決までするという。その思いが、限界まで来ていた気持ちに発破《はっぱ》をかけた。いい年した大人が、何をしているんだと。

「九歳なんだよな」

見た目は六歳か七歳ぐらいなのだが。

「そうですよ」

アグロップと苦笑を漏らしてしまう。コイツは知っている。俺が限界まで追い詰められていた事を。そして、今は違う事も、その原因も。拠点の玄関が開く音が耳に届く。

「来たみたいだな」

「そうですね」

アグロップと玄関まで迎えに行くと、マールリークとヌーガとシファルの姿が見えた。だが、それ以外の者たちがいない。首を傾げていると、シファルがものすごい笑顔を見せた。その表情に、背中がひやりとする。ものすごく嫌な予感がするのだが……。

「良い所に来てくれました。団長、早急に殺人者集団を捕まえるために討伐隊を作って下さい」

「「はぁ？」」

あまり意見が一致しないアグロップと、声がかぶる。どういう事だ？　討伐隊？　此処で待機のはずだろう？　それとも、俺の知らないところでミーラたちが動いたのか？

「指名手配もされているかなり危険な人物が多数いるので、人数は多めでお願いします。あっそうだ。さすがにこれから向かうのは凶悪犯たちなので途中で退場する人がいるでしょう。それも考えて討伐隊の人選を、よろしくお願いしますね」

退場？　怪我をする奴はいるだろうが、退場という言い方は……あっ、なるほどそういう事か。

「副団長、討伐隊の人選を頼めるか？」

「分かりました」

「途中の退場者だが」

「問題ありません。誰も逃がすつもりはありません。では行ってきます」

足早に自警団詰所へ向かう副団長は、何処か楽しそうだ。しかし、討伐途中で自警団の裏切り者を捕まえるのはいいが、昨日の作戦はどうなったんだ？　説明が欲しいが……。

「団長。どうかしましたか？　あれ、副団長は？」

奥の休憩室から、一人の自警団員が歩いてくる。俺が、後を任せても大丈夫だと思っていたガボジュラだ。奴が裏切り者だと分かった時、ショックだった。どうして、町の人たちからも人望がある者が組織などに手を貸すのか。まぁ、俺は奴ではないから分かる訳ないのだが。

「凶悪犯の集団が見つかったらしい。どうやら指名手配犯も複数含まれているという情報だ。なので早急に討伐隊を向かわせる。副団長は、討伐隊の人数を集めるために詰所へ行ったところだ」

「凶悪犯、指名手配犯ですか……しかし、その情報が本当かどうか討伐隊を向かわせる前に確かめないと」

討伐隊の話が出た瞬間、微かに動揺が見られた。珍しい事だ。まぁ、すぐに隠したが。

「それだったら問題ない。俺たちが確認を取った」

、

マールリークが、にこりとガボジュラに笑いかける。ボロルダ率いる冒険者チームと、セイゼルク率いる冒険者チームはこの町で信頼度が高い。そんな彼らが調べた事に、意見を言う場合はそれなりの理由が必要だ。

「そうですか、失礼しました。団長、拠点の守りはどうしますか？」

「あぁ、そうだな」

拠点の守りを手薄にするっていう予定だったが、これはどうするんだ？　話が出来ていないからな～。適当に言えばフォローが、入るか？

「拠点からも人を出す。此処は最低限でもいいだろう」

「団長、それはやめた方が良い。この場所が組織にとってまだ重要な可能性がある。ある程度は、ここに人を置いておこう。それに組織についての重要書類を、詰所から移動しただろう？」

昨日と話が違うな。ほんと、説明してくれ。

「そうか？　まぁ、確かにそうだな。何かあってからでは遅いか。ガボジュラ、拠点を守る奴を選んでくれ。残りは討伐隊だ」

「分かりました。すぐに」

ガボジュラが、休憩室へ行く後ろ姿を見送る。

「はぁ、昨日聞いたモノとは、かなり違う気がするが」

シファルを睨み付けると肩をすくませる。

「すみませんね。俺たちもちょっと前にこの作戦に変更したので」

「はっ？　誰が言いだしたんだ？」

「もちろん、アイビーですよ？　待つ必要なし、今日仕掛けるのが一番だって」

あの子か。だったら、まぁ大丈夫だろう。

「なんだろうな。あの子は不思議な子だな」

これまで、どんな作戦を考えても不安が付きまとった。なのに今、不安な気持ちはない。しかも作戦を、聞いてもいない状態なのにだ。

「で、これからどうするんだ？」

「あぁ、そうでした。これを」

「なんだ……おい、これ眠り玉に見えるが？」

「それはそうでしょう。眠り玉ですから」

「……どう使うんだ？」

「拠点に入り込んだ者たちが、あの部屋に入った瞬間に建物全てに行き渡らせるように仕掛けます」

全てに行き渡らせる？　何を言っているんだ？　いや、本気みたいだが。マールリークとヌーガは苦笑いしている。……本気で拠点にいる全員を眠らせるのか？

「敵だけでなく、味方も拠点にはいるのだが」

「それは、まぁ仕方ないですよ。こちらは人手が足りませんから」

「はぁ……まさか、あの子が？」

「ふふふ、あの子は本当に面白いですよね」

顔が引きつるのが分かる。俺だったら、思いつかないわ。というか、眠らせてしまった味方にどう説明をすればいいんだ？　それは間違いなく俺の仕事だよな。

「あ～、他の方法は」

「とっとと仕掛けてきますね。時間もありませんし。さすがに建物全てだと大変だ！」

「おい」

無視しやがった。しかもなんだ、その笑顔！　まぁ、組織を追い詰める事を考えれば少しぐらいは仕方ないのか？

「団長、これ」

ヌーガが、魔物を捕まえる時に使う強靭《きょうじん》な紐で編まれた網を手渡してくる。ものすごく嫌な予感がするが……。

「これは？」

「森に入った時に、裏切り者に向かって投げて動きを鈍らせるといいだろうって」

「……あの子か？」

「いや、シファルが」

よかった。これはあの子じゃないのか。って、シファルもえげつないな。網を受け取って、ため息をつく。

「これ、上位魔物を捕まえる網じゃねえか」

「あぁ、これなら一網打尽だって」

「ハハハ、これも敵味方関係なくだよな？」

「さぁ、そこは団長の腕次第だ」

「いや、どう考えたって、敵だけに投げられるわけないだろ！」

「頑張れ」

他人事だと思いやがって。

「そのあとの事はまたあとでだな。来たぞ」

ヌーガの言葉に視線を向けると、討伐隊として選ばれた者たちが集まってきている。さすがアグロップだな。裏切り者たちに、腕に自信のある味方たち。かなりバランスよく選んできている。さて、網を使うって事は、町の外。森に入ったあたりで確保だな。

「団長、全員で四五名です。問題ないですか？」

「あぁ、拠点からは数人だけ参加させる予定だ」

「数人……分かりました」

さて、やりますか。これまでの恨みも込めて。

98話　作戦決行

SIDE：バークスビー団長視点

「おぉ、既に討伐隊が組まれてる。さすが団長」

拠点の外からリックベルトの声が聞こえた。その声に視線を向けると玄関先にボロルダとセイゼルク、リックベルト、ロークリークの姿が確認出来た。そして少し離れたところには裏切り者と判断した冒険者たちの姿。

「当たり前だ。討伐隊の準備はほぼ終わっている。問題はあるか？」

「いや。討伐隊は副団長の人選だろう？　だったら大丈夫だろう」

いつにもまして爽やかなボロルダの表情。コイツがこの顔をしている時が一番要注意なんだよな。

「そうか。で、どんな奴らの集まりなんだ？　場所は？」

「人殺しの集団で、森の真ん中にある洞窟に潜伏中だ」

「森の真ん中って、確か以前魔物の住処になっていたところか？」

「そうだ」

「人殺し集団について、もう少し詳しく頼むわ」

「全員で少なくとも二一人。人殺しで指名手配されているのが一〇人。調査対象が五人、こっちも人殺し関係だ」

「……ちょっと多すぎないか？」

「まぁな。だがこれは確認が出来た人数なんだ。実際には、これ以上の可能性もある」

「そうか、了解した。気を引きしめないとな」

「あぁ、やばい相手だからな。だが、誰も死なせないようにな」

なるほど、最初に裏切り者を捕まえるのはその為か。犯罪者たちを殺すよう指示されている可能性があるからな。

「分かった」

「団長。拠点から出すのが一〇人。拠点の守りに残すのが一〇人です。確認を」

「悪いな、ガボジュラ」

見事だな。拠点には裏切り者だらけだ。味方のこの三人は、確か金に困っているという噂があったな。取り込めると考えたか。

「問題なしだ。大丈夫だと思うが不審者が近づいたら要注意だ」

「分かりました。で、団長はいつ出発を？」

あっ、既に準備は終わっているがいつ行くんだ？　聞いておくのを忘れたな。

「動かれて分散されても困るからな。問題がないなら直ぐに行こう」

ボロルダが、準備を完了させた自警団に視線を向ける。その時、シファルがヌーガの隣に並ぶのが目に入った。そして、俺を見てニヤリと笑った。……怖ろしい。

「準備は完了しているな」

「あぁ、完璧だ」

俺の言葉にアグロップが答える。

「よし、全員よく聞け。相手は人殺しで指名手配されている者も含まれている。気を引き締めていくぞ！」

俺の声が拠点に響くと、自警団員から少し緊張感が伝わってくる。だが、これぐらいの緊張感ならちょうどいい。これからの戦いには。

「俺たちは後方を行くよ。あとあいつ等も一緒に」

ボロルダが指さす方には、専門部隊に参加している裏切り者の冒険者チーム。おそらくそいつらはボロルダたちが確保するのだろう。

「分かった。逃げられるなよ？」

「あぁ、団長もな」

そう言うとボロルダは冒険者たちの方へ歩き出す。

「ボロルダさんのチームと一緒に仕事が出来るのって久しぶりなので、うれしいです」

冒険者の数名がうれしそうな表情をしているのが分かる。

「そうか？　そう言ってもらえると、俺も本当にうれしいよ」

テンションが上がっている冒険者の声と冷静なボロルダの声を後ろに、先頭で待つアグロップのもとへ行く。

「出ますか？」

「あぁ、出発！」

町を進むと町人たちが、驚いた表情で道を空ける。これだけの人数の討伐隊を組む事は少ない。この人数は、そうとうやばい時だけだからな。そして、数人の男性が慌ててどこかに駆けていく後ろ姿が確認出来た。

「不意をつくってこういう事か？」

「こちらも不意をつかれてますけどね。彼らに」

アグロップがチラリと後方に視線を向ける。先頭にいるため姿は確認出来ないが、ボロルダたちだろう。確かに一時間前には、こんな大所帯な討伐隊を組んで森へ向かうなんて考えてもいなかったな。まぁ、それは組織の奴らも同じか。気配さえ感じさせなかった組織の者が、慌てて何処かに行く姿を俺に見られるんだからよ。敵を欺くにはまず味方からとは言うが……見事だわ。

「ふっ、面白い」

「楽しむのは良いですが、失敗は許されませんよ。ところでずっと気になっていたのですが、その手に持っている物って誰が発案したんですか？」

「シファルだ」

「なるほど。しかし、彼らの思惑のお蔭でそれが大活躍しそうですね？」

アグロップの言葉に、密かに後ろを確認する。俺の後ろには、討伐隊の先頭集団。その集団は見事に裏切り者ばかり。アグロップに、にやりと笑ってみせる。

「あぁ、馬鹿どもが」

聞こえないように口の中だけで裏切り者たちを馬鹿にする。どうやら俺とアグロップも殺すように組織に命じられたらしい。で、なければ討伐隊の先頭にあれだけの裏切り者が集まる訳がない。生きた証人を作らないために、全員を殺す。それには大きな壁がある。それが俺とアグロップだ。

強いからな俺たちは。成功させるためには最初に俺たちを始末する必要があると考えたのだろう。俺たちがお前たちの事に気付いていなかった場合は、間違いなく成功する方法。仲間だと思っている者たちに一斉に飛びかかってこられたら、きっと対処出来ず殺される。だが、残念だったな。アイビーの作戦ではないが、お前たちの作戦を利用させてもらうよ。町を出て、森を突き進む。しばらく進むと、木々が少し開けた場所に出る。

「いいな、ここ」

網を広げるのに、十分な広さがある。丁度後ろからいい感じについてきているし。

「アグロップ、準備」

網は二つ預かった。その内の一つをアグロップに渡す。先頭を歩く俺が立ち止まると、すっとアグロップが横に移動する。俺が立ち止まった事で、討伐隊の動きが止まる。そのまま一〇秒、アグロップの準備が整うまで待機。少しざわつく団員たちに向かって、後ろを振り向きざまに網を放つ。俺の行動に、団員たちが唖然とした表情をしている。視界にもう一つの網が空中で広がって、落下していくのが見えた。

「よっしゃ！　半分！」

討伐隊の先頭を陣取っていた、裏切り者の約半分ぐらいを確保出来たようだ。網は巨大な魔物を捕まえられる大きさで、頑丈な作りだ。しかもマジックアイテムなので、獲物が掛かれば魔法が発動し獲物の力が抜ける仕様だ。シファルの奴、よくこんな物を使う事考え付くよな。力が抜けたのか座り込む裏切り者たちの姿を見て、苦笑いしてしまう。どうやらアグロップも成功したようだ。

……あっ、味方も二人被害に……まぁ、あっちはアグロップだから。奴に任せよう。

「団長、いったい何をしているのですか！」

討伐隊の先頭にはいなかったガボジュラが、足早に俺のもとに来る。その後ろにはもう一人の裏切り者。残っているのはこの二人の様だ。つまり、網に掛かったのは裏切り者二〇人と……味方二人。

「なんだ？」

ガボジュラの後ろには、慌てている味方の団員たちの姿も見える。

「なんだって、何を考えているんですか！　こんな」

「ガボジュラ、ダルゴレ。お前たちを確保する。捕まえろ！」

俺の言葉にガボジュラたちの後ろにいた味方の団員たちが戸惑った表情を見せる。まぁ、仕方ない。何も聞かされていないのだからな。

「団長、ふざけた事を言わないでください！」

「そう思うか？　ガボジュラ、網の中に捕まっている奴らを確かめろ。ほとんどがお前と同じ人攫いの組織に加担している奴らだ」

ガボジュラの息を呑む音が耳に届く。その表情は、驚いている。まさかばれるとは思わなかったのだろうな。

「なっ、何を……言っているのですか？　俺が組織に加担？　誤解も――」「誤解ではなく真実だろうが」

ガボジュラの言葉など、聞く必要はない。味方の団員たちは俺の言葉に驚き、そしてガボジュラとダルゴレを不審そうな表情で見つめる。すぐには、信じられないだろう。これまで苦楽を共にした仲間たちだ。だが。

「早く捕まえろ！」

時間が無い。俺の言葉に、ガボジュラが逃げようとするが目の前に剣先が迫る。

「逃がすか、裏切り者が」

アグロップがすっと前に立ちふさがる。どうやら後ろの混乱はアグロップが抑えてくれたようだ。

「何をしている！　団長の指示にさっさと従え！」

アグロップの怒鳴り声に、唖然としていた団員たちが慌てて動き出す。ダルゴレが団員たちに確保され、ガボジュラも後ろ手に縛られた。

「終わりだ。ガボジュラ」

ガクッと力が抜けたように地面に膝をつくガボジュラ。

「団長、副団長。こいつらがあの組織に加担しているのは本当なのですか？」

「あぁ、マジックアイテムで調べた。間違いない」

俺の言葉に、団員たちが静かに頷く。きっといろいろ思う事があるのだろう。

「あの、俺たちは……」

網で確保された味方の二人だ。

「あ～、お前らは問題ない。ちょっとしたミスだ……わる――」

「敵を一網打尽にするためです。何か問題でも？」

怖ろしい程の笑顔で、俺の言葉を邪魔するアグロップ。その表情に二人の顔色が悪くなる。そして二人を支えている団員たちが硬直している。

「……いえ、問題ないです」

「そうですよね。しかしミスは謝ります。許してくれますよね？」

「「「はい！」」」

二人の周辺からも同時に声が上がる。恐すぎる。とりあえず次の作戦だ。

「お前ら、引き返すぞ」

「えっ！　団長、殺人集団は？」

「あぁ、それは後だ。今は拠点に戻る」

「そうですね。きっと面白い事になっていますよ」

ハハハ、早くいつものアグロップに戻らないかな。

「行きますよ！」

「おぅ」

裏切り者たちを移動させる者と、拠点に戻る者の二つにチームを分けて移動を開始する。途中でボロルダたちに何をされたのか、真っ白な表情をした冒険者チームを発見。

「何をしたんだ？」

「先輩として、少し話をしただけだ」

マールリークの声にビクつく彼らの姿。

「……そうか」

触れない優しさもあるな。

99話　組織を追い詰めるため

ＳＩＤＥ：バークスビー団長視点

町の門に近づくと、門番を務めている自警団員たちが姿を見せた。一時間もせずに戻ってきた俺たちに、驚いた表情を見せている。さっき門を出ていく時は、討伐隊の多さに同じ顔をしていたな。まぁ、五五人の討伐隊なんて数十年に一度あるかないかだから仕方ないか。

「団長、どうしたんですか？　それにあの、後ろの仲間はいったい……」

一番の年長者で自警団員たちのまとめ役であるマルセが、俺たちより少し後を歩く集団を見て戸惑った表情で尋ねてくる。彼の視界に入ったのは、両手を後ろで縛られ、腰を縄で繋がれている裏切り者の自警団員たちだ。マルセ以外の自警団員たちも気が付いたようだ。仲間たちの姿に衝撃を受けている様子。何が起こっているのかと、繋がれた仲間たちと俺を見比べている。

「奴らは俺たちを裏切り、この町で一番の問題となっている組織に加担している事が判明したので拘束した。奴らを檻《おり》に入れ、見張るように」

少し声を張り上げ、全員に状況を説明する。

「えっ…………。分かりました。人数が多いので門番棟にある檻と詰所にある檻を両方使ったとしても三人ずつとなりますが、構いませんか？」

俺の言葉に、何を言われたのか一瞬理解出来ないような表情を見せるマルセ。だが、そこは自警団に長年勤めてきた経験がものを言うのだろう。すぐに気持ちを切り替えたようだ。

「いや、檻には三人ではなく五人ずつにしておいてくれ」

俺の言葉に、すっと捕まっている者たちに視線を走らせる。数を確かめているようだ。そして数を数えきったのか、首を傾げている。

「ここにいる奴ら以外にも、昨日作った拠点にまだ残りの裏切り者がいる」

マルセは俺の言葉に一瞬だけ動きが止まり、悲しみと怒りが交ざった複雑な表情を見せる。だが、それも一瞬ですぐにいつもの顔へと戻った。

「分かりました。檻ですが、五人ずつにしておけば足りますか？」

足りるのか？　拠点にどれだけの人数が押し寄せているのか、まったく分からない。それに、犯罪者集団の事もあるしな。

「いや、二ヶ所では足りない。冒険者ギルドと商業ギルドの全ての檻が借りられるように、話を通しておいてくれ。それで足りてくれればいいが……」

「そんなにですか？　分かりました」

両ギルドの全ての檻と言った瞬間、少し目を見開いたマルセに苦笑いが浮かぶ。そんな俺の表情を見て、彼も悲しさを含ませた笑みを浮かべた。長年自警団員として務めてきたが、今回はつらい仕事だ。彼は、軽く俺に頭を下げてから、まだ呆然と仲間たちを見つめている自警団員たちのもとへ足を向ける。

「おい！　いつまで呆けている。仕事しろ！　裏切り者を門番棟の檻に放り込め。何を言われても耳を貸すな。相手はもう仲間ではない、俺たちを裏切った犯罪者だ。気を引き締めろ！」

「「「「はっ、はい」」」」

「一つの檻に五人ずつ入れていけ。残りは詰所の檻だ。見張りに人手が足りない。非番の奴らに緊急招集をかけろ」

「「「「はい！」」」」

他の自警団員に活を入れる姿に、ホッと力が抜ける。元仲間だからと言って、いつまでも戸惑われていては困るのだ。特に心に隙があると、話を聞いて同情し逃がしてしまうかもしれない。そんな心配から見張りに付ける団員を討伐隊から選ぼうかと考えたが、マルセがいるなら大丈夫だな。他の団員たちも、彼の気迫に気持ちを切り替えられたようだ。迷いを見せない動きで、元仲間の犯罪者たちを移動させている。

「アグロップ、見張りはマルセたちに任せても大丈夫だろう。捕まった奴らが暴れた時に、押さえつけられる数名だけを置いて、あとは拠点に向かわせてくれ」

「分かりました」

アグロップは見張り役を五名選んで指示を出している。

「団長、拠点へ戻る人数をもう少し増やせないかな？」

捕まえた冒険者たちを、自警団員に引き渡したマールリークが聞いてくる。それに首を傾げる。拠点へ入り込んだ者たちは、眠り玉で眠らされているはず。そのため、それほど人数は必要ないと思うが。

「何かあるのか？　人員はまだいるとは思うが……」

「自警団員を総動員すれば、人員は確保出来ますが。どうかしましたか？」

丁度、アグロップが戻ってきたようだ。人員に対しては俺よりアグロップの方が分かっているので助かった。

「あれ？　拠点周辺に潜んでいる組織の者をあぶり出す予定なんだけど、聞いてないのか？」

「「はっ？」」

おぉ～、アグロップと声が合うのは本日二回目だ。って、そんな事はどうでもいいな。

「どうやるつもりなんだ？　難しいだろ？」

「ん？　拠点周辺にいる人を全員マジックアイテムで判定する予定だけど……」

顔が引きつるのが分かった。確かに潜んでいる者を確実に捕まえるなら、その方法が一番いいだろう。だが拠点周辺って、いったいどれだけの人間を調べるつもりなんだ？

「まさか、その作戦はあの子が？」

「そう。すごい事を考え付くよな。全員を調べるなんて」

「ぷっ、ククク。あの子とは、全てが終わったらゆっくり話がしてみたいですね」

アグロップが、小さく笑い声をあげる。何というか、本当に何者なんだ？　あのアイビーって子供は。

「既に、ギルマスと問題のない冒険者たちが動いているはずだが、人数が足りないと思う」

「ん？　冒険者たちは調べ終わったのか？」

「それはまだ。拠点周辺を調べ終わったら取り掛かるって聞いた。だから人手が足りないんだよ」

安全だと判断された冒険者しか、今は使えないからか。

「そうか。しかし、ここまで一気に手を広げて捕まえていく理由でもあるのか？」

少し急ぎ過ぎているような気がする。それとも、必要な事なのか？

「ん？　確か……自警団、冒険者、拠点周辺の組織関係者が一斉に捕まれば、組織は情報が洩れている事を疑うはずだって。そうなれば動きは鈍くなるだろうって、シファルが言っていたけど」

「一斉に捕まえると、組織が情報漏洩を疑う？」

「えっと、シファルがアイビーに話していたのを、近くで聞いただけだから。詳しくは二人に聞いてくれ」

「ハハ、了解。しかしそれで問題ないのか？」

「……組織に打撃を与えられる事は分かっているから問題なし！」

……単純でいいな。まぁしかし、よく思いついたな。確かに、潜り込ませていた手の者たちが一斉に捕まったとなれば、情報漏洩を疑うな。マジックアイテムで調べているのだが、それも昨日急に出てきた代物だ。組織はまだ、その情報の信憑性を確認していないはず。いや、マジックアイテムの存在はまだ俺たち側の数名が確認しただけだ。存在そのものを、まだ知られていない可能性が高い。

「だからこそ、今なのか？」

マジックアイテムで調べていると分かってしまえば、情報漏洩の線は消える。調べている方法が知られていない今だからこそ、組織を追い詰めるための準備が出来ると？　確かに作戦が上手くいけば、組織の連中が情報漏洩を一番に疑う環境を作る事が出来る。いやそれだけではない、自警団員の内部に送り込んだ、全ての裏切り者が捕まったんだ。幹部に裏切り者がいる可能性まで考えるかもしれない。今までなら、潜り込ませていた者たちを使って調べていただろう。だが、今回は既に捕まっているため使えない。この状況でこちらの動きを調べるとしたら、かなり慎重なものとなる。しかも、どこまで情報が漏れているのか不明な事が、その動きをもっと遅くするだろう。そして奴らが動けない間に、俺たちはあの見つけた書類の信憑《ぴょう》性を確かめて証拠を固めていく。その為には、少し無茶な作戦だとしても組織の連中を捕まえる必要がある。……これを九歳の子供が考えたのか？　アグロップではないが、全てが片付いたらゆっくり話がしたいな。

「そういう事でしたら動ける人員を、全員集めてきます。というか、総動員させます。どの辺りから拠点に向けて制圧していきますか？」

……制圧って違うだろうが。しかし、アグロップも俺と同じ考えになったようだ。心なしか声が上ずっている。ずっと追い詰められる側だったのが、いきなり逆の立場になれる可能性が出てきたのだ。興奮しない方がおかしいか。

「アグロップ、興奮して失敗するなよ」

「当たり前です。ここまであの子がお膳立てしてくれたのです。失敗など出来るはずがありません」

確かに。失敗したらあの子に顔向け出来ないな。

100話　貴族が奇襲？

SIDE：バークスビー団長視点

アグロップの質問に、マールリークは簡単に三ブロックぐらいだというが……。三ブロックと言えば、一二〇軒ぐらいの建物が入るぞ。そこに居る全ての人を拠点に誘導するとなると、かなり面倒くさいだろうな。

「マジックアイテムでの判断だからすぐすむが、協力しない奴が現れそうだな」

時間が無いとかいろいろ言って、逃げ出そうとするやつが絶対にいるよな。そういう奴らを説得するのが嫌なんだよ。何かいい方法があったらいいが……。

「本当の事を言えばいいのではないですか？　犯罪組織に加担している者が潜り込んでいる、拒否すれば仲間と見なし取り調べを行うと」

「それで協力するか？」

「そうですね～。あぁ、だったら人攫いの組織だって言ってしまいましょう。あの組織の仲間だと噂にでもなったら、この町ではかなりきついでしょうからね。普通に石でも投げられる感じでしょ？　そうとうな馬鹿でない限り、協力は惜しまないと思いますよ？」

「確かにそうだが……まぁ、いいか。今回は特別にその方法でいくか」

アグロップの方法は、確実に町の人たちの協力を得られるだろう。あの組織を恨んでいる者たちは、とても多い。もし組織に加担したと噂にでもなれば、最悪な結果も考えられるぐらいに。その為いつも慎重に対応してきたが、今回は動かす人数も多いし一人も逃すつもりはない。

「アグロップ、見習い連中も判断してもらえるように並ばせろ」

俺の言葉にマールリークが驚いた表情を見せるが、言われたアグロップの方はニンマリと怖い笑みを見せる。判断が終われば、動かせる人間が増えると思ったのだろう。まぁ、そう言う事なんだがな。見習いだろうが、自警団員の者に間違いはない。しっかり働いてもらおうか。

「分かりました。見習い連中も確実に全員を並ばせます」

裏切り者が出たら、奴らにはつらい経験になるな。まぁ、乗り越えてもらわないと自警団員としては続かないか。

「あっそうだ。団長は拠点の対応に向かってほしいんだった」

「どうせ寝ているのだから、誰でもいいだろ？」

「いや、もしかしたらやばい人間が紛れ込んでいるかもってアイビーが心配してた」

「やばい人間？　何だそれ？」

「ん～、貴族とか？」

「お～そういえば、書類に名前が挙がっていた貴族がいたな。いや、でも……拠点に奇襲をかけるような馬鹿な貴族がいるか？」

「さぁ、それは知らないけど」

「その事は団長にお任せします。私は詰所で人手をかき集めて、三ブロック周辺から人を誘導しながら拠点に向かいます。あっ見習いたちは先にボロルダたちの方へ向かわせますので。では失礼」

我関せずと、アグロップが颯爽《さっそう》と自警団の詰所に向かう姿を見つめる。アグロップのヤツ逃げやがった。あいつは、貴族が大嫌いだからな。大きなため息をつく俺に、マールリークがポンと肩に手を置く。

「冒険者もそっち関係は弱いから。頑張れ！　貴族なんて、いないかもしれないし」

「はぁ、本気で思ってないだろう。というか、アグロップのヤツ残っている自警団員に指示を出し忘れてないか？」

「いや、団長がすればいいのでは？」

そうだけど。俺、説明が苦手なんだよな～。

「随分とお疲れだな～。頑張れ、あと少しだ！」

マールリークの軽い応援に手をあげて、残っている自警団員のもとへ向かう。捕まえた者たちは、全て檻に放り込まれたようだ。俺の姿に、自警団員たちが緊張するのが分かった。この雰囲気が苦手だ。仲間を捕まえると、どうしても流れる空気がある。沈み込みそうになる気持ちを、何とか抑え込む。

「団長、お疲れ！」

ボロルダたちが、軽く手をあげる姿が目に入る。それにスッと空気が軽くなる。おそらくボロルダの軽い声の調子に驚き、自警団員たちの緊張感が切れたのだ。少し苦笑いを浮かべてしまう。あいつ等は、ほんと周りの状況をよく読んでいる。

「ご苦労、そっちはもう準備が整ったのか？」

「あぁ、問題ない。ここに残っている自警団員たちはどうするんだ？」

ボロルダの言葉に、俺に視線が集まるが先ほどのような異様な空気は生まれない。本当に感謝だな。マルセと視線が合うと小さく笑われた。

「アグロップが戻ってくるまでは待機だ。それから拠点に向かってもらう。マルセ、仕事を頼みたい」

「はい」

「自警団員を三人ずつの隊に分けてくれ。拠点から三ブロック周辺にいる人間すべてを、拠点に向かわせるように誘導する」

「……ん？　えっと全ての人をですか？　かなりの人数になりますが」

「そうだ、マルセ。誰一人逃がす事なく全員だ。詳しくはアグロップが戻ってから聞いてくれ」

「分かりました」

大まかな説明はしたから、あとはアグロップに任せよう。拠点の問題を俺一人に押し付けたのだから、こちらは任せた。

「さて、行くか。あっそうだ。ロゼ、クリダロ、二人は俺と一緒に来てくれ。あと……マルセ、貴族相手でも引かない奴を三人ほど選んでくれ」

「分かりました」

マルセが選んだ三人と俺が選んだ二人、彼らは拠点にいるかもしれない貴族に対応出来る人物たちだ。拠点に向かいながら、ボロルダにこれからの予定を聞いておく。

「拠点に行ってからの様子で少し変わるな。とりあえず冒険者たちは拠点には入らない。それはもしもの事を考えてだ。なのでそっちは頼む」

「分かっている」

貴族連中は自警団の指示には渋々ながらも従うが、冒険者にはかなり強気に出るからな。権力を振りかざして、逃れようとする馬鹿も多いしな。

「俺たちはセイゼルクと合流して、準備が整い次第確認作業に入る」

「人手は足りるのか？」

「ギルマスが少しは集めてくれているはずだ。まずはそいつらから調べる事になるが」

「そうか。ロゼ、ボロルダに付いていてくれ」

俺の言葉にボロルダとロゼの二人が不思議そうに俺を見る。ロゼは何というか、普通にしていても表情が怖い。俺が言うのもなんだが怖い。なのでボロルダの隣に居るだけで、効果はある筈だ。

「騒ぐ奴がいたら睨みつけろ。それでも効果が無かったら力で押さえ込んでいい」

この作戦では、ボロルダの持っているマジックアイテムがかなり重要になる。順調に事を進めるには、脅しの人材が必要だろう。

「あ～、なるほど。ロゼさんでしたっけ、よろしく！」

「はい。こちらこそ」

拠点に着いたのだが、静かだ。玄関から少し中を覗くと、想像していた以上の人数が倒れている。

……いったい何人いるんだ？　ボロルダが隣で、苦笑している。その視線を追うと、どう見ても周りとは身なりの違う男性がいる。顔は下を向いているので確認出来ないが、あれは貴族が好むデザインだ。……それも一人ではない。玄関先から覗いただけで三人。

「はぁ～、馬鹿なのか？」

「まさか、拠点となった場所に眠り玉が仕込まれているとは思わないだろう。だから安心して参加したんじゃないか？」

ボロルダの言葉に笑みがこぼれる。そうだ、奴らの裏をかけた結果がこれなのだ。……貴族がかかったが。

「団長、あのこれは？」

「拠点にある証拠を持ち出そうとした、組織の手の者たちだ。数名味方も混ざっているが気にするな」

俺の言葉に、一緒に来た五人の自警団員たちが驚く。

「さて、ここからは冒険者には無理だ。俺たちだけで対応する。ロゼはボロルダの準備が整うまでこちらを頼む」

「はい」

「とりあえず、空気の入れ替えだな。入った瞬間に意識がなくなるとか遠慮したいからな」

口に布を当てて、とりあえず玄関の扉を全開にする。さて、どれだけの組織の者が釣れたのか楽しみだ。貴族の問題は、後回しだ。

101話　あの子たちの安全が一番

ＳＩＤＥ：ボロルダ

団長が動き出したのを見て、拠点からすぐに離れる。一部の貴族連中は、冒険者を馬鹿にしている。関わらない方が身のためだ。

「ギルマスから連絡だ。数チームの冒険者たちと一緒に、ここに来るそうだ」

声に視線を向けると、セイゼルクが肩をすくめた。おそらく、早めに判断したい冒険者たちがいるのだろう。

「そうか」

ここまでの作戦は成功している。自警団の裏切り者たちを一斉に確保した。そして、拠点が襲撃された事からアイビーたちも成功したのだろう。だが、ミーラたちを捕まえる事は出来ただろうか？　彼女たちを逃がすと、森にいる犯罪者たちが動き出す可能性がある。

「迎えに行った方がいいか？」

「アイビーたちなら大丈夫だろう」

俺の独り言にセイゼルクが答える。彼を見ると、最近見る事が少なかった心から楽しいという表情。きっと俺も似たような表情をしているんだろうな。

「そうだな、アイビーなら大丈夫か」

「あぁ」

そうだ、あの子なら大丈夫だ。ラットルアもいる。ん？　周りを見ると、人が集まりだしているようだ。随分と早いな、しかもなぜかちょっと顔色が悪くないか？　まぁ、気にする事でもないか。

「とりあえず、座って判断出来る場所でも探すか」

俺がやるのなら別に外でもいいが、アイビーはまだ子供だ。なるべく負担がかからないようにしてあげないと。それでなくても、これから大量の人を判断する事になる。相当な時間がかかると予測出来るのだから、座って出来る場所が必要だ。それに、組織の者が急に暴れ出した時の事も考えないと駄目だろう。ん〜、家を借りた方がいいかもしれないな。周りの家を見ながら、手ごろな場所が無いか探す。

「あの角の建物って何に使っているんだ？」

拠点のすぐ近くにある曲がり角に、小さな建物が見えた。どうも住処とは少し違う造りのようだ。見た感じでは、倉庫か？　いや、それより立派な印象だな。近付くと、建物の入り口に『集会所』と書かれた看板が置かれている。

「集会所らしいけど。だれかいるか？」

中に向かって声を掛ける。ついでに気配を探るが、誰の気配も感じない。

「誰もいないみたいだな。しかし、集会所にしては少し小さくないか？」

セイゼルクの言葉にシファルとヌーガが頷いている。マールリークとロークリークは周りの確認に行ったようだ。リックベルトが建物の玄関に手をかける。ガチャリという音を立てて扉が開いた。どうやら鍵はかかっていなかったらしい。不用心だな。

「周りは問題なし」

「こちらもだ」

マールリークとロークリークが戻ってくる。

「勝手口があった。あれを使えば入る場所と出る場所を分けられるので、人を誘導しやすそうだ。入る人の制限も出来るから、アイビーを守りやすいと思う」

「そうだな、扉もそれほど大きくないし、守るには最適だな」

シファルとセイゼルクが、出入り口を入念に確かめている。奇襲を受けた時に、中に居る者たちを守り切れるかどうか。集団で来られた時にはどのように対処が出来るかなど、次々と意見を出し合っているようだ。仲間の話を聞きながら、俺も独自に調べていく。彼らの話を聞いていると、アイビーたちの安全面を一番に考えているようだ。その事に笑みが浮かぶ。

「しかし、本当に集会所か？　どう考えても小さすぎる。倉庫と言いたいが調理場があるな」

外からの見た目はシンプルだったのだが、中はこの建物には不似合いな華やかさがある。それに首を傾げる。

「おかしな建物だな」

建物の中は、玄関を開けると調理するための部屋があり、その奥にもう一つ部屋がある造りだ。シファルが、奥の部屋の扉を開け中を確かめる。隣にいたセイゼルクも中を見て、なぜか大きなため息をついた。不思議に思っていると、中を見るように仕草で伝えてくる。部屋の中を見ると、やたらに豪華な椅子があり、その上に装飾の施されたバッグが数個。

「……団長に伝えてくる」

セイゼルクの呆れた声が聞こえる。それに軽く手をあげて応える仲間たち、その顔はどれも苦笑いだ。しばらくすると、呆れた表情の団長が来た。そして荷物を見て大きなため息を一つ。なぜなら、集会所の部屋にあったバッグはどう見ても、貴族が持っていそうな装飾が派手なバッグだったからだ。

「ご苦労様。向こうはどうだ？」

「貴族が五人も居やがった。その内の一人は王族にも顔が利く有名な人物だ」

かなりの大物が釣れてしまったようだ。大丈夫なのか？

「心配するな。これでも団長としてそれなりに長いんだ。貴族に知り合いがいるから手を回してもらう。あっ、フォロンダ領主を呼んでくれていたんだな。感謝するわ。あの人は王族関係者に知り合いがいるらしいから、そっちにも手を回してもらう事になった」

「そうなのか？　それは知らなかったな」

フォロンダ領主って、少し謎な人だよな。

「荷物は持っていくわ。触っていないか？」

「あぁ、見ただけだ」

セイゼルクがものすごく嫌そうな顔をしている。貴族に良い思いはないからな。

「この場所を使いたいんだが。どうすればいい？」

「自警団から許可を出した事にしておくよ。書類を作っておくから、後で署名だけ頼むわ」

「了解」

団長が荷物を持って拠点へ向かう。窓から外を見ると、顔をこわばらせた町の人たちが、かなりの数集まりだしていた。いったい何を言ったら、全員があんな表情になるんだ？

「急ごう。椅子と机があるな。あれを使おう。俺の横にアイビーが座れるようにしておいてくれ」

俺の指示にセイゼルクたちが部屋の中を整えだす。アイビーたちはまだかな？　何かあったのだろうか？　ミーラが何かしたとか？

「すみません。副団長にボロルダさんを捜すように言われたのですが？」

建物の外から声がかかる。マールリークが対応するために向かう姿を横目に、甘味の店がある方向へ視線を向ける。

「あっ、何だ。もうすぐそこじゃないか」

アイビーとラットルア、それにカルアとマカシャ？　なぜマカシャがいるのか分からないが、拠点の中を覗いている。よかった無事だったようだ。ん？　あれはギルマスか？　あっ、捕まった貴族を見たな。ご愁傷様。外に出てアイビーたちに向かって手をあげる。アイビーが俺を確認してホッとした表情を見せた。カルアとアイビーがこちらに向かってくる。と、なぜかカルアに思いっきり睨まれたので驚いた。アイビーはカルアの様子にちょっと苦笑いを浮かべる。何だ？　もしかして子供を参加させているからか？　あ～、普通に考えればそうだよな。

「悪いなカルア、ありがとう。子供を参加させて悪かったな」

でも、この作戦はアイビーの発案だからって……余計に怒らせそうだ。ただ、アイビーの事を考えてくれるのはうれしいものだ。

「分かっているのならいい。私は犯罪者たちの討伐に参加してくる」

アイビーがカルアにお礼を言うと、彼女はうれしそうにアイビーの頭を撫でてから討伐に参加しに行った。丁度、拠点にフォロンダ領主の馬車が止まる姿が目に入る。すぐに自警団に支えられた五人が乗せられ、フォロンダ領主と共に馬車は走り去った。その様子を心配そうに見ているアイビーに。

「貴族は彼に任せれば大丈夫だ」

「よかった」

アイビーの言葉に、笑みがこぼれる。この子の言葉が無ければ、フォロンダ領主が此処に来る事はなかっただろう。貴族がこんな馬鹿げた事に参加するとは思わないからな。頭を撫でると、不思議そうな表情で見上げるアイビー。自分がすごい事を成し遂げようとしている事を分かっているのか、いないのか、ほんと不思議な子供だ。用意した部屋へアイビーと向かいながら、ソラの反応で気になる事を聞いてみる。

「ソラの反応を、反対にする事は出来ないか？」

「えっ？　どういう事ですか？」

「結構な人数を調べる事になる。問題がない者の時にいちいち震えていたら、ソラが疲れないか？」

「あっ、そうですね！」

アイビーは慌てて鞄《かばん》の中を見て、判断する時の反応を逆にするように言っている。

「ソラ、問題の無い人の時は震えないでね。駄目って思う人の時にプルプルしてね」

それで伝わるのか？　ちょっと試しておくか。

「上手くいくか、俺の名前で確認してくれるか？」

「はい」

『ボロルダさん』とアイビーが名前を呼ぶが、鞄の中のソラは震えずじっとしているみたいだ。

「大丈夫です」

簡単すぎる確認作業にちょっと笑ってしまった。

「悪い。そろそろいいか？　かなり長い列になってきた」

マールリークの言葉にアイビーは頷いている。さて、いったいどれだけの人数が引っ掛かるのか。

「アイビー、ソラ。疲れたら途中で休憩をはさんでも大丈夫だからな」

アイビーが鞄の中を確認して頷く。

「大丈夫です。頑張ります！」

「よし、順番に部屋に入って名前を言え。問題がなければすぐに終わる。列から逸れたらすぐにわかるからな」

ロークリークの声が外から聞こえる、少しすると部屋に人が入ってくる。最初は自警団の見習いみたいだな。部屋の入り口に副団長の姿が見えた。机の下で、マジックアイテムを握り込む。

「タバリダです」

クイッと引っ張られる服の感触。

「えっ!!」

驚いて、声が出てしまった。確か引っ張るのって駄目って事だよな。早すぎないか？　……先が思いやられそうだ。

「裏切り者だ」

俺の言葉にタバリダが青い顔をして、逃げ出そうとするが副団長がすぐに捕まえた。

「まさか、君が組織に加担しているとはね。連れていきます。すぐに……ロゼが来たみたいですね。ご苦労様です。あとは頼みます」

見習いを引きずって建物から出ていく副団長。

「あの、ボロルダさん。もう見つけたんですか？」

「ん？　あぁ、まぁな。さすがに驚いたわ、まさか一発目とは」

隣に座るアイビーの頭を撫でる。癒されるわ～。

102話　頑張りました！

つ、疲れた……。時間にして三時間。ずっとソラに頑張ってもらっている。その判断を伝える私も緊張が続き、そろそろ限界かも。視線を建物の窓から外へ向ける。まだ並んでいる人はいるが、その数は確実に減っている。あと少しだ頑張ろう。

「アダリクリです」

目の前の男性が名前を伝えると鞄が揺れたので、ボロルダさんの服を一回引っ張る。

「捕まえろ」

「えっ！　ちょっと待ってくれ。俺は組織とは関係ないぞ。本当だ」

ボロルダさんの言葉に、男性が焦った表情を見せる。あれ？　少し不思議に思い首を傾げた。此処までで捕まった人の数は二二人。三時間で二二人……正直多すぎる。それだけ組織が手を延ばしていたって事なのだろう。で、彼らの反応とこの男性の反応が少し違う。二二人の中には逃げ出そうとした人、平静心を装ってやり過ごそうとした人などがいた。ボロルダさんを怒鳴りつけて暴力に訴えた人は、ヌーガさんの一発がお腹に決まって真っ青になっていた。あの人大丈夫かな？　まぁ、自業自得だから仕方ないとして、目の前の人は真っ青な顔で何だかものすごく焦っている。その様子が、今までの人と違うような気がするのだ。ボロルダさんも気になったのか、少し様子を窺っている。

「本当だ、俺は組織とは関係ない。調べてくれたら……あっいやそうではなくて」

「何か後ろめたい事でもあるのか？」

「違う！　ただ、そのあれはそういうのではないはずだ……だが、あいつも捕まったし……」

何だか、気の弱そうな人だな。本当にこの人、組織の人なのかな？

「あの……」

「おい、やめろ！」

「でも、ちゃんと言って説明しないと……」

「おい、ここで言わないと、組織の関係者として連行――」

「うちの人は、預かっただけなんです！」

「……預かった？　いったい何を？」

奥さんと思われる人が、男性が止めるのを振り切って声を上げる。

「うちの人には使っていない家があって、そこに荷物を置かせてほしいって。誰にも言わない事を条件にその家を貸しているんです」

「おい！」

「もういい加減にしてください！　あの人はさっき捕まったんですよ！　このままでは私たちだって！」

「それは……だが……借金が」

「こんな時に借金だなんて！　組織に加担したなんて噂になったら、この町を出ていく事になるんですよ！」

……そうなの？　そっとボロルダさんを窺うと、彼は肩をすくめてみせた。どうやら本当らしい。そうか、この町には組織の被害者が沢山いると言っていた。その人たちにとって、組織に手を貸した人たちを許すのは難しいのだろう。

「その家は何処にありますか？」

「住んでいる家の五軒隣りの二階建ての家です。少し前に取り締まりがありましたよね。あの日の朝にいきなりこの人の幼馴染が訪ねてきて。なんだか怪しそうだったんですが、この人が借金が返済出来るならって承諾してしまって……すみません」

取り締まりの日って……もしかしてその荷物って書類！　ボロルダさんを見ると、彼もかなり驚いた表情をしている。同じ結論のようだ。……そっか。取り締まりの日に情報は掴めたが、あまりに急だったから安全な場所まで移動は出来なかったんだ。だから拠点の近くに隠さざるを得なかった。たしか自警団員を総動員して、町を巡回させたって団長さんが言っていたな。その後も、拠点周辺の巡回を増やしたって聞いた。

「なるほどな。ところでお前名前は？」

「えっ、あ……ミレアです」

鞄からふるふるという振動が伝わる。……それに驚きながら、ボロルダさんの服をそっと引っ張る。彼の動きが一瞬止まり、苦笑いした。

「なるほど、組織に見切りをつけたのか？」

ボロルダさんの言葉に女性が少し焦りだす。

「何を言っているのか、私には……」

「嘘を言うな。お前たちは全てを知って組織に加担していた。そうだろ？」

「なっ、違います！　本当に私は知りませんでした。……旦那は知っていたかも――」

「何を言っているんだ！　お前がやれって！」

「うっ。うるさい！」

「うるさいって、お前が全て決めたんだろうが！　俺は反対だったんだ！」

「あんたが借金なんか作らなければ、こんな事にはなっていないわよ！」

「なんだと！　あの借金だってもとはと言えばお前が！」

すごい、修羅場だ。自警団のロゼさんやボロルダさんたちがいる前で、よく喧嘩なんて出来るな。

それにしても、騙されるところだった。ソラはすごいな。そっとバッグの上からソラを撫でる。少しだけフルフルっとした振動が伝わる。……癒される。

「はぁ～、なんだか疲れが倍増したな」

ボロルダさんが、顔を手で覆って大きなため息をつく。

「ロゼさん悪い、連れていってもらえるかな？」

「はい」

ロゼさんの指示で、自警団の見習いたちが夫婦を連行していく。建物の外に出ても声が聞こえるので、喧嘩は続いているようだ。本当に、すごい人たちだな。

「お疲れさま」

ラットルアさんが、目の前の机に熱いお茶を置いて頭を軽くポンと撫でてくれる。

「驚いただろう？　大丈夫か？」

「はい。すごい人たちでしたね」

お茶を飲むと、体の中から感じるじんわりとした熱にホッとする。どうやら、想像以上に疲れているようだ。でもまだ、待っている人がいる。ボロルダさんを見て一回頷く。

「よし、続けるか！」

「はい。次、入ってください」

扉の所に立つマールリークさんが、部屋の外で待つ人に声を掛ける。あと少し、頑張ろう。それから一時間弱……最後の一人が部屋から出ていくのを見送る。まだ、冒険者の判断があるけど、とりあえず一番人数が予測出来なかった拠点周辺の調査は終了だ。椅子から立ち上がって背を伸ばす。気持ちがいい。

「お疲れ様です。それにしても、なんて言うか」

ロゼさんが、建物の窓から少し離れた場所にある拠点を見つめて言葉を濁す。捕まった自警団員たちは既に移動しており拠点には今、捕まえた町の人たちが一時的に集められている。組織に何らかの形で加担したのは総勢三四人。男性二三人、女性一一人だ。

「多かったな。一〇人前後を予想していたんだが……まさかの三〇人超えとはな」

ボロルダさんも、さすがに三〇人を超えるとは思っていなかったのか。そうだよね、ほんと多すぎる。

「嫌になりますよ。見習いからは五名も出てしまった」

ロゼさんの言葉には、やるせなさが出ている。やはり仲間が捕まった事が堪《こた》えているようだ。

「ロゼさん」

「大丈夫です。アイビーもご苦労様です」

「いえ、ロゼさんもお疲れ様です。あっ、団長さんたちが戻ってきたみたいです」

窓の外に団長さんの姿が見えた。団長さんは、討伐隊を再編して犯罪者集団の討伐に向かっていたのだ。指名手配された人殺しが多数いたので心配したが、自警団員たちも冒険者たちも大丈夫だったようだ。建物から出て、団長さんたちのもとへ向かうと、私たちの姿を見て軽く手をあげてくれた。そして次に拠点へ視線を向けて、固まった。おそらく捕まった人たちの多さに、驚いたのだろう。団長さんの隣にいた副団長さんまで驚いた表情をしている。

「おい！　これ本当か？」

団長さんが少し興奮気味に聞いてくる。

「すごいだろ。さすがに俺たちも驚いたわ」

「いや、すごいって……まぁ、すごいが」

団長さんは少し混乱中だ。

「団長、落ち着いてください。ロゼ、ご苦労様でした。問題はありませんでしたか？」

「はい。問題は……あっ！」

ロゼさんが、何かを思い出したようにボロルダさんを見る。ボロルダさんは彼の視線に首を傾げるが、すぐに何かに気が付き周りを見回した。少し離れた場所にいたロークリークさんとリックベルトさんを見つけると、手招きする。

「確認してきたぞ。書類で間違いない」

書類……あっ、拠点から持ち出された書類だ。あの夫婦の情報は本当だったのか。

「書類？　何の事だ？」

「この拠点から持ち出された書類が見つかったんだ」

「……本当か？」

団長さんがボロルダさんを見る。

「あぁ、情報をべらべらしゃべった奴らがいたからな」

ボロルダさんの言葉に団長さんも副団長さんも不思議そうだ。ロゼさんは苦笑いだ。でも、そうか書類はあったのか。これで、組織を追い詰められる証拠が増えたな。頑張ったかいがあった。

103話　すごい人たちだった

団長さんとギルマスさんが、捕まえた人たちをどうするか話し合っている。想像を超える人数が捕まったため、檻が全く足りていないそうだ。犯罪者集団に組織に加担した自警団員たちと町の人たち、これだけでも既に溢れているのに。これに、冒険者たちが加わる予定になっている。最終的にどれだけの人数になっているのか、考えるだけで恐ろしい。そういえば、拠点周辺にどうして三四人も集まっていたのだろう？　何か意味があるのかな？　ん〜、私には分からないな。

そう言えば、貴族の人たちもいたな。フォロンダ領主が連れていったけれど、何処へ行ったのだろう？　あの方にも迷惑を掛けてしまったな。後でお礼を言わなければ……会えるかな？　ゆっくりとお茶を飲みながら、忙しそうに仕事をしている自警団員たちや冒険者たちを眺める。団長さんたちが、疲れただろうと休憩を勧めてくれたのだ。それにしても、何だろう？　もう一度、自警団員たちや冒険者たちを見る。彼らも疲れているはずなのに、なぜか表情が明るいような気がする。何かあるのかな？

「お疲れ様」

ボーっと自警団員たちの動きを見ていると、セイゼルクさんが近くに立っていた。やばい、注意力が散漫になっている。まだ、全てが終わったわけではないのだから気を付けないとな。

「お疲れ様です。大丈夫ですか？」

彼も朝から動き回っているので、かなり疲れているだろう。

「大丈夫だ。組織を出し抜けたんだ、うれしくて疲れなんてまったく感じないな」

あぁ、そういう事か。皆の表情が何処となく明るいのは、ずっと苦しめられてきた組織にひと泡吹かせる事が出来たからか。

「アイビーたちこそ大丈夫か？　人数が多かったから大変だっただろう？」

確かに、想像より大変だった。でも私はソラの判断を伝えていただけだし、ずっと座っていた。

「思ったより大変でしたけど、私は座れていたので楽でした。ソラも元気なので大丈夫です」

「そうか。でも、無理はするなよ？」

「はい」

私の言葉に、うれしそうに頭を撫でるセイゼルクさん。でも彼を呼ぶ声に、面白くなさそうな顔を見せた。

「はぁ。無理はするなよって言ったすぐで悪いけど、もう少し頑張ってほしい」

「どうかしましたか？」

「あと少ししたら冒険者たちが集まってくるんだ。判断を頼めるかな？」

膝の上に乗せた、ソラ専用のバッグの中を確認する。少し前に、ソラの食事用にと持ってきておいたポーションを入れておいたのだ。そのため、ソラは食後で少し眠そうだ。

「ごめんね。もう少し頑張れる？」

私の言葉にソラは、ぷるるっと揺れた。それから体を伸ばしている。……準備運動なのだろうか？　ただ、バッグから出ないように気を付けているようで、伸び方が少し変だ。すべてが終わったら、森の中で思いっきり体を伸ばしてもらおう。ポーションもいっぱいあげよう。

「大丈夫です」

「そうか、よかった」

「あの、捕まえた人たちってどうするのですか？」

拠点となった建物の庭に集められている人たちを見る。全員が手を後ろに回されて縛られている。逃げ出さないように腰にも紐が括《くく》り付けられて、全員とつながっている。

「拠点にした元商家には手ごろな大きさの部屋があるから、そこを改造する事になったみたいだ。元自警団員や犯罪者はしっかりした檻が必要だが、住民なら簡易な檻でも問題ないだろうって事でな」

確かに、元自警団員たちや指名手配されていた犯罪者たちが部屋を改造した簡単な檻だと不安だが、住民たちなら見張りをしっかりしておけば問題ないだろう。ここから見ていると、誰もが皆疲れた表情を見せている。最初は関係ないと騒いでいた人たちも、ボロルダさんが見つけたマジックアイテムを使用したと分かった途端諦めたみたいだ。今では、誰も騒ぐ事なく沈んでいる。

ボロルダさんたちもセイゼルクさんたちも、この町の上位冒険者チーム。彼らの調べた結果は、量刑にも反映されるほど信用があるらしい。そのおかげで、ボロルダさんが使ったというマジックアイテムを疑問に思う者はいない。上位冒険者が全員そういう立場なのかと思ったら違うそうだ。町や村で条件が異なるが、この町では町専属の上位冒険者でギルマスさんが認めたチームが当てはまるらしい。上位冒険者だとは聞いていたが、ボロルダさんたちがそんなすごい人たちだとは思わなかった。何気にギルマスさんも、すごい人だった。紹介した冒険者の人が駄目だと知った時の表情や、貴族を見た時の項垂れる姿がちらついて、どうもそう思えないのだが。顔と行動が一致しないため、情けない方の印象が強いのだろう。それにしても、なんだか知らない間にすごい人たちに囲まれていたな。それに一番驚いた。

「あっ、来たみたいだ。冒険者たちは拠点周辺の見張り役として集まってもらった。団長に各自名前を言ってもらう事になっているから、その時に判断してもらっていいか？」

「分かりました。ソラ、頑張ろうね」

バッグの中のソラに小声でささやく。すると小さく振動が伝わってきた。それにほっこりしながら、セイゼルクさんと冒険者たちのもとへ向かう。

ギルマスさんが集合をかけた冒険者たちは、それほど多くなかった。それに少しだけ安堵する。あまり時間をかけずに、全員を判断出来そうだ。

「おっ、来たな」

ボロルダさんとセイゼルクさんの間に立つと、冒険者たちが二人を見ているのが分かる。憧れの存在なんだろうな。二人を見る……うん、シャキッとしていたらかっこいい。団長さんが組織に加担した者たちの見張りの話をすると、冒険者たちが騒ぎ出す。それにギルマスさんが「黙れ」というと、冒険者たちが一斉に静まった。特に声を荒げたわけでもなかったのだが、なるほど、ギルマスさんもすごい人なのか。次々と紹介されていく冒険者たちをソラに調べてもらう。冒険者の数は全員で四一人、一二チームだ。ソラが震えるたびに、ボロルダさんの服を軽く引っ張る。その回数三回。四一人で三人が駄目だった。この三人、それぞれ違うチームに所属していた。そこに組織の悪質さを感じる。ボロルダさんがギルマスさんの近くに移動して、裏切り者を伝える。次の瞬間見せたギルマスさんの表情に苦笑が浮かぶ。通常が怖い顔なのに、目じりが下がるだけで何とも言えない情けなさを感じる表情になる。あんなに表情が変わるのも珍しい。

「ギルマスは情の深い人だからな。裏切り者が出て悲しいんだろう」

セイゼルクさんが、ギルマスさんをじっと見ている私に説明してくれた。まさか、顔の印象があまりにも変わるのが面白くて見てましたとは言えない。絶対に言えない。どうやら私は疲れがたまっているようだ。

「そうなんですね」

私の返事にバッグがプルプルと震えた。なんとなく私が思った事がソラに伝わったような気がした。そして笑われた気が。……きっと気のせいだ。

「これで、作戦は終わりましたね」

私の言葉にセイゼルクさんが面白そうな顔をした。

「朝からここまで、すごい一日だったよな」

そう思います。私の思いついた作戦は、とにかく早さが求められた。そう考えると、自警団員たちも冒険者たちもすごいな。急な事にもすぐに対応出来るのだから。冒険者たちの中から、誰かが走り去る姿が目に入る。

「あっ」

次の瞬間、ものすごい速さでギルマスさんの走る後ろ姿が見え……とび蹴りが決まった。

「痛そうです」

とび蹴りで吹っ飛んだ冒険者の人は気を失ったようだ。まぁ、ものすごい勢いで飛んでいったからな。その衝撃はきっとすごい物だっただろう。

「ハハハ、ギルマスを本気で怒らせると怖いからな～」

そうなのか。私も態度に気を付けよう。特に顔を見て笑わないように気を付けよう。

104話　団長さんはすごい

拠点の中に出来た簡易的な檻に、外にいた人たちが連行されていく。どの人も下を向いて、顔を見られない様にしている。中には涙を流している人もいるようだ。

「今さら後悔しても遅い。なぜ捕まった時の事を考えなかったのか」

彼らに掛ける団長さんの言葉は厳しい。それは仕方のない事だ。彼らは自らこの道を選びとったのだ。その責任をこれから長い時間を掛けて償《つぐな》う事になる。

「はぁ～……」

作戦が成功した事で、組織を追い詰められる事はうれしい。これで私が狙われる事も無くなる。そうなれば旅を続けられる。でも、なんだか心が晴れない。きっと、捕まった人たちの悲しみを初めて見たからだ。

「気に病む事は無いよ」

声に視線を向けるとシファルさんとラットルアさん。どうやら相当気落ちした顔をしていたのか、ばれてしまった。

「分かってはいるんですが、初めて見るので」

「そっか。俺たちも最初の頃はいろいろ考え込んだよな？」

「あぁ、若かったね～。ラットルアにもっと可愛げがあった頃だ」

「おい。何を言い出すんだ」

「えっ！　あの頃の事をアイビーに話してもいいのか？　勇気があるな」

「違う！　って言うか話すな！」

何があったのだろう。ラットルアさんの顔が真っ赤に染まって慌てている。……どうしよう、ものすごく気になる。後でこっそり……。

「アイビー、あとで聞こうとか思っていないよな？　まさかね？」

読まれた。それに、ものすごく顔が怖い！　すぐさま無言で何度も頷く。

「そうだよね？」

黒い！　ラットルアさんの笑顔がものすごい黒い！　ものすごく気になるけど、止めておこう。ふっといつもの笑顔に戻ったラットルアさんが、頭を軽く撫でてくれる。それにホッとした。よかった～。あっ、さっきまであったモヤモヤした気持ちが無くなっている。もしかしたらシファルさんが、ラットルアさんの過去を持ち出したのは私のためかな。本当に優しい人たちだ。……いや、ラットルアさんのあの嫌がり方は本気だったな。それを知っていてシファルさんは話を振ったんだろうな。やっぱり策士だなシファルさんって。

不意に拠点周辺から怒鳴り声が聞こえた。それに体がビクついてしまう。

「大丈夫」

シファルさんがそっと肩に手を置いてくれる。それに笑顔で応える。

「でも、何だろう。行ってみよう」

拠点の庭から、門の外が見える位置に移動すると拠点周辺が随分と騒がしくなっていた。

「組織に加担した者たちが捕まったと、噂で流れたようだな」

シファルさんの顔が厳しくなっている。その視線の先には、この場所に押し寄せている町の人々。捕まえた者たちを教えろとか、恨みを晴らさせろなどの声が聞こえてくる。自警団員たちが治めようとしているが、人の数が多すぎる。大丈夫なのかな？

「ちょっとやばい人数だな」

ラットルアさんの表情も厳しい。どうするのだろう？

「大丈夫でしょうか？」

「ん？　団長とギルマスがどうにかすると思うけど。あっ、ほら」

ラットルアさんが示す方向へ視線を向けると団長さん、副団長さん、ギルマスさんたちが集まった人たちの前に立っていた。

「静かに！」

団長さんの声が拠点周辺に響き渡る。その声に周辺が静まりかえる。

「噂で流れている話は本当だ。この町に一番被害をもたらしてきた組織。その組織に加担した者たちを捕まえた」

その言葉に、町の人たちから喜びの声が湧きあがる。が、副団長さんが手を叩いてそれを止める。

また静かになった所で団長さんが話し始める。

「白警団から多くの裏切り者が出てしまった。そして冒険者からも。それについて深くお詫びする」

団長さんが頭を下げると副団長さんとギルマスさんも頭を下げる。それを静かに見つめる町の人たち。団長さんが頭をあげると、少しだけゆっくり話し始める。

「申し訳ないが、今は誰が捕まえられたのかを発表する事は出来ない。個々の罪について確証を得られていないからだ。誤認はないと思うが、確証が持てるまで全ての発表は待ってほしい」

今はソラが判断しただけで、まだ誰がどんな事で組織に加担していたのか分かっていない。これから証拠を集めて、それぞれの罪を確定していく事になる。捕まえた人数が多いから、大変だろうな。

「住人にお願いがある。捕まえた者たちに手は出さないでほしい」

その言葉に、集まった人たちから罵声《ばせい》が飛ぶ。中には、泣きながらの人もいる。団長さんは、すっと手をあげて。

「罪人が奴隷落ちになる事は知っているだろうが、それがどれほどの事なのか知っている者は少ないだろう。だが、俺は知っている。罪を犯した者たちが行かされる場所が、どれほど過酷な場所なのかを」

団長さんの言葉に声が消えた。罪人が奴隷落ちとなる事は、言うまでもない事だ。確か、強制労働を科せられるらしい。でも、その場所を聞いた事がないと思い出す。それは町の人たちも同じようだった。

「あの場所では自ら死を選ぶ事は出来なくなる。ただ毎日体を酷使し、この世界のために働かされる。それは言葉では表現出来ないほどの過酷な毎日だ。まさに地獄だ。その地獄が許される日まで続く」

団長さんの言葉に、住人たちの表情が落ち着きを見せ始める。被害者たちは加害者に苦しんでほしいのだ。それは綺麗事では済まされない、本音だ。

「奴らの人生が終われば苦しみも消える。それで許せるのか？　そんな簡単に苦しみから解放してしまうのか？　俺は許せない。だから確実に奴らを奴隷落ちにする。その為に、奴らには手を出さないと誓ってほしい」

もう、団長さんに罵声をぶつける人たちはいない。それに、副団長さんとギルマスさんが硬い表情を解いた。

「すごいですね」

団長さんは全てを背負い込んでしまった。

「あのさ、アイビー。今のは……」

ラットルアさんがどことなく不安そうに声を掛けてくる。それに首を傾げてしまう。何だろう。

「ラットルア、アイビーは気が付いていると思うぞ」

「えっ？」

何の事？　何に気が付くの？

「アイビー、団長がどうしてあぁ言ったのか分かった？」

「えっと、住人に犯罪を犯させないためですよね。だから団長さんは全てを背負い込んでしまった。

すごい人です」

団長さんの言葉が無かったら、きっと怒りが収まらない人たちは拠点を襲っていただろう。そしてそこに居た人たちを殺してしまった可能性も捨てきれない。そうなれば、被害者は理由があっても加害者になる。そんなのは悲しすぎる。だから、団長さんはあえて彼らに言ったのだ。自分が彼らを苦しませると。それも生きている間中ずっと。だから手出しはするなと。団長さんは、悲しみと苦しみで怒りが収められない人たちに向かって話をしていたのだ。彼らの怒りが少しでも落ち着くように。その怒りが、加害者に向かわないように。

「ほらね」

シファルさんがちょっと自慢げにラットルアさんを見つめる。ラットルアさんに、髪をぐちゃぐちゃっとかき回される。

「うわっ！　なんですか？」

「いや、団長の事をちゃんと理解しているんだな～ってな」

「理解？　すごい人って事をですか？」

それは前から思っていたけど。色々な事にすぐさま対応出来る順応性と、人を導く指導力。そして心の強さ。さすがだと思う。

「団長さんみたいになりたいです」

「「えっ！」」

私の言葉になぜかものすごく驚いた声が二つ聞こえた。声はもちろんシファルさんとラットルアさん。それほど驚く事だろうか？

「アイビー、人生を諦めるのはまだ早いよ」

「はっ？」

「そうだよアイビー。団長みたいになりたいなんて。まだ未来は明るいから」

……団長さんはすごいって話をしていたはずなのだが……。

「お前らな」

重低音に視線を向けると、顔をひきつらせている団長さんがいる。話はいつの間にか、終わっていたようだ。

「お疲れ様です」

笑顔で挨拶をすると、驚いた顔を一瞬見せた後とても穏やかな表情になる団長さん。さっきの少し強張った顔よりこっちの方が絶対にいいな。

105話　朝はのんびり

ふっと意識が浮上する。小さなあくびをしながらテントの入り口を確認して……少し笑ってしまった。ここ数日で板に付いてしまった。悪い事ではないので、これからも続けていこうと思うが今回の事は色々と勉強になったな。

「ふ～。おはよう」

起き上がり、隣で寝ているソラに声を掛ける。ソラはちらりと私を見て、グーッと思いっきり伸びをした。バッグの中での一日は窮屈だったのだろう。怒涛《どとう》の一日を終え、今日からは狙われる心配をする必要が無い。その事に、ずっと感じていた不安が消えている。もちろん、旅を続ける以上は警戒は必要だが、今日ぐらいはのんびりと過ごしたい。と思うのに、外の微かな音にも耳を澄ましてしまう。

「過敏になっているな……」

ソラがぴょんと跳ねて膝の上に乗ってくる。そしてプルプルと揺れる。ちょっとリズミカルな揺れ方は、ご飯の催促《さいそく》だ。少しだけソラの揺れ方の変化が分かる様になってきた。ただ、微妙な違いでなかなか分かりづらい。

「待っててね」

ソラ用のポーションを入れているバッグを手に取って中を確認する。あれ？　少ない……あっそうか。頑張ってくれたソラに、朝に必要な分を除いて全てあげてしまったんだった。今日中にポーションを、捨て場に取りに行かないとな。

「ソラ、あとでポーションを取りに行こうか。アダンダラの事も心配だし」

ずっと気になっていたあの子の事。セイゼルクさんたちと一緒にいるようになってから、その姿を見ていない。本によると、相当強い魔物とあったので心配はしていないが。甘えん坊なところがあるからな。ソラが食事を中断して、ピョンピョンと軽く跳ねてみせた。どうやらソラも、アダンダラに会いたいみたいだ。

「アダンダラは近くにいてくれてるかな？　それが心配だな。ずっと会えてないもんね。そうだ、もしまだ待ってくれていたら名前を付けていいか聞いてみよう」

テイムしたら名前を付ける。テイマーとして勉強した事だ。でも魔力が足りなくて、アダンダラをテイム出来ていない。テイムしていない魔物にも名前を付けてもいいのだろうか？　誰かに聞いてもいいけれど、怪しまれてしまう。でも、名前って重要だと思うし。今日会う事が出来たら直接聞いてみよう。

「アイビー、起きてるか？」

テントの外からラットルアさんの声が聞こえた。

「はい、ちょっと待ってください。すぐ行きます」

急いで服を整える。テントから出る前に、ソラの食事が終わっている事を確かめた。ソラの食事がビンも含めた劣化版ポーションとは知られていない。知ったらきっと驚くだろうな。有機物と無機物を同時に消化しているのだから。でも、ラットルアさんたちだったら驚くだけで何も問題ないような気がする。

「おはようございます。遅くなりました」

テントから出るとセイゼルクさんたちもボロルダさんたちも既に起きていた。すごいな、昨日の夜は作戦成功の祝いだと大量のお酒を飲んでいたのに。マールリークさんとセイゼルクさんは二日酔いなのか頭を抱えているが、他の人たちはいつも通りだ。一番飲んでいたシファルさんなんて、涼しい顔をして朝から昨日の夜の残りのお肉を食べている。まぁ、隣のヌーガさんほどは食べていないが。

「おはよう、昨日の疲れは出ていないか？」

「大丈夫です。ボロルダさんたちも大丈夫ですか？」

「大丈夫だよ。あの二名を除いて」

シファルさんが、食事を終えたのか口元を布で拭いながら手招きをする。何だろうと近づくと、隣の椅子を引いてくれた。それに座ると、ラットルアさんがスープとパンを持ってきてくれた。朝から買いに行ってくれたのか、柔らかい白パンだ。

「ありがとうございます」

ラットルアさんはなんだか機嫌が良さそうだ。何かいい事でもあったのかな？

「アイビー、団長から伝言を預かっているんだ」

「団長さんですか？」

昨日の夜、拠点に運び込まれた大量の書類を見て沈痛な表情をしていた。あれを全部確認するのだから大変な仕事だ。だが、最終確認はどうしても団長さんになるらしいので頑張ってもらいたい。

その団長さんから伝言？

「はい、何でしょうか？」

「そんな畏《かしこ》まる必要は無いよ。団長からちょっとしたお願いだから、食事の後でも大丈夫」

「はぁ、分かりました」

食事を始めると、ヌーガさんが何処からかカゴを取り出して私の前に置いた。不思議に思ってヌーガさんを見つめる。

「俺の知り合いから、アイビーに感謝したいと渡してきた」

「私に？」

口に含んだふわふわのパンを呑み込んでから声を出す。柔らかいパンは本当に美味しい。

「あぁ、組織に家族を奪われた被害者の一人なんだ。元冒険者で俺とシファルの師匠的な人だ。で、俺たちと一緒にいたからアイビーも何か作戦に参加したのだろうと、鎌をかけられてしまってな。誤魔化したつもりだったんだが、どうやら隠し通せなかったみたいだ。先ほど持ってきた」

「ごめんねアイビー、ばれちゃって。現役を退《しりぞ》いたはずなのに、まだまだ読みと勘は鋭い人でさ」

ヌーガさんとシファルさんの師匠的な人。何だか、すごく個性的な人を想像してしまいそうだ。

「お二人の師匠なら問題ないです」

「ありがとう」

シファルさんがうれしそうな表情を見せる。ヌーガさんも、どことなくうれしそうな雰囲気だ。

それにしても何だろう。食事を止めてカゴに手を伸ばす。中を確認すると甘い香り。

「お菓子ですか？」

「そうみたいだね。それにしてもあの人がお菓子を買うなんて……怖すぎる」

シファルさんが、何とも言えない表情をする。ヌーガさんもだ。いったいどんな人なんだろう。

お菓子を買うだけで、周りが微妙な表情を見せる人って。用意してもらった食事を食べきり、後片付けをする。食後のお茶を人数分用意して、全員でゆったりと過ごす。どうやら、セイゼルクさんたちも今日はのんびりするようだ。

「それで、団長さんはなんて言っていたのでしょうか？」

私がボロルダさんに聞くと、なぜか不思議そうな表情をされた。えっ？　何か伝言があると、さっき話していたはずなのだが。

「あっ、そうだった。悪い」

まだ疲れが残っているのか、忘れていたようだ。

「団長からは『謝礼金と懸賞金については待っていてほしい。とりあえず二週間』との事だ。今回集まった書類などの確認がかなりあるからな。自警団総出で取り掛かるみたいだが、そちらまで手が回らないのだろう」

謝礼金？　懸賞金？　何の事だろうか。

「何の事ですか？　もしかして組織関係ですか？」

「ん～、やっぱり考えていなかったか」

ボロルダさんが苦笑いしている。ラットルアさんはなぜか優しい笑顔だ。何だろう、この生ぬるい空気は。

「組織関係だ。作戦を立てた事と協力をしてくれた事への謝礼金と情報に対しての懸賞金」

「えっと」

確かに作戦は立てたというか、皆を煽ったような。協力は自分が狙われているのだから当然と言えるような気がするな。貰っていいのだろうか？

「不思議そうだな～。アイビーは堂々ともらっていいんだよ。今回の作戦の最大の協力者なんだから。ソラの事も含めてね」

ラットルアさんが楽しそうに頭をポンポンと軽く撫でてくる。あっ、そうか。ソラが判断出来た事で立てられた作戦になるんだ。なら、私というよりソラに対しての謝礼金だ。

「謝礼金については分かりましたが、情報に対する懸賞金というのは何でしょうか？」

「組織の情報には懸賞金が出る事になっていたんだ。少しでも情報を集めるためにな。つまりファルトリア伯爵、ミーラたちの情報だな」

なるほど、確かにミーラさんたちの情報はそういう事になるのか。ファルトリア伯爵も情報を渡した事になるのかな？　あの時の事はソラの判断で謝礼金の方に入るような気がするけど。

「深く考えないでいいよ～。今回の謝礼金と懸賞金はややこしいから」

「そうなのですか？」

ラットルアさんの言葉に首を傾げる。ややこしいとはどういう事だろう？

「普通は情報をもらってから、その情報を自警団で精査して行動に移すから。今回の様に情報と行動がごちゃ混ぜなんて珍しい事だよ」

「あぁそれと、他の町や村の冒険者ギルドからも懸賞金が出るから」

ボロルダさんが思い出したように、もう一つの懸賞金の事を言いだす。

「それは指名手配されていた人たちの事ですよね。それこそ私は関係ないと思うのですが？」

あれは完全に自警団の仕事だったはず。討伐隊に参加していた冒険者たちなら話は分かるけど。

「まぁ、正確にはそうなんだけど。奴らを捕まえるのも作戦に含まれていたからな。だからアイビーも関係者という事になる」

そういうものなのか？

「お金はあっても困らないよ。貰っておきな」

シファルさんの言葉に確かにと思う。夏が過ぎれば冬となる。冬の間の宿代が手に入ると思えばいいのかもしれないな。

「そうですね。そうします」

「よかった〜。アイビー、これで奴隷が手に入るね」

「はっ？　えっ、何の事ですか？」

「ん？　今回の謝礼金と懸賞金。かなりの金額になると思うよ。それこそ高額の奴隷が買えるぐらいの」

えっ……何それ怖い。私的には宿代ぐらいという計算だったんだけど。

106話　逃げる！

森の中を久しぶりにのんびり歩く。もちろん周りの気配は気にしているが、それでも楽しい。それに、気配を感じる感覚が鋭くなったような気がする。問題が起こる前より、自然に感覚が掴めるのだ。今回の事で成長出来たのだろうか？　不安な事がいっぱいあったけど、良い事もあったようだ。

「気持ちがいいね～。ソラ」

私の周りでピョンピョンと跳ね回るソラ。ずっとテントの中だけで行動していたので、かなりうれしいようだ。ソラを見ていると、本当に終わったんだな～っと感じる。

「ポーション、いっぱいあるといいね」

向かっている場所は捨て場だ。ソラの食事用ポーションが、無くなったため。捨て場に到着して、少し戸惑ってしまった。いつものゴミに交じって、家財道具などが酷く壊されて捨てられていた。もしかしたら、捕まった人たちの物だろうか？　人の闇《やみ》は深くて悲しい。

「ふぅ～。さて、ポーションを探そうか」

気を取り直して、捨て場に入る。大きな町だけあって、探す必要がないぐらい捨てられている。しかもちょっとでも劣化すると捨てるようで、私にとってはかなり状態のいいポーションが手に入る。うれしい限りだ。そう言えば、この町の近くに洞窟が数ヶ所あったはず。そこに現れる魔物が持つ魔石が、かなり高額で取引されるって聞いたような気がするな。もしかしたら、お金を持っている冒険者が多いのかな？

お金か。謝礼金と懸賞金。正直、冬の心配がなくなるならうれしい。でもまさか、高額奴隷が買える金額になるとは思いもしなかった。

「あっ、でも高額奴隷の金額を知らないや」

驚きすぎて、高額奴隷の金額を教えてもらうのを忘れていた。ただあの時に聞いたら、卒倒したかもしれないけど。そういえばラットルアさんが、ものすごくその事がうれしそうだったな。旅を続けるなら、奴隷で身を守った方が良いと教えてくれたのは彼だったっけ。言っている事は、理解出来る。でも、奴隷か～。何だかこうむずむずするというか、心の中に壁があるというか。ちょっと拒否反応があるような気がする。なんでだろう？　ふ～、この問題は後回しだな。まだ二週間余裕があるし。

ボロルダさんには団長さんに「分かりました」と伝言をお願いしておいた。急ぐ旅でもないし、少しゆっくりしてまた狩りを始めたいと思っている。そういえば、彼らは団長さん並みに忙しくなるようだ。自警団から指定依頼が入っていた。見つかった書類の整理にボロルダさんとセイゼルクさん、ロークリークさん、マールリークさんが。捕まった人たちから話を聞くのにシファルさんとリックベルトさん、ラットルアさんが協力するそうだ。ちなみにヌーガさんはシファルさんの止め役らしい。いったいシファルさんは何をするのだろう？　当たり前のように止め役として依頼がきたと、ラットルアさんが大笑いしていた。その後シファルさんに……まぁ、色々ありました。

「ふ～、腰が……」

屈めていた体勢を戻して、体を伸ばす。ポーションはマジックバッグに詰め込めるだけ詰め込んだ。

「ソラ、森の奥へ少し行ってみようか」

ここまで森を歩き回ったが、アダンダラが姿を見せる事はなかった。もしかしたら、何処かへ行ってしまったのだろうか？　それなら仕方ないけれど、悲しい。ソラがぴょんと跳ねて私のもとへやってくる。そういえば、今日はゴミに挟まる事が無かった。ソラも成長したのかな？

捨て場から離れて森の奥を目指す。ただ、あまり奥に行きすぎると強い魔物がいるので注意が必要だ。周辺や木の上を見ながらしばらく歩くが姿は無い。

「お別れなのかな？」

「ぷっぷ～？」

ん？　ソラの鳴き方に違和感を覚えた。

「どうしたの？」

ソラを抱き上げると、こちらに近づく気配に気が付いた。冒険者のようで、その気配はかなり薄い。以前の私だったら、もっと近づくまで気付く事は無かっただろう。

「ソラ、隠れていてね」

ソラをバッグに隠す。近付く気配からなんとなく嫌なモノを感じる。その感覚に背中に汗が伝う。

「どうしよう」

あっ、一人じゃない。先頭を歩いている人の少し離れた場所に一人……違った、三人もいる！

全員で四人の様だ。逃げたいけど、近付く速度が速くて間に合わない。それに、もうすぐそこに来ている！

「あれ？　こんな所で何をしているの？　あっ、君って確かアイビーって言う子だよね？」

落ち着け！　強張りそうになる表情を何とか抑え込む。声に視線を向けると、温和な表情で笑う男性がいる。ただ、他の三人が姿を見せる事はない。声が強張らないように、ゆっくり深呼吸して。

「はい。あなたは確かセイゼルクさんたちを呼びに来た冒険者の方ですよね？」

思い出した。この町へ来た翌日の朝、セイゼルクさんたちを呼びに来た人だ。

「覚えていてくれたんだ。そうそう、中位冒険者のハルレって言うんだ。よろしく」

ハルレさんが名乗ると、肩から下げていたバッグが微かに揺れる。困った、ここには私一人だ。しかも、この人の他に三人もいる。それが、私を囲うように回り込んだのを気配で感じた。逃げられない。隙が出来るようにするには、どうすればいいのだろう？

「よろしくお願いします。今日はどうしたのですか？」

「ん？　あぁ、ちょっといろいろね」

「いろいろですか？」

「あぁ、危ない魔物の情報があってね。俺はその確認に来たんだ」

嘘だ。だったらどうして他の三人は隠れているのですか？　って聞きたい。う〜、どうしよう。ある程度、合わせて隙を見つけた方が良いのかな？　でも、薬を使われたら手も足も出ない。ミーラさんの作戦では、薬が使われる手筈になっていたし。一か八か。

「嘘ですよね」

「えっ？」

「組織関係者の人ですか？　三人の方も、バレバレですよ」

ハルレさんの目が見開かれる。隠れている三人からも、動揺が伝わってくる。さて、ここからどうしよう。

「何を言って――」

「あなたが組織関係者だという事は、団長さんやギルマスさんは既に知っている事です」

だといいな～。私の言葉に、目に見えて狼狽《うろた》えたハルレさん。

今だ！

ハルレさんに向かって体当たりする。そして、走って逃げる。

「あっ、待て。おい何をしている、捕まえろ！　あいつは高く売れるんだ！」

隠れている三人は、私が後ろに逃げた時のために背後に隠れていた。なので不意をつくならハルレさんだと思った。とりあえず成功したけど、大人の足だけあって速い。

「逃がすか！」

男性たちの声と足音が近づいてくる。やっぱり作戦失敗だったかな？　でも！　諦めたくない！

「こいつ！」

腕を掴まれ、木にたたきつけられた。グッと胸が圧迫されて息苦しくなる。

「いたっ」

「おい。傷をつけるな！　商品だ」

何が商品だ！　ふざけるな！

「ハッ、少しぐらい大丈夫だろ。どうせあの変態の所なんだろ？」

「ハハハ、まぁな」

腕を思いっきり掴まれているので痛みが走る。悔しい。何とか……。

「おいっ……」

男性の怯えた声が耳に届く。そちらを向きたいが、ぶつけた胸と掴まれた腕が痛くて確認出来ない。

「えっ、何で……」

「ちょっ、どうするんだよ！」

「ヴ～～、グルルル……」

ものすごい重低音が聞こえる。私を掴んでいた男性の体がびくりと震えて、手が緩む。すぐに掴まれている腕を振り回して手を引き離した。なぜか、すぐに手が離れていった。

「？」

不思議に思って男性に視線を向けると、真っ青な顔をして何かを凝視している。

「えっ、何？」

「シャー」

何かの威嚇《いかく》音が後ろから聞こえた。次の瞬間、男性がばたりと後ろに倒れる。

「……」

周りを見るとハルレさん以外の男性たちは既に意識が飛んでいるようだ。ハルレさんも、ガクガクと震えて座り込んでいる。震える体にぐっと力を入れて、そっと後ろを向く。

「あっ」

その瞬間、体から力が抜けた。後ろには、牙をむき出しにしてハルレさんを睨みつけるアダンダラの姿。じっと見ていると、ちらりと私を見てからハルレさんに近づいていく。そして、目の前でぐわっと大きく口を開いて……ハルレさんが白目をむいて倒れた。白目をむく人、初めて見たな。

「はぁ～」

全身から力が抜けて、その場に座り込む。バッグがもぞもぞと動いてソラがそっと顔を出す。

「アダンダラが助けてくれたよ」

私が伝えると、うれしそうにぴょんと跳ねるソラ。アダンダラは私に近づいて、頭に顔をすりすり。久しぶりの感覚にうれしくなって、首元に抱きつく。

「グルルル」

あ～、アダンダラだ～。ようやく会えた。

107話　仲間です

抱きついたアダンダラからは太陽の香りがした。それに、恐怖で震えていた心と体がふっと軽くなる。

「ありがとう、怖かったよ～」

涙が零《こぼ》れる。逃げるために体当たりした時、腕を掴まれた瞬間、掴まれた腕から伝わる痛さ。全てが怖かった。本当に、本当に怖かったのだ。アダンダラの首にギュッと抱きついて泣いていると、グルルと喉が鳴る優しい音が耳に届く。抱きついている体からは、じんわりと染み込む温かさ。

「ぷっぷ～」

そして、何とも気の抜けたソラの声。

「ふふふ、ありがとう。もう大丈夫」

抱きついていた体を放して、二匹に笑いかける。ソラはピョンピョンと元気よく跳ね回り、アダンダラもグルルと喉を鳴らす。さて、周りを見る。倒れている四人の男性。これをどうするべきか。まぁ、団長さんたちに伝える必要があるのだけど。困った。どうして彼らが失神《しっしん》したのか、説明が必要だよね。なんて言おうかな？　あっ、誰かがこっちに走ってきている。誰だろう？　彼らの仲間だろうか？　アダンダラがいてくれる事で、さっきのような不安感は無い。

「あれ？　この気配って」

近づいて来るのは、ここ数日一緒にいた彼らの気配だ。しばらく待っていると、ボロルダさんたちの慌てた姿が目に入った。シファルさんとヌーガさんは既に剣を抜いている。リックベルトさんとラットルアさんも険しい表情だ。

「アイビー、よかった……!!」

私を見て安堵していたが、何かに気付いて目を見開いた。何だろう？

「アイビー、ゆっくりこっちへおいで」

ラットルアさんが小さな声で私に手を伸ばす。その表情は少し恐怖で強張っている。よく見ると彼だけではなく、ボロルダさんたち全員が何かに恐怖を感じているようだ。彼らの様子を不思議に思う。アダンダラがいるので、ここは安全だと思うのだけど。倒れている者たちを見るが、意識は戻っていない。他にも彼らの仲間が隠れているのだろうか？　周りの気配を探ってみるが、何処にもそれらしい気配はない。

グルルと鳴くアダンダラが、鼻を私の体にすりすりと擦《こす》りつけてくる。鼻の上を撫でてあげながら、首を傾げる。何が彼らをそれほどまでに怖がらせているのだろう？

「えっ？」

ボロルダさんたちの驚いた声が聞こえた。それに視線を向けると、なぜか私を凝視している。何？　何かあるの？　グルルと鳴いてすりすりしてくるアダンダラを、ポンポンと落ち着かせる。久々に会えてうれしいようだ。だが、今は彼らの様子が気になる。

「あの……」

なんて聞けばいいのだろう？　そんな私に、ラットルアさんが少しだけ近づいて。

「えっと、アイビー。その後ろにいる魔物は……」

魔物？　後ろを振り向く。アダンダラと視線が合う。うれしいのか尻尾がすごい勢いで揺れている。というか、地面を叩いて少し砂埃が上がっている。少し見ない間に、力が増しているような気がする。って、そう言えば魔物……魔物？

「あっ！」

そうだ、忘れていた。アダンダラって上位魔物だった。討伐する場合は、上位冒険者チームが数チーム必要だと言われていたはずだ。被害が無いなら手を出すなとも、本には書かれていた。……どうしよう。アダンダラともう一度見つめ合う。グルルルと喉をうれしそうに鳴らしてすりすり。

「えっと、旅の仲間です」

彼らに、隠し事はしたくないと思った。それに、自慢の仲間を紹介したい。今だって、私を助けてくれたのだから。

「なっ、なるほどって言うか、その額の印ってソラと一緒か？」

額の印？　アダンダラを見ると、額に何か印がある。えっ！　それを見た瞬間頭が真っ白になった。だって、テイムした時に現れる印がアダンダラの額にあるのだから。

「アイビーってすごいテイマーだったんだな。アイビー？　どうしたんだ？」

おかしい。テイムはしていない。魔力が全く足りないのだから無理だ。では、どうして印が？

「ぅはっ。……いいえ、なんでもないです」

ボロルダさんの質問に、おかしな声が出てしまった。落ち着こう。後でゆっくりと考えよう。

「近づいても大丈夫かな？」

シファルさんがそっと近づきながら聞いてくる。私にとって、アダンダラは怖い存在ではないので頷く。ボロルダさんたちがアダンダラを見て何か感心している。それを不思議そうに見ていると。

「アダンダラをこんな間近で見られるなんて奇跡だからね～。ってそう言えば、この子の名前は？」

名前？　そうか、テイムしているなら名前がある筈だ。というか、やっぱりテイムはしていないな。名付けないと印は現れないはずなのだから。あの額の印って何なんだろう？　許可をもらってから付けようと思っていたけど、ここで答えないのも変だよね。

「シエルです」

前の私の知識では空という意味を持つそうだ。空、ソラと一緒の意味だ。この名前がぴったりだと思った。名前を勝手に付けた事を怒ってないかな？　そっとアダンダラの様子を窺うと、尻尾がものすごく揺れていた。かなり喜んでくれている。よかった……が。

「……シエル、とりあえず尻尾を止めようか。近くに倒れている人が土に埋まりそうだから」

尻尾が地面を叩く力はかなりのモノの様だ。地面が少し抉《えぐ》れている。そして舞い上がった砂が、倒れている人に降り注いで少し姿を隠してしまっている。ぴたりと止まった尻尾。シエルは後ろを振り返り地面を見て、倒れている人を尻尾で払った。横に吹っ飛んでいく人。そして、これでどう？　っと私を見て首を傾げる。確かに人が土に埋もれる事はなくなったが、何かが違う。というか、吹き飛んだ人からうめき声が聞こえてくる。何処か打ち付けたのだろうか？

「すごいな。尻尾だけで人が吹っ飛んだぞ」

ヌーガさんの感心した声。ボロルダさんは歓声をあげた。シファルさんは、珍しそうにシエルの尻尾を見つめている。リックベルトさんは、ソラに近づこうとしてラットルアさんに捕まっている。

どうして誰も心配をしないのか。

「あの人達は大丈夫でしょうか？」

「自業自得だ」

「まだ、生きてます」

……確かに自業自得だとは思う。けど、まだ生きてますはちょっと違うような気がするな。シファルさんの笑顔に何も言えない。

「そうですね。そう言えば、どうしてここに？」

そうだ。ボロルダさんたちは、どうしてここに来たのだろう？

「捕まえた冒険者たちに話を聞いていたのですが、まだ数名捕まっていない者がいる事が分かりまして」

シファルさんが楽しそうに話す。その隣でヌーガさんが、ちょっとげんなりした表情をした。

「シファルから話を聞いて、すぐに自警団が動いたんだが数名の所在が分からなくてな。しかもその内の一人が、アイビーを追うように森に入ったという情報が門番たちから来たし」

ボロルダさんが肩をすくめる。

「それで、大急ぎでアイビーの捜索が決定したんだけど森は広いからさ、何処を捜せばいいのか。あの時は慌てたよ～。迷っている時に、森の中から魔物の唸《うな》り声が聞こえてきて、その声を追ったらここに到着したという訳なんだ」

ラットルアさんがアダンダラを見る。魔物の唸り声？　逃げるのに必死で私は知らないな。もしかしたらシエルが私を助けるために、彼らを呼び寄せてくれたのだろうか？

「あの声って、シエルだったのかな？」

ラットルアさんが、私に聞いてくるが私も知らない。

「私は彼らから逃げるのに必死で声は聞いていません」

「そっか。って、逃げるのに必死って何をされたんだ？」

ラットルアさんが私の肩を掴んで聞いてくる。なので、最初から経緯を説明した。

「ふ～ん。そんな事があったんだ。それに変態の知り合いがいるみたいだね。それはゆ～っくりと話をする必要があると思わない？　ヌーガ」

シファルさんが、とてもいい笑顔で言う。ボロルダさんとリックベルトさんが即行で視線を逸らした。ラットルアさんも、背筋がぞくっとするような笑顔を見せている。大丈夫、ヌーガさんがいるから、きっと止めてくれるはず。

「そうだな。色々と準備をしておこう」

あれ？　止め役ではないのか？　ヌーガさんを見つめていると、にこりと笑顔で。

「大丈夫だ。彼らは絶対に変態についての話をしないだろうが、必ず説得してみせる」

いや、今のシファルさんとヌーガさんの顔を見たら、即行で話をすると思う。させてもらえるかどうかは、分からないが。それに説得だけなら、色々と準備は必要無いと思うのだが……。ボロルダさんを見ると、まったく違う方向を向いている。

「ボロルダさん」

「ハハハ、俺には無理だ」

シエルがシファルさんの肩に鼻をすりすりこすり付けて甘えている。

「任せておけ」

グルルル。シエルも賛成らしい。

108話　なぜかのんびり？

シエルには少しの間、姿を隠してもらう事になった。その理由はアダンダラという魔物はとても珍しく、テイムしたという話を聞いた事がないためだ。テイムの話が広がると、私がまた狙われる可能性が出てくるらしい。シエルがいるため力業《ちからわざ》は出来ないが、弱点を突くなど方法はいくらでもあるからと言われた。人というものは恐ろしい。

「シエル、彼らを引き渡したら戻ってくるから待っていてくれる？」

私の言葉にグルッと鳴くと、すぐに森の何処かへ走り去る。その速さは、いつ見てもすごい。

「すごいな～。そう言えばシエルってまだかなり若いね」

「そうですか？　私にはちょっと分かりませんが」

「ん～たぶん？　アダンダラについては、あまり詳しく知られていないんだよ」

ラットルアさんが何かを思い出しながら首を捻る。そういえば、本の内容も他の魔物より少なかったかな。姿や毛色、食べる物などの情報はあったけど、成長過程の事についてはほとんど何も書かれていなかった。

「若いアダンダラは珍しいよ。親元を離れるのは生まれてから一〇年後とも言われているんだ」

親元で一〇年。魔物ではかなり珍しいな。シエルは若いって言ったけど一〇年以上たっているのかな？

「でも、あの子はもっと若いね。おそらく二、三年かな？　それを考えると排除された子供かもしれない」

シファルさんが思案顔でシエルが走り去った方を眺める。

「……排除された子供って何ですか？」

とても嫌な言葉だ。

「アダンダラは強い子供だけを育てる魔物なんだ。弱いと判断されたら群れから追い出される。その時に親に殺される子も多いらしいよ」

シファルさんの言葉に一瞬息が止まる。シエルと出会った時の状況を思い出したからだ。あの時シエルは瀕死の状態だった。強いはずのアダンダラが何に狙われたのか、ずっと気になっていたけれど。まさか親に？

「ひどいな」

ラットルアさんの言葉に頷く。

「まぁ、俺たちの視点から見ればそうなるが、魔物の世界は弱肉強食だ。強い子供を残していかなければ、種として生き残れないのかもしれないぞ」

強い子供、それは人間の世界でも同じだ。星なしという弱者は斬り捨てられたのだから。シエルと私は似た者同士なのかな？

「ぷっぷ～」

「んっ？」

「えっ？」

ソラの鳴き声に、ラットルアさんとシファルさんがソラを凝視する。それに首を傾げる。

「あっ！」

そういえば、ソラが鳴く事は言っていないかも。だって、スライムは鳴くモノだと思っていたから。でも、もしかしてスライムって鳴かないの？　この二人の反応を見ていると、どうもそんな気がしてくる。

「ソラって本当に特別だよな」

シファルさんが何かに納得するように頷くと、ラットルアさんも頷いている。ソラだけは、ピョンピョンと跳ねて楽しそうだ。

「準備が出来た、ソラをしばらく隠してくれ……どうした？」

ボロルダさんが、何か感じとったのか少し戸惑っている。ソラが鳴く事を話した方がいいのかな？

「なんでもないよ。奴らは目を覚ましたのか？」

シファルさんは言う気はないらしい。なんでだろう？　不思議に思いながら、ソラをバッグに隠す。見た目が特殊なので、ソラの事も隠した方がいいと言われたのだ。

「ヌーガが起こしている。気を失った状態で連れていくのは面倒だからな」

少し離れたところから、ぐぇっという声が数回聞こえる。ヌーガさんの起こし方は、少し過激らしい。さっき、シエルに飛ばされた人は大丈夫かな？　シエルにやられ、ヌーガさんにやられ。しばらくすると、少しふらついている四人の男性がこちらに来る。背中に腕を回されて縛られているので、逃げる事は出来ないと判断されたのか腰ひもで繋がれてはいない。彼らは異様に周りを気にして、びくびくしている。何なんだろう？

「おい、早く動け」

ヌーガさんの言葉に、男性の一人が体をビクつかせる。冒険者の中にいると、少し違和感を覚える男性だ。

「まさかお前が組織に関わっているとは」

シファルさんが、その男性に話しかける。が、男性は視線が合わないように必死に顔を背けている。知り合いなのかな？

「あいつ、奴隷商の家の長男だよ」

「奴隷商？」

「んっ？　あっ、正規の奴隷商の事だから。裏じゃないからな」

なるほど。正規の奴隷商の長男なのか。だから冒険者とは違う雰囲気を持っていたわけか。でも長男が危険な橋を渡るかな？　何も問題がなければ、家を確実に継ぐ存在だ。もしかして、組織に加担しているのは家ぐるみ？　それなら長男が動いていても違和感はない。問題が起きた時というのは、手を広げる機会でもある。男性をじっと見つめていると、隣を歩いていたシファルさんから微かに笑い声が聞こえた。

「えっと、何ですか？」

「いや、もしかしたら俺と同じ事を考えているのかなって思って」

「……組織に加担しているのは家ぐるみって事ですか？」

「やっぱり考えたか。でも、どうして？」

「家にとって、長男、長女は特別な存在だと聞いた事がありますから」

「フフ、目を付けるところも同じだね。考え方が俺たちは似ているのかもしれないね？」

シファルさんと同じ。うれしくて、自然と笑顔になる。

「考え方が似ていると言って、うれしそうな顔されたのは初めてだな。なんだか新鮮だ」

「シファルと考え方が似ているなんて、なんて恐ろしい」

リックベルトさんがぶるっと体を震わせている。彼はどうしてこう一言多いのだろう。ほら。

「リックベルト、あとでゆっくりと話をしようね」

「ひっ！」

あれは自業自得だよね。って、どうして捕まっている彼らもビクついているんだろう？

「はぁ～、シファルもそれぐらいにしておけ。ほら、移動するぞ」

それぐらい？　何の事？　……もしかして、殺気でも飛ばしていたのかな？　上位冒険者になると、殺気を自由に向けられるって聞いた。本当ならすごいって思ったけど、そうなのかな？　やっぱりシファルさんってすごい人だな。

「アイビーってシファルが好きだよな」

ラットルアさんが不思議そうに言う。そうかな？　首を傾げるが、確かに好きなので大きく頷く。

確かにシファルさんの考え方とか行動とか好きだ。

「うれしい～」

シファルさんに頭を優しく撫でられる。それに、口元がほころぶ。

「子供に好かれるって珍しいよな」

ヌーガさんが、不思議そうな表情で私とシファルさんを交互に見ている。

「確かに、大概《たいがい》怖がられるもんな」

「怖がられる？　シファルさんはとても優しいですよ」

私の言葉にボロルダさんとリックベルトさんの顔が引きつる。ヌーガさんとラットルアさんは苦笑いだ。

捕まった男性たちが思った以上にふらふらなので、ゆっくりとした歩きになった為、少し時間をかけて町に戻ってきた。私たちの姿を見た途端、門番たちが慌てだした。その内の一人が、こちらに向かって走り寄ってくる。何かあったのかな？

「お疲れ～。アイビーは無事だったよ」

「よかったです。副団長から幾度となく問い合わせがきていて、困っていたのです」

副団長さんが？　あまり話した事はなかったけど、私に用事でもあるのかな？

「アイビーって癖のある人間に好かれるよな。シファルを筆頭に」

リックベルトさんからまた余計な一言が聞こえた。案の定、シファルさんから綺麗な微笑みを頂いてしまい、顔色を悪くしていた。ボロルダさんは呆れ顔だ。

「リックベルトさんはシファルさんに苛められたいのかな？」

「ぶふっ」

隣にいたラットルアさんが、いきなり噴きだした。慌てて隣を見ると、私から視線をずらして笑いを堪えているようだ。……もしかして、先ほど頭によぎった言葉を声に出してしまったのだろうか？

「あの、決してリックベルトさんを異常な嗜好だとは言ってませんからね！」

慌てて弁解するが、少し声が大きすぎた。

「えっ、ちょっとアイビー、どういう事？　俺の嗜好？」

自警団員たちに捕まえた人たちを引き渡していたリックベルトさんが、慌てた声で叫んでいる。

ラットルアさんもシファルさんも、声を出して笑い出した。ヌーガさんも肩を震わせて笑っている。

……楽しそうで何よりです！　そしてごめんなさいリックベルトさん、悪気はないんです。

109話　シエルって

リックベルトさんに詰め寄られるという事もあったが、捕まえた者たちを無事に引き渡したので私は森へ戻る事にした。ボロルダさんたちに心配されたのだが、シエルがいるから大丈夫と答えたら納得してくれた。森へ戻りながらシエルの額の印を思い出す。あの時はじっくり見る事は出来なかったが、ソラの印にとても似ていた。周りの気配を確認してから、ソラをバッグから出して印を見る。

「ん～、同じに見える……」

でも、魔力の関係でテイムは絶対に出来ていないはずだ。名前だって、さっきつけたばかりだし……。でも、印はある。どうなっているのだろう？　シエルに会えば何か分かるかな？

森の奥に向かって歩いていると、風に乗ってシエルの気配を感じた。おそらく近くにいるのだろう。周りを見て、シエルの姿を隠してくれる太い木がいっぱい生えている場所を目指す。アダンダラは珍しい魔物なので、見られたら騒動になる可能性があるらしい。間違って討伐対象になっては困る。これからも気を付けないとな。少し歩いて立ち止まると、木の上からトンとシエルが降りて来た。

「さっきは本当にありがとう。ずっと会いに来られなくてごめんね」

グルグルグル、グルグルグル。喉を鳴らして、尻尾を振って頭にすりすり。首元をゆっくりと撫でていく。ソラもピョンピョンとシエルにぶつかっている。……跳ね返って転がっているが、ソラが楽しそうなので問題はないのだろう。

「そうだ。シエル、額の印を見せて？」

私の言葉に、すりすりしていた顔を私の方向へ向けてじっとしてくれる。

「ありがとう」

シエルの額にある小さな印に触れてみる。指先に微かに感じる印の凸凹感。確かにソラと同じ模様だ、間違いない。でも、これは私とは繋がっていない。ソラの印に触れると、なんとなく繋がっている事を感じるのだ。だが、シエルの印に触れても何も感じない。

「シエル、私テイムしていないよね？　この印って何？」

シエルに聞いてみる。するとシエルが首を傾げ、しばらくすると額が少し光った。

「えっ……消えた！」

目の前で、額から印が消えてしまった。額に触れても何もない。どうなっているの？　首を傾げると、また微かに光って印が現れた。そっと触れると、手に伝わる印の存在感。

「まさかこの印って、シエルが作っているの？」

シエルの目を見て問いかける。グルッと鳴いて私をじっと見るシエル。その目が正解って言っているように見える。テイムの印は主となる者の魔力の形が現れたモノで、作られたモノではない。魔力の形はそれぞれ異なり、同じ形をしている者はいない。また自然と現れるモノなので、作ったモノだと偽物だとすぐにばれる……と、本に載っていたのだが。あの情報は間違いだったのかな？それともシエルだけが特別？　どちらにしても本に載っている事は一般的に知られている事だから、ばれたら大変な事になりそうだ。印は、あまり見られない方がいいかもしれない。でも、もし姿を見られた時に印があると討伐対象から外れるんだよね。

「う～ん。難しい問題だ」

それにテイム出来ても、どうも町へは一緒に行けないようだし。ボロルダさんに言われてしまったのだ。アダンダラは魔物の中でも上位一〇の中に入るほど珍しく、また危険な魔物上位三に入っているそうだ。その為、町に連れていくと町が混乱してしまうから、連れていくのはやめた方がいいと。強くて珍しいとは勉強したが、それほど上位にいる魔物だとは知らなかった。

「シエル、一緒に旅は出来るけど町へはいけないって。ごめんね」

グルグルと鳴いているシエルは、あまり気にしていないようだ。それにしても印、どうしようかな？　相談してみようかな？　ラットルアさんとシファルさんだったら大丈夫のような気がする。う〜、ソラについては問題なかったけど、シエルはどうだろう。テイムしているから安心してくれたんだよね。もし、していないと分かったら？　討伐対象になったりするのかな？　……どうしよう。

「どうしようか」

グッと抱きつくと温かい。ソラがぴょんと勢いよく跳び跳ねてシエルの背中に乗る。……すごいジャンプ力だな。いつの間にかソラも強くなったよね。私も強くならないとな。まずは、自分が信じたいと思う人を信じてみようかな。

「きっと大丈夫だよね」

グルルル。

「ぷぷっぷぷ〜」

ふふふ、ソラの鳴き声はやっぱり力が抜けるな〜。うん、そうだ。信じよう、ソラと私を守ってくれた人たちなのだから。

「よし、そうと決まれば。あっ、今日から遅くなるって言っていたっけ」

組織の事で色々と大変な様だ。書類には、この町だけではなく周辺の村や町の貴族の名前などが載っているそうだ。その事で各自警団やギルドと連絡を取っている状態なのだが、知らされた方としては急な話でかなり混乱を招いているとか。ボロルダさんたちも、これほど手広くやっていたとはと驚いていた。また捕まえた人たちは、一日経って罪の擦《なす》り付け合いをし始めたらしい。そのお蔭で、まだ知られてもいない罪が大放出。これはシファルさんがかなり巧妙に誘導して、吐き出させているそうだ。さすがシファルさんだ。

「……いつ帰ってきてもいいように、夕飯は美味しい物を用意しておこうかな。煮込み料理だったら温め直しでより一層美味しくなるからね」

私は出来る事をしよう。後は、そうだ狩りをしよう。

「狩りに必要な物を捨て場から拾っていこうかな」

グルルル。グルルル。グルルル……。

「にゃうん」

ん？

何だか不思議な声が聞こえた。シエルを見ると、じっと私を見つめている。

「今、鳴いた？」

「にゃうん」

可愛い。見た目からは想像出来ない可愛い声だ。それにしても、アダンダラが鳴くなんて本に書いてなかったけどな。確か喉を鳴らして鳴くと威嚇するだったかな。う〜ん、本の内容を思い出してみても、こんな可愛い声で鳴くなんてやっぱり書かれていないな。

ソラがシエルの背中の上でピョンピョンと跳ねている。シエルの声を聞いて気分が上がっているようだ。跳ねているのはいいけど、転げ落ちそうで少しドキドキする。

「ソラ、落ちちゃうよ」

私の声に、ピョンピョンと小さく跳ねてシエルの頭に乗る。シエルは特に嫌がるそぶりは見せない。

「シエル、嫌だったらちゃんと伝えないと駄目だよ？　ソラも頭に乗るのはどうかと思うから、降りようか」

ソラを抱っこして、軽く撫でる。

「ぷるっぷる～」

楽しいな。昨日までは、本当に組織の手を振り払えるのか不安だったからな。ふ～、よし！

「捨て場に行って、町へ戻ろうか」

まずは捨て場で罠を作るための道具探しだな。縄は残っているけど少なくなっていたな。カゴも欲しいけど、そろそろ自分で作れるように練習しようかな。カゴを作るなら何が必要だろう。……木の皮？　誰かに作り方を聞いてから挑戦しよう。後は～……くいっ。ん？　引っ張られる感覚に、後ろを見る。シエルが服を咥《くわ》えている。

「どうしたの？　服が伸びちゃう」

服を離して、グルルルと鳴くシエル。そういえば、さっきもこの声で鳴いたな。あの時は、そうだ捨て場へ行こうと言った時だ。シエルは捨て場が嫌い？

「捨て場が嫌いなの？　でも、今までそんな雰囲気なかったよね」

森の中にあった捨て場に一緒に行った事もある。その時は嫌がるそぶりは見せなかった。ん～……あっ。

「もしかして狩り？」

グルル。グルルル。

これって、狩りは任せろって事だろうか？　確かに、シエルが旅に参加するようになってからは肉に困った事はない。大量過ぎて困った事はあるけど。道中何処からか必ず獲物を咥えて戻ってきていたからな。私の狩りより確実な成果になる。でも、それをしてしまったら私のためにはならないよね。

狩りは魔物や動物の勉強にとてもいいのだ。他にも森の中の様子を探る勉強にもなっている。

「あのねシエル。狩りは私の勉強のためでもあるの。だから、これからは狩りをする必要………

一緒に頑張ろうか」

「にゃうん」

私の言葉にうれしそうに一鳴きするシエル。よかった。まさか狩りを断ろうとしただけで、あんな寂しそうな目をされるなんて。あんな目で見つめられたら、「必要ない」とは言えない。

110話　またか、私！

捨て場で色々拾っていると、思いがけず時間がかかってしまった。

「シエル、また明日ね」

シエルとは森の中で別れて、町へ戻る。一緒に町へ行きたいが、話を聞く限りでは無理みたいなので諦めるしかない。残念だな。

門番に挨拶をして中に入ると、一人の男性が近づいてくる。何だろう？　っと思っていると、深くお辞儀をされた。

「すみません。副団長の補佐をしているアリバスと言います。奴が……失礼。副団長がどうしても話がしたいと言いだしまして。明日以降でいいのですが、空いている時間はあるでしょうか？」

補佐のアリバスさんの背後から、なんだか黒いモノが出ているような気がする。しかも、今副団長さんの事を奴って言ったような……。

「大丈夫ですけど……」

私は特に忙しいわけではないので問題ない。

「副団長さんは、忙しいのではないですか？」

「ふっ、大丈夫なのでしょう。きっと」

ぅわ～、何だろう。ものすごく含みがある言い方だ。それに、なんだかすごく疲れた顔をしているな。

「大丈夫ですか？　かなり疲れているようですが」

「はぁ、聞いてくれますか？」

「えっ！　えっと……何を」

「団長といい副団長といい……」

それから延々と話し続けるアリバスさん。愚痴が恨み言になり、不平を言ったかと思えば泣き言に変わり……忙しい人だ。通りかかった門番さんが、慌てて止めに入るまで続いた。まさか、三〇分近く話を聞く羽目になるとは思わなかった。

「すみません、本当にすみません。どうも何かが溜まっていたようで……本当にすみません」

正気に戻ったアリバスさんは、とても腰の低い人だ。だから溜め込み過ぎたのだろうな。

「大丈夫です。組織の問題で忙しいのは知っていますから。明日は私の方から自警団の詰所に行きますので、いつごろ行けばいいですか？」

「いいんですか？　時間はお昼頃だったら大丈夫だと思いますけど、本当に大丈夫ですか？」

「大丈夫です。お昼ごろに伺いますと副団長さんに伝えてもらえますか？　お願いします」

「分かりました。助かります、ありがとうございます」

何度も頭を下げて、申し訳なさそうにするアリバスさん。これはストレスが溜まるだろうなと思う。相手に気を遣いすぎだ。アリバスさんと別れて、広場に向かいながら夕飯に何を作ろうかと考える。お肉の備蓄はなぜか全然減らない。時間が無いと言いながらヌーガさんが絶えず補充しているからだ。お肉が好きな人が多いから塊肉をじっくり煮込もうかな。味付けは、ハーブじゃなくて薬草とトーマという少し酸味があって甘い野菜を使ってみよう。生で食べるのが主流だけど、煮込んでもおいしい。

大鍋で大量のお肉とトーマがゆっくりと煮込まれていくと、周りにいい香りが漂う。時々、周りの冒険者たちがその香りを確かめるようにこちらを向くが、テントを見てすぐに諦めた様子を見せる。ボロルダさんたちのテントは特注らしいので、持ち主が誰なのかすぐに分かるのだ。彼らのために作っていると分かると、挨拶ぐらいで手を出される事はない。難癖を付けてくる者もいない為、安心して作業が出来る。広場の出入り口に視線を向けるが、誰も戻ってくる様子はない。

「やっぱり、無理かな。忙しそうだったもんね」

久々に夕飯を一人で食べる事になりそうだな。お鍋の中の様子を見て、一人分の食事を用意する。煮込まれた塊のお肉は時間をかけたので柔らかくなっているし、一緒に煮込んだ芋《いも》も味が染み込んでいて美味しそうだ。少し甘味の薄い芋なので、煮込みに入れると美味しい。ほくほくしているのが特に好みだ。

「美味そうだね」

「へっ？　………………副団長さん？」

あれ？　おかしいな、明日会いに行くはずの人が目の前にいる。その隣にはシファルさんとヌーガさん。そして疲れた表情のマールリークさん。

「……お疲れ様です。一緒に食べますか？　と言っても食材は全てボロルダさんたちが用意してくれているのですが」

「差し入れしたら食べていいんだよね？　だから、はい」

手渡されたのは、温かいパンだ。ん？　今、何かおかしな言葉を聞いたような。差し入れしたら食べていい？　いつの間にそんな事になっていたのだろう。別に差し入れしなくても食べてくれていいけど。って、食料はボロルダさんたちのだった。

「美味そう、ほらマールリーク帰ってきて正解だっただろう？」

「はぁ？　帰ってきてって。あれは無理やり……まぁ、いいか、確かに美味そうだし。それに副団長まで付いてきているし。アリバスのヤツ、かなり困っているような気がするが……」

アリバスさん？　四人に用意したお皿にお肉をよそいながら、知っている名前に耳を傾ける。

「大丈夫、彼はぐっと耐えて仕事をしているはずだ」

……アリバスさん大丈夫かな？

「あまり無理をさせては駄目ですよ！」

お皿を副団長さんが座った前に置きながら声を掛ける。

「あれ？　もしかしてアリバスを知っているのか？」

「はい。今日伝言を頼みましたよね？」

「……あっ！　そうだった、伝言ありがとう」

少し呆れた目で副団長さんを見ると、苦笑いされた。

「ごめんね。気を付けるよ」

副団長さんの隣でマールリークさんがすごい顔をした。何というか驚きすぎて愕然というか、何とも表現しづらい顔だ。

「どうしたんですか？　マールリークさん？」

「えっだって。あの副団長がごめんって……謝ったんだぞ！」

あのと言われても、前に会った時は挨拶程度だったし。彼の人となりを聞いていないので分からない。

「えーっと、良く分かりませんが」

「アイビーは副団長とは初めてだっけ？」

「いいえ、挨拶ぐらいはしましたが」

「そっか。副団長って謝らない人で有名だから」

マールリークさんは、結構ひどい事を言っているような気がする。

「失礼な、自分が悪いと思えば謝りますよ」

副団長さんも気に入らなかったのか、マールリークさんと言い合いを始めた。もしかしたら、この二人は仲がいいのかもしれないな。シファルさんは我関せずと、私が今仕上げているサラダを見つめている。首を傾げながら、大皿に盛った生野菜の上に粉にしたチーズと薬草をかける。あとは、好みでサラダソースをかけて食べてもらおう。大皿を机の中心に置いて、小皿を人数分用意して椅子に座る。副団長さんが買ってきてくれたパンも大皿に盛られている。

「お待たせしました。どうぞ」

「いただきます」

ヌーガさんが言葉と同時にお肉を口に入れる。そしてニンマリ笑って無言で食べ続ける。この時ちょっとだけ不気味……怖い。大きなため息をついて食事を始めるマールリークさんは、副団長さんとの言い合いで疲れたのか少し顔色が悪い。大丈夫なのかな？　副団長さんは、なんだか調子がいいみたいだけど。サラダを小皿にとって、食べようとすると。

「珍しい作り方だね」

シファルさんがサラダを食べながら、面白そうに言ってくる。えっ？　もしかして、私またやった？

「そうですか？」

どれが珍しいのだろう。サラダを食べているから……サラダ？　でも、生野菜を食べる習慣はあるから違うだろうし。煮込み料理は、屋台で食べた事があるから違うはず。作った料理を見回すが、分からない。どれですか！

「確かにトーマって煮込みで食べるのは初めてだな」

副団長が、煮崩れたトーマを不思議そうに食べている。これっ？　えっ、普通に何処かで食べた記憶が……。ん？　もしかして、前の私の記憶が混じっているのかも？　……そうだ、今の私では食べた記憶が無い。というか、作った事も無いかも！

「前に食べた記憶があったので」

嘘は言っていない。前は前だ。ものすごく前かもしれないけど。

「そっちもだけど、チーズを細かくして生野菜にかける食べ方も初めてだ」

こっちもか！　シファルさんの言葉に、叫びそうになるのをグッと耐えて。

「前に試した事があって、美味しかったので」

「確かに風味が良くて美味しいな」

副団長さんの感想に、マールリークさんもヌーガさんも頷いている。どうやら味に問題はなかったようだ。シファルさんはおかわりをしてくれている。

しかし、早急に前の私の記憶を整理しないと駄目だな。次の失敗を招かない為にも、明日にでも頑張ろう。……それにしても、初めて作ったけど美味しい。

111話　目標は野兎《うさぎ》三匹以上

副団長さんは、特に話があったわけではなかったらしい。夕飯を食べて少しだけ話すと帰って行った。帰る時に「俺は煮込みより焼いたお肉の方が好みだな、次は焼きでよろしく！」と笑顔で言われたが。これはまた夕飯を食べに来るという事なんだろうか？　特に問題はないが、来るなら事前に連絡が欲しいところだ。副団長さんには伝えられなかったので、シファルさんに伝言を頼んでおいた。

朝ごはんの片づけをしながら、疲れた表情を見せる皆を見送る。その中でもシファルさんとヌーガさんは元気だ。何気にヌーガさんも要領がいいと思う。さすがシファルさんを押さえ……支えてるだけはあるな。

昨日作った夕飯は、朝方には綺麗になくなっていた。かなりの量を作ったつもりだったので驚いた。セイゼルクさんが気に入ったようで、もう一度作ってほしいと初めて要望された。作った料理をもう一回とお願いされるのはとてもうれしい。ラットルアさんはサラダに乗せて食べたチーズが気に入ったのか、朝からチーズを大量に細かくして生野菜と一緒に食べていた。彼はチーズ味が好きだったのか。今度チーズで何か作ってみようかな。作った料理を気持ちよく食べてくれるのは、とても気持ちがいいな。

全員を見送ってから、テントに戻る。ソラがテントの中を楽しそうにピョンピョンと跳ね回っている。今日は作った罠を森の中に仕掛けに行く。その後は、シエルとゆっくりと過ごそうと考えている。そうだ、森へ行く前に何か買っていこうかな。小型のマジックバッグを取り出して、中のお金を確かめる。三〇〇〇ダル近く入っているので、問題はなさそうだ。ボロルダさんたちと会ってから、食事関係は全て彼らが出してくれたので余裕がある。

「私は助かるけど、いいのかな？」

ご飯を作る材料も、気が付いたらいつの間にか買い足されている。それも多種多様な食材が。高級食材が交じっていた時には驚いた。それに、薬草の種類もすごい事になっている。初めて見る薬草もあって楽しいのだが、使い切れない。

「ソラ、行こうか」

ソラをバッグに入れて、罠が入っているバッグも肩から下げる。お金の入ったマジックバッグは腰に巻き付けているバッグへ入れて、準備完了。テントから出て、入口をしっかり閉める。周りを見て何か異常がないか確かめて、問題が無いようなので森へ向かう。

町を歩いていると、少し町の様子が昨日と違う事に気が付いた。町の人たちが集まって、戸惑った表情で話をしているのだ。少し会話が漏れ聞こえてくる。ゆっくりと歩きながら耳を澄ます。

「えっ、あの人たちも？」

「そうらしい。どれだけの者たちが新たに捕まるか分からないな」

どうやら、また組織の関係者として捕まる者がいるようだ。本当に多いな。早く落ち着くといいけれど。

屋台が集まっている場所へ行く。以前はお昼を食べる事はなかったのだが、この頃は少し食べるようにしている。理由は、まぁ成長のためだ。さすがに六、七歳に見られるのは駄目だろう。余計に狙われやすいような気がする。と言っても、ずっと食べていなかったので多くは食べられない。お肉は夜食べる分で十分なので、昼は軽くつまめる物がいい。小さいパンみたいな物を見つける。二口ぐらいで食べられるサイズだ。でも、それが何という食べ物なのか分からない。

「すみません。これは何ですか？」

「いらっしゃい。これはドナックというちょっと甘めのお菓子だよ」

お菓子だった。でも、美味しそう。

「これください。えっと、一〇〇ダル分でお願い出来ますか？」

「大丈夫だよ。一〇〇ダルだと五個になるけどいいかな？」

「はい」

銅板一枚をマジックバッグから取り出して渡す。袋に入ったドナックを受け取りお礼を言って、屋台から離れた。食べ切るのにちょうどいいサイズだ。いい物が見つかってよかった。

門を抜けて森の奥へ向かう。周りを確認してからソラをバッグから出す。プルプルと震えてぐ～っと上に伸びて柔軟体操？　をするソラ。ソラの準備が終わるのを待ってから、再び森の奥へ向かう。しばらくするとシエルの気配を感じる。周りに人の気配が無いか確かめると、ほんの少し離れた所に数人いるのが分かった。その気配から離れるように移動して様子を窺う。どうやら彼らは、私たちのいる場所の反対方向へ向かっているようだ。反対方面は確か、いくつかの洞窟があったはずだ。仕事かな。

「もう、大丈夫だよ」

私の言葉に、シエルが上から降りてくる。木の上で待機していてくれていたのだ。本当に頭が良いな。

「おはようシエル。今日はよろしくね」

罠を張る場所を、シエルに教えてもらうようにお願いしたのだ。シエルは狩りが上手い。それは、獲物の習性などを知っているからだと思ったのだ。習性を利用すれば、狩りの成功率は上がる……はず。なのでシエルは良い師となると思う。人の気配に注意を払いながら、森の中を小動物の痕跡《こんせき》を探しながら歩く。しばらく歩いていると、私から見て良い場所だと思える所を探し当てる事が出来た。

「シエル、この辺りはどうかな？」

周りを見て、大型の魔獣や動物の足跡が無い事を確認する。通り道に罠を作ってしまったら、潰されるだけだ。小さい足跡を見つけて、それが野兎である事をしっかり確認。それから罠を仕掛けるのだ。その前に、シエルに確認してもらっている。シエルが周りを見渡し、木の周辺を見て回る。

グルルル。

……どっちだろう？　そういえば、答える方法を決めていなかった。表情からは分からない。

「ごめん、シエル。えっと、問題がなかったら鳴いてもらっていいかな？」

「にゃうん」

問題なかったら鳴くだから、問題なし。良し！

「えっと、この辺りに罠を張るのは問題ない？」

「にゃうん」

よかった。シエルから見てもいい場所のようだ。というか、私にとってこの場所はかなり優秀な所だったのでこれ以上の場所を探せる気がしなかった。持ってきた一〇個の罠を周辺に散らばせて全て仕掛けていく。目標は野兎三匹以上だ。この町は、近くに洞窟が数ヶ所ある為冒険者の数が多い。それで干し肉の需要が高めだと、調べるために入ったお肉屋の亭主に教えてもらった。ただ冒険者は多いが、そのほとんどが洞窟狙い。わざわざ安い野兎や野ネズミを狩って、小銭を稼ぐ冒険者はいないらしい。なので、狩れたら持ってきてほしいとお願いされてしまった。少し色を付けて買い取ってくれるそうなので、頑張りたい。一〇個の罠を仕掛け終わると、背伸びをして体を伸ばす。周りでピョンピョン跳ねていたソラも一緒に伸び～っとしている。その様子を見ていると、また少しソラの色の入り方に異変を見つけた。ソラの色は半透明の青と半透明の赤。以前まではその二つの色は、ソラが伸びをした時もくっ付いていた。ただ、今は二つの色の間に一目見て分かるほどの空白が出来ている。微々たる変化だが、この変化が何に繋がるのか分からない為、少し不安だ。ソラが元気なので、大丈夫だと考えたいが少し気を付けておこう。

グルルル。

シエルが喉を鳴らしながら、すりすりと顔を擦りつけてくる。なんとなく喉の周辺を、少しだけ力を込めて撫でてあげる。気持ちがいいのか目を細めてうっとりしている。可愛いな、大きな猫みたい。というか、見た目はヒョウっぽいのだけど。

「ん？　大きな猫？　ヒョウ？　って何だっけ……」

無意識に考えたけどおかしな言葉がある。あっ、前の私の知識かな？　そこにもシエルみたいな可愛いアダンダラがいたって事？　そう言えばわざわざ大きなって言葉を付けたって事は小さい猫？　もいたのかな？　シエルの小型版……ものすごく見たいかも。

112話　誤魔化そう

「お昼にしようか」

罠を仕掛け終わったので、今日の予定は終わった。あとはシエルとゆっくり過ごす事と、後回しにしてきた前の私の記憶の事だ。いい加減しっかりと把握しておかないと駄目だろう。ハーブだけでなく料理の作り方などにも影響が出ている。ラットルアさんたちは優しいので、突っ込んで訊いてきた事はない。でも、これから出会う人もそうだとは限らない。もしもの時の、言い訳も考えておかないと墓穴を掘りそうだ。

「川ってどっちだろう？」

休憩するならゆっくり出来る場所が良い。川辺は見通しが良いので、お気に入りの場所なのだ。なので川を探そうと思ったけど、地図で川の位置を確認してくるのを忘れてしまった。困ったな。

グルルル。シエルの声に視線を向けると、森の奥へ歩き出そうとしている。川の場所を教えてくれるのだろうか？

「川はそっち？」

「にゃうん」

やっぱり、頭が良いな。シエルを先頭に森を歩く。人の気配を探ってみても、この辺りにはいないようだ。獣の気配を微かに感じるが、シエルが近くにいるためなのか一定の距離から近づく事が無い。

「シエルがいると、森の中も安全だね」

「ぷっぷぷ～」

ソラもそう感じているのか、返事をしてくれる。ピョンピョンと跳び跳ねるソラ。ちょっと勢いがつきすぎて、木にぶつかっているのだが全く気にしていない。かなりご機嫌の様だ。

「あっ、川だ」

太陽の光を反射して、キラキラと光る川が見える。川辺に出ると、近くには実の生《な》っている木を見つける事が出来た。葉っぱの形や実の形から、どうやら私の好きな甘酸っぱい実を付ける木のようだ。

「ソラ、あの木は大丈夫？」

「ぷ～」

ソラの返事に木に近づく。シエルの答え方を決めた時に、ソラとも一つだけ答え方を決めたのだ。大丈夫や問題ないという時には「ぷ～」とだけ鳴いてもらうようにした。ただし、人がいない時だけなので森の中だけになるが。それでも、分かりやすい答えはとても便利だ。

木に登って実をマジックバッグに収穫していく。ある程度の数を収穫する事が出来た。木を下りて、周りを見渡す。少し離れた所に実を付けている木を発見。ただし、見た事がない木だ。食べても大丈夫なのだろうか？　ソラがその木の周りをピョンピョンと跳ね回っているので、木には問題がないようだ。木に近づくと枝にいっぱい実が生っている。実の重さで枝が少ししなっているので手を伸ばすだけで一つ収穫出来てしまった。匂いを嗅ぐと、甘いいい香りがする。一口かじって……ペッと吐き出した。

「渋い～」

甘さはあるのだがものすごく渋い。このままでは食べられないみたいだ。渋い実は干す事で食べられる様になるのだったかな？　ちょっと詳しく思い出せないや。仕方ない、今回は諦めよう。周辺にはまだ実の生っている木が結構あるし、すぐに食べられる実だけを収穫していこうかな。実の生っている木に登ってはマジックバッグに収穫していく。しばらくするとマジックバッグがいっぱいになった。

「ふ～終わった。よし、食事にしようか。ソラ遅くなってごめんね」

収穫が楽しくてちょっと時間がかかってしまった。木から下りて、太陽が陰になっている場所に移動する。ソラのバッグからポーションを取り出して並べていく。それをうれしそうにしゅわ～っと吸収していくソラ。シエルはソラの近くで寝そべって、眠っている。そういえばシエルの食べ物を持ってきていないな。肉を持ってきた方がよかったかな？　でも、どれくらい食べるのだろう。

「シエル、ごめんね。ご飯、持って来ていないんだけど……」

グルルル。

シエルはちらりと私を見て喉を鳴らすと、目を閉じてしまう。今は、要らないって事なのかな？　それにシエルの分を準備するのは大変だな。……シエル自身に任せよう。買ってきたドナックをバッグから出して一口食べる。ふわっとした口に広がる甘さと、しっとりした食感。これは美味しい。

黒パンほど固くなく、白パンほどふんわりでもない。食べごたえがあるお菓子のようだ。選んで正解だったな。

「ふ～、美味しかった」

五個のドナックを食べ終わると、かなりお腹がいっぱいだ。ちょうどいい量だったな。次に買う時にもドナックがあれば選ぼうかな。竹筒から水を飲み、一息。

さて、そろそろ記憶を整理していこうかな。まずは人と関わる上で問題になってきそうなのは、ハーブと料理方法かな。組織と戦うなんて事、そうそうある訳でもないだろうし。というか、あったら困る！　それに次からは「似たような経験をしてその時に学びました」という言葉が使える。セイゼルクさんたちや団長さんたちの話を聞いて、いろいろ学んだ事は確かだしな。

ただし、ハーブや料理方法は日常に紛れ込んでいるため間違いやすい。薬草というようにはしているけど、まだハーブって言葉にしてしまっている時がある。これは気を付けるしかないんだろうな。後は料理方法なんだけど。これについては、実際に言われないと気が付かないよな。チーズをのせる方法だって、トーマを煮込むのだって言われないと気付けなかった。……あれ？　私、生まれてから今に至るまで料理方法なんて学んだ記憶が無いんだけど……。もしかして全て前の私の記憶だったり？　これは言い訳を考える方が先決だな。親に習ってというのは使えない。私の村ではこの作り方が主流という言葉も無理だな。あの村の人たちが他の村や町へ逃げてきているらしいから。なのであの村関連はすべて駄目。残るは、旅の道中で出会った冒険者の人たちに教わったというのは使えるかな。あとは料理が好きだから創作したと言えば、ある程度は通るはず。は～、占い師に教わったと言えば簡単なのだろうけど、なんとなく嘘に利用したくないんだよね。大切な人だから……。

「あっ、料理好きってここでも通用するよね？　冒険者で料理好き？　大丈夫かな」

前の私の事を考えると良く分からなくなる。少しだけ記憶で見えたのは、人がいっぱいいる場所で何か話している場面。あとは、本がいっぱいある場所かな。本棚にいっぱい詰まった本。あれを覚えていたから、本屋で本を見た時に違和感があったんだよね。占い師にもらった本も、前の私が持っていた本に良く似ているし。でも、ここって糸を使って綴じた冊子が主流なんだよね。占い師はどこで本を手に入れたのだろう？　それに前の私はどこで戦い方を習ったのか……。

「駄目だ。前の私の事を考えると頭がぐちゃぐちゃする」

「ぷっぷ～」

ソラがピョンピョン跳ねて私の足に乗ってくる。シエルもグルグルと喉を鳴らして、顔をすりすり。どうやら心配を掛けてしまったようだ。

「大丈夫だよ」

前の私が何者でもいいか。彼女がいなければ、今の私はいなかった。というか、この世界にいなかった。幼い私の心を守ってくれた存在だ。すりすり。ぴょんぴょん。

「今は仲間が増えてうれしいな。ソラもシエルも私の大切な仲間だもんね」

前も思ったけど、前の私の事を真剣に考える事が出来ない。何かに邪魔されるような気がする。でも、それでいいのかもしれないな。きっと、必要ないからだろう。必要な事はちゃんと教えてくれている。それ以外の事はきっと私には必要のない事なのだ。

「今日分かった事って、料理関係は全て前の私の記憶って事か。でも、分かっていれば言われた時に焦らず対応出来るもんね。整理してよかったって事かな」

「にゃうん」

「ん？」

シエルが鳴いた。何だろう？　周りの気配を調べると、誰かがこっちへ近づいてくる。考え事に没頭していて気配を探るのを忘れていた。ソラを呼ぼうとして、首を傾げる。ソラもシエルも焦っている様子が無い。知っている気配？　もう一度、近づいてくる気配を確かめる。

「あっ、ラットルアさんの気配だ」

だからシエルもソラも焦っていなかったのか。どうしたんだろう？　こっちへ用事？　でも、まだ組織の事で忙しいはずだけど。

「あっ、いたいた。ごめんアイビー、ちょっと良いかな？」

「はい。どうしたんですか？　ってよくここが分かりましたね」

「罠を仕掛けに行くって言っていたからさ。大型の魔物と動物が出にくい場所はこの辺りだからね」

なるほど、この森について詳しいから出来る事だよな。さすがラットルアさんだ。

113話　ラットルアさんの愚痴

「ラットルアさん、何か問題でも起きたんですか？　こんなところまで来るなんて」

「えっ！　あっ、違う違う。問題はないから安心して。ただちょっと休憩しに来ただけだから」

休憩？　こんなところまで？　不思議に思い彼を見つめると、ちょっとばつの悪そうな表情をする。これは何かあったのかもしれないな。それにかなり疲れた表情だ。

「そうですか、あっそうだ。これ食べますか？」

先ほど収穫した甘酸っぱい実をバッグから一個取り出す。しっかり熟している物を選んだので甘さが濃くて美味しいはずだ。ただ、時々はずれがあるのがこの実の特徴なのだが。

「プルーの実か」

「はい。時々はずれもありますが、たぶん大丈夫なはずです」

「ハハハ。プルーの実のはずれって、すごく酸っぱいんだよな」

「はい。当たった事ありますか？」

「あるある。甘いのを期待して口に入れるからすごくびっくりする。貰うね」

「あっ、水で洗ってないですよ？」

「ん？　大丈夫、拭いて食べるから」

ラットルアさんは、プルーの実をさっと拭いてから口に入れる。はずれていたらどうしようかとドキドキする。彼の表情を見ていると、大丈夫だったようだ。よかった。これではずれだったら申し訳ない。

「木で十分熟していたみたいだ。甘くて美味いよ」

「まだありますよ。どうぞ」

「ありがとう」

バッグからプルーの実を三個取り出す。どれも甘酸っぱい良い香りがする。食べるところを見ていると欲しくなってきたな。一個をさっと布で拭いて、かじりつく。口に広がる甘い果汁。う～美味しい。

「ここ、いい場所だな。ゆっくりした時間が流れている」

ラットルアさんが寝ているシエルとソラを見て、ふんわり笑う。シエルのお腹に突進した状態で寝ているソラ。旅をしている時によく見かけた寝方だ。

「朝から、ちょっとめんどくさい奴らが来てさ～。団長と副団長が対応したけど、いちいち文句言いやがって、本当に鬱陶《うっとう》しかった」

小さなため息をつきながら話す彼は疲れているようだ。先ほどまであったのんびりした雰囲気がちょっと薄れて、どんよりした雰囲気になっている。

「お疲れ様です」

「本当だよ。……フォロンダ領主が来てくれたから何とか落ち着いたけど。はぁ～」

めんどくさいのは貴族か。冒険者を馬鹿にする貴族が多いのは聞いているけど、組織の事でバタバタしているこんな時まで邪魔しに来るんだね。そういえば「何の役にも立たないくせに話を通さないと文句をつけるわ。話したら外部に洩れるわ。あのクソども、少しは考えて行動しろって言うんだ！」と、団長さんも、酒を飲みながら文句を叫んでいたな。

「だいたい今回の事を事前に知った所で、邪魔になる事はあっても役に立つ事は一つもないだろうが！」

相当ラットルアさんはお怒りのようだ。いったい何をすれば、ここまでラットルアさんを怒らせられるんだろう？　優しい人なのに。

「フォロンダ領主に組織に関わっていた貴族の名前をあげられて、顔を真っ青にしていたのがいい気味だ」

彼は口に出す事で少し落ち着いたのか、叫び終わると大きなため息を一ついた。ラットルアさんが何を言っていたのかさっぱり意味は分からなかったけれど、気持ちが落ち着いたのならよかった。

「悪いアイビー、急に来て叫んだりして」

ラットルアさんが少し恥ずかしそうに頭をかく。

「少しでも役に立てたのならうれしいです」

私の言葉に、私の知っている優しい彼の笑顔で笑った。本当によかった。

「そうだ。明日の午後に組織の事で大きく動く事になったから」

大きく動く？　……ファルトリア伯爵の事かな。

「証拠を掴めたのですか？」

「あぁ、書類の中に名前がばっちり。あとフォロンダ領主が話を聞いた貴族からも証言が取れて、証拠も出たらしい。他にもシファルが話を聞いた商人も証拠を持っていたらしいから」

「そうですか」

ファルトリア伯爵はおそらく組織のトップ辺りの存在。彼が捕まれば、また多くの人が捕まる可能性があるな。

「明日の午後から町はすごい事になるだろうから、気を付けてくれ」

「危ない事になりそうですか？」

「無いと思いたいけど人気のある人だからな、どうなるか不明だ。自警団は待機を命じられているよ」

町の人に人気がある貴族。その人がまさか町全体を裏切っていたなんて知られたらどうなるか。今日だって、新たに捕まった人が出て不安そうだったのに。ファルトリア伯爵が捕まる事で一区切りとなる。でも、その事実はあまりにも重く町に伸《の》し掛かるだろうな。

「町の人たちは大丈夫でしょうか？」

「かなり衝撃を受けるだろうな。だが、避けては通れないから」

「そうですね」

早く、落ち着くといいな。

「ん～。眠たくなったけど、そろそろ戻らないとセイゼルクに怒られるかも」

「頑張ってくださいね。美味しいモノを作っておきますから」

「よろしく！　最近の唯一の楽しみなんだ」

「分かりました、任せてください！」

前の私の知識を駆使して美味しい物を作ります。頑張っている人にはご褒美が必要なのです。

「よし！　じゃ、夕飯には絶対に帰れるように頑張ってくるな！」

なんだかすごいやる気を見せたラットルアさん。これは確実に夕飯には帰ってくるな。もしかしたら全員で帰ってくるかも。今日は何を作ろうかな。ラットルアさんはチーズが好きそうだったな。トーマの煮込みにチーズを入れても美味しいだろうな。どうせ、彼らには私の作る物は不思議がられているのだから、今更隠す必要もないだろう。それに、なんとなくいろいろ考えているうちに吹っ切れてしまった。彼らには隠す必要は無い。それに隠さず堂々としていれば、そんなモノだと納得してくれるだろう。……たぶん。……きっと。

「明日か……ちょっと不安だな」

グルルル。

不意にシエルの声が聞こえる。視線を向けると、じっと私を見つめている。心配されているのだろうか？

「大丈夫だよ、ラットルアさんたちが守る町の人たちだから」

人気のある貴族が捕まる事で混乱が起きるだろう。混乱と悲しみで、暴動が起きる可能性もある。そうならないと信じたいけど。自警団が待機しているのは、もしもの事を考えてだろうな。

「あ～、早く落ち着いてほしい！」

「にゃうん」

「そうだよね！　シエルもそう思うよね！」

グルルル。

シエルってどこまで理解しているのだろう？　本当に不思議な存在だな。

「ふふふ、ありがとう」

ゆっくりしていると本当に眠くなるな。こんなにのんびりしたのっていつ振りだろう。……セイゼルクさんたちに会う前か。随分前だな。

「明日、罠に獲物が掛かっているといいな」

久々にお肉を解体して、売りに行って。組織に関わる前の日常。早く元に戻りたい。

「ん～、本当に眠くなってくる。でも、寝てしまったら駄目だよね」

シエルがいると安心感からちょこっと心が怠けてしまうな。気を付けないと。

「そろそろ戻って美味しいモノでも作ろうかな」

今から戻って作れば手の込んだ物も作れるだろう。昨日は煮込み料理だけだったから、今日はお肉も焼こうかな。味付けは、そう言えば変わった薬草をセイゼルクさんが買ってきていたな。口に入れるとちょっとつんとしたからみがある味だった。焼いたお肉にあいそう。

「そう言えば蒸すという料理方法もあったな」

野菜と一緒に蒸してもいいかも。……絶対にシファルさん辺りに何か言われそうだな。ふふふ、それもちょっと楽しみかも。

「ソラ、起きて！　シエルもありがとう。明日罠の結果楽しみだね」

グルルル。

「ぷっぷぷ～」

シエルの喉を鳴らす音は問題ないが、何とも眠そうなソラの声に体から力が抜けそうだ。帰る準備を整えて、途中までシエルと町へ戻る。大丈夫と言っても、ついてきてくれた。

「ここからは冒険者も多くなるからいいよ。気を付けてね」

グルルル。

シエルは顔をすりすりと擦りつけると、さっと身をひるがえして森の奥へと走り去る。何とも頼もしい姿だ。周りの気配を探ると、少し離れた所に人の気配がする。移動方向から町へ戻る冒険者かもしれない。

「ソラ、人がいるからバッグに入ろうか」

小声でソラを呼ぶと、ぴょんと跳ねて腕の中に飛び込んでくる。その姿に慌てる。以前、飛び込んできたソラを落としてしまって、落ち込ませてしまった事があるのだ。いじけたソラは可愛かった。でも、落ち込ませたくないので落とせない。ギュッと抱きしめる感触にホッと体から力が抜ける。今日は落とさず抱きとめられたようだ。

「ソラ、急に飛び込んでくると落としちゃうから」

腕の中でプルプルと震えるソラ。何とも楽しそうな雰囲気を感じる。慌てている私を見て、面白がっている？　……まさかね。

114話　良い食べっぷり

「まさか本当に全員が揃うとは」

テーブルにはセイゼルクさんたち全員が座っている。組織の調査で違う場所で働いているはずなのだけど、示し合わせたようにほぼ同じ時間に戻ってきた。ラットルアさんが苦笑いしていたので、何かしたのかもしれないな。ちょっと呆れながら、夕飯の最後の仕上げをしていく。今日はトーマとお肉にたっぷりのチーズをのせた煮込み料理。セイゼルクさんとラットルアさんがかなりうれしそうだ。葉野菜を敷き詰めたカゴの中に一口サイズより少し大きめのお肉を入れた蒸し料理。これにはピリッとした辛めのソースを用意した。ヌーガさんが蒸し料理に興味津々だ。芋を茹でてつぶした物に、濃い目に味付けをして焼いて小さく切ったお肉と茹でた卵を混ぜたサラダもどき。生野菜サラダにはこんがり焼いた黒パンを砕いた物を乗せて、サラダソースをかけてみた。

「失敗したの？」

シファルさんの言葉に視線を向けると、黒パンを指している。どうやらこんがり焼いた物を焦がしたパンと思ったらしい。

「違いますよ。ちょっとした食感の違いを出したくて入れてみたんです」

「へぇ～。なんだか吹っ切れたみたいだね」

さすがシファルさん。いろいろと見抜かれているようだと、苦笑いを浮かべてしまう。彼は、ポンポンと頭を軽く撫でると生野菜サラダを食べて頷いている。

「これは面白い」

どうやら気に入ってくれたようだ。

「おいヌーガ！　抱え込んで食べるな！」

ボロルダさんの言葉にヌーガさんを見ると、蒸し料理のカゴを抱え込んで食べている。それをボロルダさんが取り上げようとしているようだ。

「あの、あと少しでもう一つが蒸し終わるので」

「ん？　まだあるのか？」

「はい」

ヌーガさんはお肉にピリッとした辛めの味付けが大好きだ。この二つが揃うと、いつも以上に食欲が増す事を知っている。なので、蒸し料理だけはいつもの倍の量を作っておいた。そろそろ第二弾が蒸し上がるはずだ。調理台のお肉の様子を見に行く。

「良い匂い」

出来上がりを見ていると、後ろからロークリークさんが顔を出す。ヌーガさんの隣に座っていたので、おそらくまったく食べられていないのだろう。

「もう、大丈夫みたいです」

「持っていっていい？」

「はい。熱いので気を付けてくださいね。ソースを持っていきます」

ロークリークさんはうれしそうに大き目のお皿にカゴを乗せてテーブルまで運ぶと、ヌーガさんから離れて座った。ソースを持っていくと、他の人たちにもありがとうととても感謝された。ヌーガさんからお肉を取り上げるのは大変なんだろうな。ヌーガさんを見ると、シファルさんがヌーガさんの抱えているカゴから器用にお肉を取っている。……あれはシファルさんだから出来る事だ。誰もが出来る事ではない。

「アイビーもちゃんと食べてるか？」

椅子に座るとお肉を交ぜ込んだ芋のサラダをラットルアさんが渡してくれる。

「ありがとうございます。しっかり食べてますよ」

お昼を頑張って食べたのと、味付けした時の味見で結構お腹がいっぱいだ。それほど味見を多くしたつもりはないのだが。もしかしたらプルーの実を三個食べたのが駄目だったのかも。

自分のお皿のサラダを食べながら、大皿が空になっていくのを見つめる。おかしいな、かなり多めに作ったのだけど。残れば明日の朝用になると思って……。

「お腹、空いていたんですか？」

一人食後のお茶を楽しんでいたシファルさんに声を掛ける。シファルさんってラットルアさんやセイゼルクさんと同じぐらい食べるのに食べ終わるの早いよね。早食いは体に悪いって聞いた事があるけど……シファルさんには関係なさそうだな。

「明日の事は聞いている？」

明日ってファルトリア伯爵の事だよね。

「はい」

「そう。今日は集めた証拠の確認と明日の動きの確認でずっとバタバタしていたから、お昼を食べていないんだよね。だからすごくお腹が空いていたんだよ」

「そうだったんですか」

「おい、全員が昼抜きみたいな言い方するな。お前とヌーガはしっかり食っていただろうが」

ボロルダさんの言葉になんとなく納得してしまう。シファルさんもヌーガさんも抜け目がないからな。

「え〜、いつもより時間がなかったからしっかり食べる事は出来なかったよ」

シファルさんの言葉に、何とも言えない表情のボロルダさん。おそらくいつもより少なかったけど普通に食べたんだろうな。何気にシファルさんもヌーガさんと一緒で大食いだもんな。ボロルダさんは大きくため息をついて諦めたらしい。確かにシファルさんに口で勝つには、相当勇気が必要だと思う。もしくは覚悟か。どちらにしても、疲れた状態ではやめた方がいいだろう。

「ごちそうさま。アイビー美味しかったよ」

「ん〜食べた〜。アイビーありがとう」

食べ終わった人たちから感謝の言葉が飛んでくる。どの顔も疲れてはいるようだが、満足そうだ。よかった。お茶の準備をしていると、マールリークさんとリックベルトさんが後片付けを手伝ってくれる。

「ありがとうございます」

お礼を言うと二人とも驚いた表情をする。何かおかしな事でも言ったかな？

「アイビーは本当にいい子だよね。これぐらい当たり前だから」

「そうだよ、大変だろ？　俺たち全員分を作るのって」

確かに量が多いと大変だけど、綺麗に食べきってくれるのでうれしい。明日の朝ごはん用がなくなったのは、ちょっと痛いけど。まぁ、材料はまだまだあるから大丈夫でしょう。朝用にスープだけでも準備しておこうかな。

「楽しいから大丈夫です」

「そう言ってもらえると助かるな」

ボロルダさんが汚れたお皿を持ってきてくれた。それに感謝を述べて受け取る。

「変わった料理だけど、いつかお店でも開くのか？」

「……えっ？」

何だかボロルダさんから、ものすごくありえない言葉を聞いた。お店？　誰の？　どうして？

「あれ？　違うのか？　料理が好きでいろいろ調理方法を試しているみたいだったから。目標はお店なのかと思ったんだ」

「あぁ～、違いますよ。料理はただ好きなだけです」

「そうなのか。もったいないな」

そう言ってくれるのはうれしいな。でも、作り方は前の私が教えてくれているからな。これでお店なんて開いたら、ずるをしているみたいな気分になりそうだ。それはちょっと、精神的に遠慮したいかな。

「そうだアイビー。ごめん」

なぜかいきなりラットルアさんに謝られる。朝食用のスープの準備をしようとしていた手が止まる。首を捻るが、彼に謝られるような事は何もなかったはずだ。色々考えを巡らせるが、やはり分からない。

「えっと、何でしょうか？」

何も思いつかないので、聞いてみる。

「奴隷商に話を聞いてみたんだ」

……えっ！　ラットルアさんの中でどこまで話が進んでいるんだ？　ちょっと止めないと。

「それが……組織に関わっていたっていう事でこの町の奴隷商全部駄目だった！」

うわ～。それもどうかと思うが、とりあえず知らない間に奴隷が準備されていなくてよかった。

……よかったんだよね。というか、奴隷商全て駄目だったのか。それもすごいな。

115話　想像以上に危険だ

「あの、ラットルアさん。私まだ奴隷を持つとは言っていませんよ」

朝食用スープに野菜と一口大に切ったお肉を入れて煮込んでいく。味付けはさっぱりと塩味ぐらいでいいかな。今日の夜はこってりだったし。

「ん？　知っているけどさ、いい人がいたら紹介したいって思ったから」

「はぁ」

「団長に話を聞いたら、組織とどこまで関わっていたのか調べて問題がないと分かるまで契約は出来ないって。しかも今いる奴隷は全て他の町や村に移動させるって！」

ちょっと興奮気味のラットルアさん。

「アイビーの旅のお供を作る予定だったのに」

いつの間にか彼の予定に組み込まれているようだ。それに驚きだ。しかし全部駄目というのは奴隷が全て移動するという事を言っていたのかな？　さっきは混乱して、ラットルアさんの言葉を反芻《すう》してただけなんだよね。それにしても無茶な事はしないと思うが、ある日「はい。決定！」とか言って奴隷が連れてこられそうな雰囲気だ。……ちらりとラットルアさんを見る。えっと、ここでしっかりと止めておいた方がいいよね。でも、どう言えばいいのかな。

「あの……」

「こら、ラットルア！　アイビーの意見を聞いていない状態で暴走するな！」

セイゼルクさんが、ラットルアさんを叱ってくれる。ありがとうございます。心配してくれているのは分かっているので、何と言っていいのか分からなかった。とはいえ、奴隷はちょっとな。なんとなく拒否感があるんだよね。ん～、どう話して分かってもらうべきか。困った。

「でもセイゼルク！　アイビーが一人で旅を続けるのは絶対に危ない。これからの事を考えたら絶対必要だって！」

ん？　これからの事を考えたら絶対に必要？

「まぁ、安全を考えたら必要だろうけど。だからと言って無理やり考えを押し付けるのは駄目だろう」

え？　セイゼルクさんも？

「あの……これからの事を考えたら絶対に必要ってどうしてですか？」

「「「「えっ！」」」」

えっ？　セイゼルクさんとラットルアさん以外の人たちも驚いた表情で私を見る。どういう事？

「アイビー、えっと話しづらいんだけど。前に言った言葉覚えているかな？　成長すると誤魔化せなくなるよって」

成長すると誤魔化せなくなる。確か、男の子に変装するのは無理があるって話だったはず。

「はい」

「それが原因。どうしても女の子の一人旅は狙われるから」

ラットルアさんが、声のトーンをちょっと落として答えてくれる。なるほど、女の子の一人旅だから狙われやすいって事か。それにしても今の反応……全員、私が女だって気が付いているのか。

やっぱり誤魔化し通すのは無理だったか。少しの関わりぐらいだったら今はまだ大丈夫だろうけど。長く一緒にいるとばれてしまうんだろうな。そう言えばラットルアさんが、私は女顔だって言っていたような……。

「やっぱり無理ですかね？」

「諦めた方がいいと思うよ」

シファルさんの言葉に大きくため息をついてしまう。そうか。無理か。まぁ、私も年齢通りに成長したいと思っているしな。

「シエルは良い護衛にはなると思う。だけど、逆に人の注目を浴びてしまう可能性も高い。それに町や村には連れて入れないしな」

ラットルアさんの言葉に頷いてしまう。シエルは強い魔物だから、護衛として活躍してくれる。でも、アダンダラという珍しい魔物のため注目も浴びてしまうだろう。注目されるのは避けたい。テイムしていない事がばれてしまう可能性がある。

「シエルを手に入れるために、アイビーをどうにかしようと考える奴も出てくる可能性もある」

う～、考えたら怖いな。でも、シエルは仲間だから一緒にいたい。

「森の中でも人に会わないように気を付けます」

「そうだな、自分をしっかり守れるようになるまではその方がいいと思うよ」

シファルさんの言葉に周りも頷いている。自分を守れるように……それってどうやって？　戦うスキルなんて持っていない。頑張って小型ナイフの扱いぐらいは覚えたけど……解体用だしな。

「ね、だから護衛として奴隷を考えたんだ」

ラットルアさんの言葉になるほどと思う。確かに今の私、かなり危ないのかも。とはいえ、誰かを雇うとなるとお金……あっ、今回の事で問題ないって言っていたっけ。忘れていたな。

「ちゃんと考えます」

拒否感だけで反対するのは駄目だな。本気で心配してくれているのだから、私も真剣に考えないと。成長すると女性として見られてしまう。誤魔化すのが無理ならどうするか。シエルは人に見られると注目を浴びてしまう。ソラを見られるのも、駄目だよね。……あれ？　なんとなく問題が増えているような気がするのは気のせいかな？

「まぁ、謝礼金と懸賞金の事があるからまだ当分この町にいる事になるし。ゆっくり考えたらいいよ」

ボロルダさんが、お茶を入れて渡してくれる。お礼を言って一口飲む。温かさに、体から力が抜ける。そうだ、焦ってもいい答えは出ないよね。ゆっくり考えよう。

「まぁ、それより明日だな。アイビーはどうする？　明日は何処かに行く予定でもあるのか？」

セイゼルクさんが、明日の朝食用スープを味見しながら聞いてくる。

「味見にしては多くないですか？　明日は罠の様子を見に行く予定です」

「美味しいよ。罠？　あぁ、そう言えば野兎用の罠を作っていたっけ。珍しい狩りをするよな」

罠を仕掛ける狩りはやはり珍しいのか。前も言われたもんな。

「掛かっていたら解体して売りに行きます」

「売るのか？　食べないのか？　前に野兎の焼いたヤツ、美味かったんだが」

ヌーガさんが、残念そうに聞いてくる。それに、リックベルトさんが呆れた表情をしている。

「えっと、いっぱい狩れたら夕飯で出します」

「期待している」

何だろう、ものすごい重い期待が寄せられたような気がする。これは、明日は少しでも狩れたら夕飯にした方がいいのかな？

「アイビー、売りに出して余ったヤツでいいからな。ヌーガの事は気にするな」

ボロルダさんが、ヌーガさんを軽く叩きながら言う。シファルさんもヌーガさんを睨んでいる。

「分かりました」

売りを優先して良いようだ。というか、ヌーガさんが不貞腐れている。ふふ、可愛いな。

「アイビー、明日は町の様子に注意してくれ。もし危険を感じたら詰所に避難してほしい」

「ギルマスにも話しておくから冒険者ギルドでもいいぞ」

ボロルダさんとセイゼルクさんの言葉にちょっと緊張する。明日は、町の人たちにとって大変な日となる事は間違いない。それがどう作用するか。

「分かりました。危ないと感じたらすぐに避難させてもらいます」

「あぁ、大丈夫だと信じたいがな。こればっかりはな」

ボロルダさんが肩をすくめる。ファルトリア伯爵が捕まる衝撃が町の人にどう影響するか、彼らにも予測が出来ないようだ。

「上位冒険者たちは異変に気が付いているようだな」

ロークリークさんの言葉に、広場に集まっている彼らの様子を見る。自警団のピリピリした雰囲気を感じとったのだろう。何かが起こると予想して、いつもより多くの冒険者たちが広場に集まっていた。飲みに行っている人たちも少ないようだ。

「まぁ、自警団と俺たちが動き回っていれば何かを感じるだろう。感じられない奴は駄目だな」

セイゼルクさんが苦笑いで、飲んで帰ってきて騒いでいる集団に視線を向ける。ボロルダさんも呆れた表情なので、討伐隊などの隊を組む時の参考になるのだろう。異変を感じる事は、冒険者にとっては命に関わる重要な事だ。異変を感じられない冒険者に、仕事は任せられない。

「さて、そろそろ明日のために休むか」

ボロルダさんの言葉に、それぞれテントに戻っていく。私も、体を拭くためのお湯をもらってテントに戻る。テントの中ではソラが既に寝ていた。絞ったタオルで体を拭いて、寝巻にしている服を着る。明日か、何もないといいな。ソラの隣に横になるとソラがそっと寄り添ってくる。

「ふふ。おやすみ、ソラ」

116話　狩り？

朝食を食べ終わると、セイゼルクさんたちは慌ただしく広場を後にした。今日はかなり忙しそうだ。何事も起こらなければいいなと思いながら、森へ行く用意をする。町の様子も気になるが、仕掛けた罠の状態も気になる。とりあえず、罠を見て、掛かっている獲物がいたら解体して売る！

「ソラ、行こうか」

ソラがぴょんと跳ねて、腕の中に飛び込んでくる。また～っと思いながら必死な思いで受け止める。……はぁ、よかった。腕の中ではソラがプルプルと揺れている。なんとなくソラに遊ばれているような気がする。ソラってこんな性格だったのかな？　かなりのマイペースなのは知っているけど。

「ソラ……焦らせないで！」

怒っても、プルプルと揺れるだけで気にした様子もない。軽くため息をついて、ソラを専用のバッグに入れる。ナイフなどが入っているバッグを肩から下げて、反対側の肩にソラを入れたバッグを提げる。よし、準備完了。テントから出て周りに視線を向けると、いつもなら既に広場を後にしている上位冒険者の姿がちらほら見える。今日、何かがあると気が付いているのだろう。少し緊張した面持ちだ。

軽く深呼吸して広場を後にする。町へ行くと、やはり昨日よりピリピリした空気が流れている。何が起こるのか分からなくても、自警団の動きなどで異変を感じているのだ。その様子に、少し早足になりながら門へ向かう。

「おっ、出かけるのか？」

門番をしているのは、以前副団長さんの使いで来たアリバスさんの愚痴を止めてくれた人だ。

「お疲れ様です。森へ行こうと思っています」

「そうか。気を付けてな」

「はい。ありがとうございます」

手を振ってくれているので、軽く頭を下げて森へ向かう。あの人がいなかったら、アリバスさんの愚痴がいつまでも続いた可能性があるもんね。途中で止めようとは思ったんだけど、何処で切って良いのか分からなかったし。あの時のアリバスさんを思い出して笑ってしまう。ものすごく必死な表情だったもんな。

「アリバスさんには悪いけど、ちょっと表情の変化が面白かったんだよね」

森を少し歩くとシエルの気配を感じた。また、木の上から様子を見てくれているのだろうな。そのまま、森の奥へ向かって歩く。人の気配は感じない。今日は、森へ入っている冒険者も少ないようだ。立ち止まるとスタッと上からシエルが下りてくる。

「シエル、おはよう」

……あっ、ソラをバッグから出すのを忘れていた。慌ててバッグからソラを出す。

「ぷっぷ～!!」

ちょっと怒っているようだ。

「ごめんね」

ソラに向かって謝ると、少しじっと私を見てプルプルと揺れた。雰囲気が優しくなったので許してくれたのだろう。ソラの雰囲気の変化は、少しだけ分かるようになった。といっても、まだそれほど区別はつかないのだが。

「さて、罠の結果を見に行こうか！」

ソラを促《うなが》すと、ピョンピョンと森の奥へと突き進んでしまう。その後を急いでついていく。……あれ？　こっちであってる？

「ソラ、こっちだったたっけ？」

私の言葉にピタリと動きを止めるソラ。そのまま、じっとしている。もしかして本気で間違えたのだろうか？　ふふふ、……可愛い。

「えっと、シエル。罠の場所って何処だったかな？」

シエルはグルルルと喉を鳴らすと、ソラをぱくりと銜《くわ》えて方向を変えて歩き出す。銜えられたソラはじっとそのままの状態だ。その姿に噴き出しそうになるが、耐える。

「あっ、ここだね。ありがとうシエル」

シエルの後をしばらく追うと、罠を仕掛けた場所に着く事が出来た。周りを確認してホッとする。大型の魔物や動物の足跡はないみたいなので、罠が壊される事はなかっただろう。ソラはシエルに放してもらったようで、私の周りを何事もなかったようにピョンピョンと跳ね回っている。突っ込みたいけど止めておこう、可哀想だからね。それに、絶対拗ねるだろうし。

「さて、掛かってるかな？」

仕掛けた罠は一〇個。どれだけ掛かってくれているかな？　一つ一つ罠を見ていく。

「……なんで？」

全ての罠を見たが、何も掛かっていない。おかしい。この辺りは野兎や野ネズミの足跡がいっぱいだった。一つぐらいには掛かっていてもいいはずなのに。仕掛ける場所を間違えた？　もう一度周りの足跡や痕跡を確かめる。

「何だろう？　新しい足跡が少ない。何かあったのかな？」

ん～、残念。夕飯にするどころか売りに行く事も出来ないな。

「はぁ～、なんでだろう。シエル、分かる？」

シエルを見ると周りを見回している。何かあるのだろうか？　一緒になって周りを見回してみるが何もない。シエルとは見ている物が違うのだろうか？

「シエル、どうしたの？」

声を掛けると、すっと動いて少し森の奥へ移動してしまう。何だろうと見ていると。

「フ～、シャー！」

「ぅわっ！」

シエルがいきなり威嚇の声を上げたので、小さな悲鳴をあげてしまった。次の瞬間、周りからガサガサという音がして、野兎や野ネズミが慌てて走り回る姿が目に入る。

「えっ？　何？」

野兎と野ネズミは少しの時間走りまわり、しばらくすると何処かへ隠れてしまった。この周辺にこんなに居たんだね。ん？　目の隅に一つの罠が目に入る。近付くと、二匹の野兎が罠に掛かっている。これは、もしかして。もう一度全ての罠を見ていく。一〇個中八個の罠に野兎と野ネズミが掛かっている。

「なるほど、巻き狩り猟？」

シエルを見ると、なんだか自慢げだ。威嚇一回でこれほどの効果が出るとは。それだけ、アダンダフって小動物には脅威なんだね。すごい混乱状態だった。あれ？　罠を仕掛けた後に動きが無かったのはもしかして、シエルの気配を感じて動けなかったからでは？　自分よりかなり強い魔力を持つ魔物を見たらまずは様子見をするよね？　シエルを見ると罠にかかった野兎たちを見て、尻尾がうれしそうに揺れている。

「まぁ、言う必要ないか」

しかし、シエルの気配を感じて動けなくなるとしたら、どうしようか？　動けるようになるまで二日？　三日？　それぐらいなら仕掛けてから待てばいいけど。それでも駄目なら……そうなってから考えよう。今は解体しないと。

「シエル、ありがとう。解体頑張るね！」

「にゃうん」

「ぷっぷぷ～」

えっと、何気に問題が増えていっているような気がするな。まぁ、何とかなるよね。でも、毎回巻き狩り猟って事にはならないようにしたいな。

罠を持って川辺に向かう。川辺では、すぐに解体の準備に取り掛かる。ナイフに肉を包むバナの葉だ。

「さてと、がんばろう。シエルとソラは、ゆっくりしていてね」

シエルは木陰で寝そべり、そのお腹の辺りにソラが突進している。相変わらずの関係性だな。

野兎と野ネズミの解体は随分と数をこなしているので、それほど時間を掛けずに終わらせる事が出来た。綺麗に血を拭ってバナの葉で一つ一つ包んでいく。ナイフを綺麗に洗って布で拭いて完了。

さて、血の臭いにつられて魔物や動物が来る前に移動しよう。まぁ、シエルがいるのでそれほど急がなくても襲われないような気もするが。

「お待たせ。シエルごめんね。解体が終わったから町へ戻るね」

「にゃうん」

ソラは……熟睡中っと。そっとソラを抱き上げるが起きる様子はない。この子、大丈夫かな？ちょっと心配になるけど、きっとシエルがいて安心しているのだろう。バッグにソラをそっと入れて肩から下げる。

「シエル、ありがとう。今日は……」

町の様子がどうなっているのか分からない。約束して、来れなかったら嫌だな。

「明日、また会いに来るね」

「にゃうん」

頭をそっと撫でると、目を細めて気持ちよさそうな表情をしてくれる。これがとっても可愛い。

「さて、行くね」

今日も途中まで一緒に町へ向かってくれた。本当に優しい子だと思う。さて、町はどうなっているかな。ちょっと不安だ。

117話　疑えばいい

「お疲れ様です」

朝とは違う門番に声を掛けて町へと入ると、すぐに異変に気が付いた。昼間には賑わいを見せていた町の大通りに人が少ないのだ。周りを見ると、店主たちが集まってひそひそと話をしている姿が確認出来る。ちょっと不安に思いながら、話を聞いた事がある肉屋へ向かう。

「すみません」

「ん？　坊主か、どうかしたのか？」

肉屋の店主は少し疲れた表情だが、笑いかけてくれた。

「野兎と野ネズミのお肉を売りたいのですが、大丈夫ですか？」

「あぁ、大丈夫だ。助かるよ」

お店に入り店主がいる前のテーブルに、バナの葉に包んだお肉を置いていく。売りに出すのは野兎六匹、野ネズミ四匹だ。野兎二匹は夕飯に使用する予定で残した。

「おっ！　かなり綺麗に解体をしてくれたんだな。これなら無駄が出ないから助かるよ」

解体には自信ありだ。なので、うれしい言葉に顔がにやけてしまう。

「ありがとうございます」

「そうだな。野ネズミが一匹一〇〇ダル、野兎も一〇〇ダルでどうだ？」

野兎も野ネズミも一〇〇ダル？　いつもなら野兎の方は安くなるのに。ちょっと得した気分だ。

あっ、色を付けてくれたのかな？

「はい、それでお願いします」

「全部で一〇〇〇ダルだな。銅板でいいか？」

「はい」

銅板を一〇枚受け取って小型のマジックバッグに入れる。久々の狩りの収入だ。……ちょっと普通の狩りとは違ったけど。まぁ、あれも狩りである事は間違いないはずだ。

「はい」

スッと差し出されたのは、小袋に入った干し肉の切れ端。受け取ってしまったが、何だろう？

「お肉を売りに来てくれたお礼な」

あれ？　野兎を一〇〇ダルで買い取ってくれたのは違ったのだろうか？

「ん？」

「あっ、ありがとうございます。私はてっきり野兎を野ネズミと同じ値段で買い取ってくれたので、それが色を付けることだと思いました」

「アハハハ、そうだったのか。でも、この辺りでは野兎は野ネズミと同じ値段だな」

「そうなのですか？」

「あぁ、前も言ったが洞窟にこもる冒険者に野兎は人気でな。とくに下位冒険者にとっては安くてガッツリ食えるのが良いらしい。だったら野兎を狩ってこいって言いたいが、洞窟の収入は上手くいけば狩りの数倍だからな」

数倍の収入を手にするために、洞窟にこもってしまうため狩りをする時間が無いって事かな。

「いつも品薄だから野兎の買い取りも野ネズミと一緒になっているんだよ」

「なるほど」

店主とのんびり話をしていると、お店の扉が軋みをあげながら開かれた。そこから慌てた様子の二人の男性が入ってくる。店主より、かなり若い二人組だ。

「やっぱり話は本当みたいだ」

「今、ファルトリア伯爵様がフォロンダ領主が連れてきた騎士団に連行された」

「ファルトリア伯爵様が裏切っていたなんて！」

お店に入るなり、興奮気味に話し始める二人。その様子から、かなり苛立っているのが分かる。

二人はお店の出入り口にいるために、お店から出る事は出来ない。少し距離を取るには、お店の奥に移動するしかないようだ。気付かれないように、そっと静かに移動する。

「落ち着け！　証拠がないのに騎士団が動く事はない。証拠があるから動いたんだ！　分かっているだろう」

騒ぐ二人に向かって店主が諭す。話していた二人は、店主を見てどこか悔しそうな表情を見せる。

「だが……」

「だが、何だ？　この町の自警団やギルマス率いる上位冒険者は無能揃いか？」

「それは……」

「違うだろう。これまでの仕事ぶりを見ればそれは分かるはずだ。それに考えてみろ。今まで人を何人も攫ってきたくせに、なぜこんなにも正体を掴めなかった？　ファルトリア伯爵が関わっていたなら、その説明もつくだろうが」

「だが、俺はファルトリア伯爵様に助けられたんだ！」

「だが、その裏で人を何人も不幸にしてきた。団長の話では確実な証拠が見つかっているそうじゃないか」

「…………裏切られたんだな、俺たち。伯爵のために仕事をした事だってあるのに」

「今日は帰れ。酒に逃げるんじゃないぞ。下手に飲むと暴れそうだからな」

店主の言葉に二人はお互いに顔を見合わせ、そして大きく息を吐いた。

「確かに、酒はやめといた方がいいかもな」

「……あぁ」

「おい、本当に酒は飲むなよ。あとで家に見に行くからな。飲んでいたら殴り倒すからな」

「ハハハ、分かったよ。悪いな面倒かけて」

二人は落ち込んでいるようだが、少しスッキリした表情をしている。おそらく気持ちをぶつける事が出来て、ほんの少し余裕が出来たのだろう。二人は私の存在にようやく気が付いたようで、小さく謝ってから店を出ていった。

「悪いな、坊主。大丈夫だったか？」

「はい」

「ファルトリア伯爵って知っているか？」

「はい。一度話した事があります」

「そうか。この町ではとても人気のある人でな、だから町の奴らは少し混乱しているんだ」

「……そうですか」

店主の顔に悲しみが浮かぶ。きっとこの人も、ファルトリア伯爵を信じていたんだろうな。

「二人にはあのように言ったが、俺自身がまだ納得出来ていないんだよ。いや、自警団の事は信じている。だが、本当なのかと疑ってしまってな」

「……それでいいと思います」

「ん？」

「納得出来るまで疑えばいいんです。疑う事は悪い事ではありません」

そうだ。納得出来ないなら、疑ってかかればいい。自警団の集めた証拠が本当なのか、調べたらいいのだ。ちゃんと納得出来るまで。

「そうか」

「そうです。納得いくまで疑って調べたらいいんです」

「そうか。そうだな」

店主は少し驚いた表情を見せた後、おかしそうに笑った。何かおかしな事を言ったかな？

「ハハハ、坊主は面白いな。そうか、納得するまでか。しかし悪かったな、二人が暴走して」

「いえ」

「また、狩ったらよろしく頼むな。ギルドに依頼を出すと余分な費用が掛かるからさ、売り込みは大歓迎だ」

「了解です。頑張って良いお肉を持ってきます」

「おっ、頼もしい」

店主が何処かスッキリとした笑顔を見せる。私との会話で少し気持ちが晴れたみたいだ。……よかった。

「では、またお願いします」

軽く頭を下げてからお店を出る。広場に向かいながら、町全体の様子を見る。人々の顔には悲しみと戸惑いが浮かんでいる。中には、お店で酒を飲んで泣いている人もいるようだ。

「あっ」

広場に向かう途中のお店に、人だかりができているようだ。見ると、男性が集まって大声で言い合いをしている。巻き込まれないように、立ち止まって様子を見る。問題が起きるようなら、セイゼルクさんたちが言ってくれたように避難するつもりだ。しばらく様子を見ていると、自警団の人たちが足早に彼らに近づく姿が目に入る。あれで落ち着けばいいけれど。

「アイビー、大丈夫か？」

後ろから急に声を掛けられてびくりと体が震える。慌てて後ろを振り向くと、ちょっと困惑した表情のリックベルトさん。

「悪い。驚かせるつもりは……」

「あっ、いえ。大丈夫です。どうしてここに？」

「ギルマスのお使いの帰りだ」

ギルマスさんのお使いか。

「おっ、落ち着いたみたいだな」

リックベルトさんの視線を追うように、騒ぎがあった場所を見る。どうやら自警団が来た事で落ち着いたようだ。

「小さな問題は起こっているみたいだが、大丈夫みたいだな」

リックベルトさんの言葉にホッとする。

「奴は既に騎士団が連れていったよ」

ファルトリア伯爵の事だろうな。

「ご苦労様です」

「大変だったが、これで落ち着ける。ようやく終わりが見えたな」

リックベルトさんの疲れた、でもどこかホッとした声。この問題にかかわってきた人たちは皆そう感じているのだろうな。

「よし、仕事に戻るよ」

「はい。頑張ってくださいね」

「おう。そう言えば狩りはどうだった？」

「今日は夕飯に野兎の香味《こうみ》焼きを出します」

「おっ……どうせヌーガが抱え込むんだろうな」

ちょっとげんなりした表情をして見せたリックベルトさんに笑ってしまう。どうもリックベルトさんはヌーガさんの被害に遭いやすい。

「二匹用意出来たので」

一匹はヌーガさんとシファルさん。もう一匹が他の人たち用だ。少ないけど野兎だけではないので大丈夫だろう。

「さすがアイビー、ヌーガたちの事をしっかりと理解しているよ。じゃ、楽しみにしているな！」

リックベルトさんに任せてくださいと、笑って答えると別々の場所へ向かう。今日もきっと夕飯の時には全員が揃っているのだろうな。頑張って、ちょっと豪華に作ろうかな。

118話　干し肉は人気

「おっ、今日も大量だな。坊主は狩りが上手いな～」

「いえ……」

机に置いた一四匹分の肉を見る。確かに大量だ。だが、これは全てシエルの手柄だ。あの、久々に狩りをした日からシエルが頑張っている。毎回罠を仕掛けると、シエルが威嚇で野兎や野ネズミを混乱させてしまうのだ。一度、止めるようにお願いすると次の日には普通に狩りをした獲物を持って来てしまった。どうやら、どうあっても獲物を私に提供すると決めてしまったらしい。シエルから見ると、私の狩りは駄目という事だろうか？　……私だって頑張る予定だったのだが。

「ん？　どうした？」

「いえ。あの連日買い取ってもらっていますが大丈夫ですか？」

「ハハハ、気にするな。どうやらこの店のうわさが下位冒険者の間で広まっているらしい」

「噂？」

「あぁ、俺の店に来たら干し肉が大量に買えるってな」

「あっ、広場でその噂は聞きました」

「おっ！　やっぱり噂になっているのか？」

「はい。このお店の事が聞こえたので、何かなっと思って聞いたので間違いないです」

私が聞いた噂話は「干し肉が大量に買える店は、大通りの店で間違いないようだ」だ。下位冒険者たちは洞窟に籠る前に、様々な準備をする必要がある。洞窟内にいる魔物を狩る道具や、洞窟内で使えるテント、そして食料だ。食料で主に必要となるのが干し肉だ。だが、この町の肉屋はどこも干し肉が品薄状態。その為、数をそろえるには店を回って探す必要がある。それがものすごく手間なのだ。だが、ここ数日はこの店に来れば大量に買えるため店を回る必要がなくなっている。その事が広場で噂話として広まっているのだ。最初聞いた時は驚いた。その情報の原因は、私の売っている肉だからだ。

「まぁ、その噂のおかげで俺の店は人気店ってやつだ。で、肉はまだまだ欲しい」

確かにあの噂が広まっているなら肉は必要だろう。

「なぁ、坊主」

「はい」

「もう少しだけ、量を増やす事って出来るかな？」

「えっ！」

今日は一四匹分。これを増やすとなると二〇匹ぐらいになる。というか昨日は一五匹分。その前は、確か一八匹分。それでも足りないという事だろうか？

「あ～、無理にとは言わないが。ちょっと売れ過ぎちまって」

店主の視線が干し肉を売っている棚に向く。それにつられて私も棚を見ると、その棚には大袋の干し肉が六個ほど置かれている。確か昨日は二五個ほどは置かれていたはず。

「朝から五個ずつ買っていく奴らがいてな。在庫があれだけなんだ」

五個！　この店の大袋は、一人の食料と考えると五日分ぐらいだ。洞窟に入る冒険者は三人か四人のグループだったはず。……確かにちょっと買いすぎのような気がするが、それだけ洞窟に籠るという事だろう。しかし、売れ過ぎだ。そんな状態で売れてしまっては、全然足りない。

「頑張ります」

「悪いな」

頑張ると言ってもシエルなんだけど。いや、私も何とか狩りが出来るようになりたい。シエルには普通に狩りをしてもらって、私も罠を仕掛ける。これなら私も頑張れるかな。

「いつも通り銅板でいいか？」

「はい」

銅板を受け取り店を出る。ファルトリア伯爵が捕まった日から八日。ようやく町全体が元の状態に戻った。彼は、町の人たちに本当に人気があったようで、二、三日は町全体の雰囲気が暗く落ち込んでいるようだった。それが少しずつ落ち着き、大通りでは人の笑い声が響くようになった。セイゼルクさんたちも安心したようだ。ロークリークさんとシファルさんは、二日前に広場から家に戻っていった。ヌーガさんも知り合いの家に転がり込むと言って、今日からいない。そろそろボロルダさんたちも本来の仕事に戻れるだろう。そうなると、私の食事係も終わりだな。終わっちゃうのか……ちょっと寂しいな。あんな笑顔で私の料理を食べてくれる人たち、初めてだったからな。


広場に戻ると、ラットルアさんの姿がある。まだ、夕飯には数時間ある。何かあったのだろうか？

「ラットルアさん、今日は早いですね」

「お疲れ様」

「お疲れ様です」

少し疲れた表情だが、その雰囲気は柔らかい。どうやらいい事があったようだ。

「ギルマスと団長から伝言があるんだ」

ギルマスさんと団長さんが？

「なんでしょうか？」

組織の事に関しては、既に私は関わっていない。なのでこれと言って何かあるとは思えないのだが。問題も起こしてない……はずだ。

「『ゆっくり話をしたいので、夕飯でも一緒にどうですか？』だって」

「……あっ！　えっと」

知らない間に問題を起こしていたという事ではないようで、よかった。それにしても夕飯か。

……食べに来るのかな？

「ここに食べに来るのですか？」

「えっ？　あっ、違う違う。夕飯を奢ってくれるって事」

「奢って……いいのでしょうか？」

「大丈夫。俺たちも奢ってもらう予定だから」

ラットルアさんたちも一緒なのか。だったらいいかな。

「はい。喜んで！」

「よし！　何がいい？」

「特に希望はありませんが」

「そっか。だったら俺が勝手に希望を言っておくな」

それはいいのだろうか？　それに、何とも言えない表情をしている。絶対何か良くない事を考えているような気がするな。

「ん？」

「いえ、表情に出ちゃってますよ」

「……ハハハ、大丈夫。無理難題とかではないから」

やっぱり何か考えていたようだ。本当に任せても大丈夫なんだろうか？

「本当に大丈夫」

ラットルアさんは、私の顔を見て苦笑いする。どうやら心配そうな表情をしていたようだ。しかし、これはラットルアさんのせいだから。

「信じますからね！　お願いします」

どんなお店があるのか分からないのでお願いするしかない。ギルマスさん、団長さん頑張れ。

「よし、この町で行ってみたい、ちょっと高級店――」

「緊張しないお店でお願いします」

「……え～」

高級店なんて緊張で味なんて分かる訳がない。普通が一番。

「ラットルアさん、気軽に食べられるお店でお願いしますね」

とりあえず念を押しておこう。私の言葉に、ちょっと残念そうな顔をする彼。言っておいてよかった。

「仕方ないな、ものすごく残念だけど。アイビーの希望通りに言っておくよ」

ものすごくという部分に力を込められたけど、これについては譲らない。任せると何だかすごい事になりそうだからな。それにしても、ちょっと楽しみだ。

「ラットルアさんは、それを言うためのお使いですか？」

「えっと、ちょっと疲れたから抜け出してきたって感じかな」

つまりサボっているという事なのかな？　ラットルアさんって自由な人だよな。でも、怒られたりしないのかな？　……そんなミスをする人ではないな。絶対に。

「あ～、あとでセイゼルクが説明するだろうけど」

「はい？」

「ソアルトリア伯爵が罪を認めたそうだ」

「そうですか」

「あぁ、俺たちが集めた証拠でも十分だったんだが。奴の隠れ家から出てきた証拠が、決定打になったようだ」

隠れ家か。さすが貴族って感じだ。それにしても、ようやく認めたのか。証拠を突きつけても、陰謀だと騒いで罪を認めないと聞いていたから心配だったのだ。いい人だったはずが、最後の最後に本性が出たって感じだな。怖いな～。

「これで、ようやく終わりですね」

「俺たちはな」

俺たちはな？　何だか含みのある言い方だな。

「吹っ切れたのか、自暴自棄になったのか。奴がまぁ、しゃべる、しゃべる。貴族のやばい話をこれでもかってな」

「……それは、何というか」

「そのせいで、王都ではかなり慌ただしい事になっているみたいだ。奴が話した中に、王都で問題になっている裏組織の事があったらしくてな。今は騎士団が調査しているそうだ」

どの町にも、裏の組織はあるのだろうか？　そう考えると、もっと慎重に旅を続ける必要があるな。本気で一人旅について考えないと駄目だろうな。

「王都のギルマスからお礼と愚痴が両方届いていたよ」

「お礼と、愚痴ですか？」

「そう。ずっと追っていた組織についてようやく目途が付きそうなお礼。いきなりの情報に余裕がなくて忙しいという愚痴だな」

「……ここと似てますね」

ラットルアさんたちも、数日前までは余裕なく動き回ってましたもんね。

「ん？　そうか、少し前のここ状態か。それは大変だな、場所は王都だし。可哀想に」

少しは可哀想という表情を作ってほしいな。そうでないと、腹黒い人に見えてしまう。

「ラットルアさん、さすがにそんな笑顔で言われると……」

「あっ、やばい。本性が」

手で顔を隠す仕草をするが、かなり楽しそうだ。ラットルアさんって、爽やかなのに腹黒い。たぶん間違いないと思う。もしかしたらシファルさんといい勝負だったりして。

119話　干し肉で人気店

ソラをバッグに入れて森へ向かう。

「おはよう」

「おはようございます」

連日の事なので、門番さんたちに顔を覚えられたようだ。挨拶だけでなく、ちょっとした情報を教えてくれたりする。特に森の中の動物や魔物の動きなどは本当に感謝だ。

「今日も狩りか？」

「はい」

「そうか。あぁ、そうだ。洞窟に向かう方の森に中級の魔物の情報がきているから気を付けてくれ」

「ありがとうございます」

中級の魔物ならシエルの事ではないな。どんな魔物なのか分からないが気を付けよう。しばらく森を進み、人の気配がない事を確かめてからソラをバッグから出す。

「ぷっぷぷ～」

私の周りをピョンピョンと跳び跳ねて、そしてそのまま森の奥へ。

「ソラ、そっちじゃないよ」

「……ぷ～」

最近気が付いたのだが、ソラは方向音痴《ほうこうおんち》だ。旅の道中ではすぐにバッグに隠せるように、ずっと私の傍にいたから気が付かなかった。自由に歩かせる？　と、とんでもない方向へ行く事がある。ソラは自分でもその事に気が付いているようで、注意すると不貞腐れたような声を出す。可愛いのだが、その事を言うともっと不貞腐れるので注意だ。罠を仕掛けた方向へ歩き出すと、シエルの気配を感じた。立ち止まってしばらく待つと、木の上からシエルが下りてくる。

「おはようシエル。なんだかすごい大量だね」

得意げなシエルの口には少し大き目のカゴ。そのカゴは、獲物を銜えて持ってくるのは大変だろうと渡しておいた物だ。それに野兎や野ネズミが、かなりの数放り込まれている。昨日から罠は私、狩りはシエルと分ける事にしたのだが、かなり頑張ってくれたようだ。

「すごいな。急いで罠の方を見に行こうか」

シエルは口にカゴを銜えたまま、罠を仕掛けた場所へと歩き出す。何だかその姿は微笑ましい、カゴの中身を考えなければ。

「さてと、どうかな？」

仕掛けた罠の数は一六個。少しは成功しているかな？　仕掛けた罠を一つ一つ確認していく。あっ、掛かっている。罠に掛かっている獲物を、持ってきたカゴの中に入れていく。一六個中一二個の罠に獲物が掛かっていた。……おかしいな？　こんなに掛かるかな？　普通は半分に獲物が掛かれば、大量だ。なのに今日は一二個に獲物が掛かっている。これだとシエルが威嚇した時と同じだ。……まさかシエルが協力しちゃった？

「シエル、もしかして威嚇してくれた？」

「にゃうん」

この鳴き方は『はい、したよ』って事だよね。……あれ？　昨日、お願いしたよね。獲物を威嚇する必要はないからって。シエルも納得した表情を見せたと思ったんだけど、通じていなかった？　しいうか、シエルが狩ってきた獲物と合わせると一体どれだけの数になるの？　……これは解体を急がないと。獲物の入っているカゴを一つ持って、川辺へ急ぐ。もう一つのカゴは、シエルが銜えて持ってきてくれた。

「ありがとう」

数えると、シエルは野兎四匹、野ネズミ七匹。よくこれだけの数を狩れるよね。すごいな。私の方は野兎八匹、野ネズミ四匹。そして、野バト。なぜか野バトが罠に掛かっていた。地面に仕掛けた罠に掛かるって、どれだけ運が無いんだろう。

「よし、解体だ！」

野兎一二匹、野ネズミ一一匹。さすがに慣れたと言っても数が多すぎる。しかも、解体二回目の野バトまでいる。頑張らないと。

「はぁ～、疲れた～」

目の前には大量のバナの葉に包まれた肉。野バトも今日は無駄を出さずに綺麗に解体出来た……

はずだ。骨もしっかりと手に入れた。腕を伸ばして、体をほぐしているとごきっと音がする。自分の体の中から出した音だが、すごいな。

「さて、町へ戻って肉を売ろう！」

シエルとソラは近くの木の傍で寝そべっている。ソラはまた熟睡中だ。羨ましいな。って、鮮度が落ちてしまう。

「シエル、ありがとうね。次は罠を仕掛けても威嚇しないでね。お願い」

「にゃっ！」

これって嫌だって言っているのかな？「にゃうん」とは言っていないよね。今は時間が無いから、次の時にしっかりと話し合おう。

「よし……ソラは起きないな～」

熟睡中のソラをバッグへ入れて、お肉の入ったバッグを持つ。そう言えば、ここ数日異様にソラが寝ている気がする。気のせいかな？　元気はあるし、よく食べるし。ただ、寝ている時間が多くなっているだけ？　ん～、今は時間が無いな。後でゆっくりと考えよう、もしくはラットルアさんにスライムについて聞こう。

「シエル、また後でね」

罠を仕掛けに戻ってくるので、その時にしっかりとシエルとは話し合おう。確かにうれしい結果にはなるが……私の狩りが上達しないからな。どう言えば、分かってくれるだろうか。門番に挨拶をして町へ入る。大通りを進んで、ここ数日お世話になっている肉屋へ向かう。

「こんにちは」

「おぉ～。待ってたよ！」

待っていた？　何かあったのかな？

「どうかしましたか？」

「あれ」

店主が指す方向には空になった棚。もしかして完売？

「全部売れたのですか？」

「あぁ、今日完成した干し肉を棚に置いて一時間もしない間にな」

「すごいですね」

まだお昼だ。それなのに売り切ってしまうとは。話がかなり広まっているという事だろう。

「今日はどうだった？」

「頑張りました」

シエルがそれはもう。バッグからバナの葉に包まれた肉を取り出していく。

「あの、野バトもいいですか？」

「野バトを狩れたのか。すごいな」

「ハハハ、あの骨も」

「もちろん大丈夫だ。野バトはかなり珍しいからな、高値で売れる」

よかった。

「野バトは一八〇ダル。骨が五〇〇ダルでいいか？」

以前は野バトの肉だけで一五〇ダルだったはず。かなりここでは高いのだな。

「はい。それでお願いします」

「銅板でいいのか？」

「はい。使いやすいので」

「わかった。二三〇〇ダルに野バトの六八〇ダル。全部で二九八〇ダルだな」

銅板と銅貨を受け取るとマジックバッグに入れる。

「大量にありがとうな」

「いえ。あの私、そろそろ次の町へ行く事を考えているのですが」

「あ〜、そうか」

「すみません」

組織の事も終わったし、そろそろ謝礼金などの問題も解決するだろう。なので、次の町へ向かう予定にしている。店主には悪いが。

「まぁ、分かっていた事だ。それに今回の事で決めた事があるからな」

店主がちょっとニヤリとした笑いを見せる。

「なんですか？」

「ハハハ、そんなたいした事ではないんだが、ギルドに依頼を出す事にした」

「肉の確保に？　でも、余分なお金がかかるって」

「まぁ、そうなんだが。それ以上に肉が売れるという事が分かってな」

「？」

「冒険者の奴らなんだが、洞窟でうまくいったら俺の店に肉を買いに来るんだよ。それもお祝いだとかでちょっと高めの肉を。店を広めるのに、干し肉は良い材料になるらしい」

なるほど、干し肉を大量に買えた事でお店の印象が良いのだろう。これって初期投資っていうモノなのかな。あ～、前の私の知識のような気がする。

「よかったですね」

「おう。坊主が大量に肉を持って来てくれなかったら気付けなかったよ。ありがとうな」

「いえ、安心して旅に出れます」

「寂しくなるな～」

店主の言葉にちょっと驚く。そんな風に言ってくれるとは。

「まだ、しばらくはお世話になりますので」

「それは俺の言う言葉だな。よろしくな」

「こちらこそ。ではまた明日」

「おぅ、無理はするなよ」

「はい」

店を出て、罠を取りに広場に向かう。あ～、やばい。絶対に顔がにやけている。まさか、あんな風に言ってくれるなんて。それにしても、干し肉でお店の評判が良くなるとは。面白いな。

さて、シエルにどう言って威嚇を止めてもらおうかな。あ～でも、威嚇を止めたら獲物の数がぐっと減りそうだな。あのお店の状態を考えるとギルドに依頼を出したとしても、すぐには安定した数は手に入らないだろうし。

「店主にはお世話になったし、この町ではシエルに頑張ってもらおうかな」

……そうしよう。あと少しだし。

120話　お祝い

「アイビー、こっち！」

お店の前で手を振っているラットルアさん。今日は、組織壊滅祝いらしい。ギルマスさんと団長さんが私に夕飯を奢るという話が、なぜかお店を貸し切ってのお祝いになってしまった。副団長さんがかなり暗躍したらしいとは、ラットルアさんから聞いた話だ。

「すみません、遅くなりました」

「大丈夫。罠を仕掛けに行っていたんだろう？」

「はい」

「人気になった肉屋の裏にアイビーあり！　だな」

「なんですかそれ？」

「ギルマスが言っていたんだよ。肉屋から依頼があったので調べたらアイビーの存在があったって」

「私？」

「そう。冒険者連中が贔屓にしている肉屋を人気店にしたのは、アイビーだって。噂にもなっているらしい」

「……ぇぇ～！　どうしてそんな事に！」

いつの間にそんな話になっているのだろう。確かに店主には、噂になったのは私がきっかけだとは言われたけれど。まさかギルマスさんにまで伝わるなんて。恥ずかしすぎる。

「おっ！　アイビー来たな」

ボロルダさんが、お店の中から顔を出している。その顔はほんのり赤いので、既に酔っているようだ。

「ボロルダさん、飲み過ぎは駄目ですよ。気を付けないと」

「ハハハ、大丈夫だ。加減はちゃんと知っている」

お店の中はかなり賑わっている。というか、既に酔って出来上がっている人もいるようだ。ボロルダさんの案内でお店の奥へと行くと、ギルマスさんたちの姿があった。セイゼルクさんたちも一緒の様だ。

「遅くなりました」

「いや、大丈夫だよ。肉屋の件だろう。毎日すごい狩りをしているって噂になっているぞ」

セイゼルクさんの言葉に苦笑いしてしまう。本当に噂が広まっているようだ。確かにちょっと、やり過ぎたかもしれない。お世話になった店主のために頑張ろうってシエルに言ったら、翌日から獲物の数が三〇匹を超えてしまった。少し迷ったのだが、まぁいいかと全てを肉屋に売ったのが駄目だったかも。ここ数日は毎日三〇匹超えだ。やはり、やり過ぎか。

「ハハハ……ありがとうございます」

なんて言っていいのか全く分からない。とりあえず、お礼でも言っておこう。

「よし、主役も来たし乾杯しよう」

主役？　首を捻るが周りは疑問に思わないのか、コップにお酒を入れて回している。

「あの、主役ってなんですか？」

「ごめんアイビー。ギルマスたちは誤魔化し切れなかった」

ボロルダさんが申し訳なさそうな顔をしている。誤魔化し切れなかった？　……ソラの事？

「ソラ？」

「うん。ごめんな」

ギルマスさんに視線を向けると肩をすくめた。その様子から怒っているようではないようだ。

「すみません」

「謝る必要は全くないよ。レアは隠す事もある」

副団長さんの言葉に、団長さんもギルマスさんも頷いている。

「ありがとうございます」

よかった。面倒事にはならないようだ。

「アイビー、時間が空いたらギルドに顔を出してくれないか？」

「ギルドにですか？」

ギルマスさんが、興味津々という雰囲気で声を掛けてくる。それに、ボロルダさんが顔を歪める。

何だろう？

「出た、ギルマスのレアもの好き」

レアもの好き？

「いいだろ。少しソラっていう子に会ってみたいんだ」

「アイビー、断ってもいいぞ」

マールリークさんが呆れた表情で口を挟む。確かにソラはレアスライムだ。レアものが好きな人にはたまらない存在なのかな。

「明日の夕方でもいいですか？」

ギルマスさんにはお世話になっているし、見せるぐらいならソラも協力してくれるだろう。

「だったら俺も一緒に行くよ。ギルマスを疑うわけではないけどさ」

ラットルアさんが、一緒に行ってくれるなら安心だな。お礼を言うと、頭を撫でられた。

「おっ、この店の名物だ。アイビーいっぱい食えよってその前に乾杯だな」

団長さんがコップを持って立ち上がる。

「全員注目！　今回はよく頑張ってくれた。感謝する。今日はまぁよく飲んでよく食べろ！　乾杯！」

団長さんの言葉に応えるようにあちらこちらから乾杯の声が上がる。かなり賑やかだ。こんなに賑やかな場所に来るのは初めての事なので、ちょっと戸惑ってしまう。でも、皆笑顔で楽しそうだ。何だかワクワクする。

「それにしても、すごい作戦だったよな。組織の奴らもかなり混乱したらしいぞ」

団長さんは、かなり楽しそうだ。

「へぇ～、まぁ普通ではあんな作戦立てないよな」

リックベルトさんの言葉に、周りが頷いている。確かに、かなり無謀《むぼう》な作戦だったよね。よく成功したものだ。

「何が起こっているのか全く分からない状態だったから、逃げる事も出来なかったらしい。捕まえるこちらとしては、かなり助かったよ」

目の前のお皿から名物の……何だろう。こんがり焼けたモノを取って食べる。ん～、ちょっと塩辛い。これってお酒に合う味ってやつかな？　でも、美味しい。何のお肉だろう。

「美味いか？」

「はい。これは何のお肉ですか？」

「それは野バトだよ。この店の名物なんだが、なかなか野バトが手に入らなくてな。今日は運がいい」

……野バト。確か、ここ三日続けてシエルが狩ってくれた獲物だな。まさか、私が売ったお肉？

「そう言えばこの店って、アイビーが肉を売っている店から仕入れていなかったか？」

セイゼルクさんの言葉にボロルダさんが首を傾げる。

「あ～、そうだ。確かにセイゼルクの言うとおり」

という事は、シエルの獲物だ。

「もしかしてアイビー、野バト狩ってきた？」

「あ～、私の仲間が」

ラットルアさんの言葉にちょっと言葉を濁して答える。事情を知っている人たちはなるほどという顔をする。おそらくシエルが狩っていると気が付いたのだろう。

「アイビー、謝礼金と懸賞金だが組織の全貌が把握出来たからな、あとは計算するだけだ。いつごろ取りに来る？」

謝礼金と懸賞金。そっか、そろそろだとは思っていたけど。

「私はいつでも大丈夫です」

お金をもらったら、旅の準備をしないとな。

「そうか。なら用意が出来たら声を掛けるが、それでいいか？」

「はい、お願いします」

何だろう、旅を始めてからここまで一緒にいた人たちっていなかったからかな。少し、いやかなり寂しいな。

「今はそんな話より飲もう！」

真っ赤な顔をしたロークリークさんが、急に立ち上がって叫ぶ。

「おい、こぼれたぞ！」

「アハハハ～、大丈夫、大丈夫」

彼はかなり酔いが回っているようだ。言葉はしっかりしているが、ふらふらしている。

「お前、飲みすぎ！」

ボロルダさんが、ロークリークさんの持っているコップを取り上げようとするが器用に避けている。すごいな、酔った状態でくるくる回って避けている。でも、大丈夫なのかな？

「うっ」

「「「あっ！」」」

やっぱり。マールリークさんが慌ててロークリークさんを何処かへ連れていく。後ろ姿を見送って全員が大きくため息をついた。

「悪いな」

ボロルダさんは少し酔っていたようだが、醒めてしまったみたいだ。

「まぁ、ゆっくり飲んで食べよう。この店は料理も美味いと評判だからな。アイビー、しっかり食えよ」

「団長さんも飲み過ぎないように」

「ハハハ、気を付ける」

この雰囲気もあと少しか。自分で決めた事だけど、ちょっとだけ後悔してるかも。でも、旅は諦めたくない。頭をそっと撫でられる。驚いて視線をあげると、シファルさんが笑って傍にいた。

「戻っておいでよ。この町に」

本当にシファルさんは人の心を読むのが上手だ。そして欲しい言葉をくれる。

「はい。もちろんです」

これで二ヶ所だ。ラトメ村とオトルワ町。本当にいい人たちに巡り合えたな。

121話　旅を続ける理由

「ほ～、すごい珍しいな。半透明のスライムなんて見た事がない」

ギルマスさんに、興味深げに見つめられているソラ。ソラもじ～っとギルマスさんを見つめている。ソラの興味を引く何かが、ギルマスさんにあるのだろうか？

「変な絵面だな」

ラットルアさんの言葉に頷く。体格の良い強面の人とスライムが見つめ合っている。誰が見ても不思議な光景だろう。……不思議というか不気味？

「えっと、ソラ。こちらギルドマスターの…………です」

「「…………」」

ギルマスさんとラットルアさんの視線が痛い。えっと、あれ？　ギルマスさんの名前って何だっけ？

「アイビー、気にする事は無いよ。ギルマスの名前って、ほとんどの奴が覚えていないから」

「すみません」

「ハハハ、気にするな。ラットルアの言うとおり、俺の名前を知らない奴は冒険者の中にも多い」

ギルマスさんは笑っているが、失礼だよね。う～、名前……。

「ログリフだ。ソラ、よろしくな」

ログリフさん？　……駄目だ、まったく思い出せない。諦めよう。

「ぷ～。ぷっぷっぷ～」

「アイビー、なんて言っているんだ？」

「……分かりません」

ギルマスさんが聞いてくるが、さすがに分からない。ちょっと小馬鹿にしたように聞こえたが、気のせいだと思いたい。

「面白いよな」

ラットルアさんが、つんつんとソラを突く。

「ぷ～～！」

あっ、これは不機嫌な時の声だ。

「ラットルアさん、ちょっと不機嫌になってますよ」

「ハハハ、ごめん、ごめん」

ラットルアさんがソラをゆっくりと撫でると、すっと目が細くなる。撫でられるのが大好きなソラなので、機嫌は直ったようだ。単純だ。

「そういえば、旅に出る準備をしているんだって？」

ギルマスさんが、棚からお菓子を出しながら聞いてきた。

「はい。謝礼金と懸賞金の件が終了したら、旅に出るつもりです」

「そうか。このままこの町で落ち着いたりはしないのか？」

「えっと、旅を続けるつもりです」

「そうか、寂しくなるな。ラットルアもそう思うだろ？」

「まぁな」

ギルマスさんに話を振られたラットルアさんは、肩をすくめてみせた。

「そうだ。この町の名物になる予定のお菓子だ」

ん？　どこかで売り出す予定のお菓子という事かな？　不思議に感じお菓子を見るが、バタークッキーのようだ。綺麗な色に焼けていて、とても美味しそう。断ってから一枚を口に入れる。ちょうど一口で食べられる大きさがうれしい。

「どうだ？」

「美味しいです。サクッとしていて、甘さもちょうどいいですし。食べやすい大きさがうれしいです」

「そうか。いや～、よかった」

何だろう？　このクッキーに何かあるのかな？

「それ、ギルマスの奥さんが作ったんだよ」

あっ、なるほど。あれ？　ギルマスさん、ちょっと顔が赤い？

「ギルマスって奥さんの事になるとすぐに照れるからな。面白いだろ」

「おい、茶化すな」

ラットルアさんが笑ってクッキーに手を伸ばす。

「確かに美味いな」

「あぁ、店を出したいって頑張っているからな」

「すごいですね」

「お～、ありがとう」

ギルマスさんの頬がスッと赤くなる。かなり奥さんに弱いようだ。まさかギルマスさんの弱点を知る事が出来るとは。

「まぁ、いつでも戻ってこいよ」

「はい。ありがとうございます」

この町で出会った人たちは、皆とても優しい。組織関係で大変な事もあったけれどこの町に来てよかった。


お土産にクッキーをいっぱいもらって、ギルマスさんの部屋を出る。ゆっくりと町を歩く。この町ともお別れか。

「やっぱり、この町に住む気にはならない？」

人通りが少ない道になったところで、ラットルアさんが立ち止まって聞いてきた。

「……今までの旅は、逃げるためのモノでした」

「えっ？」

ラットルアさんには、聞いてほしいと思った。ずっと、私のために色々と考えてくれた。そんな優しい彼だからこそ。本当の事を知ってほしいと、初めて思えた。

「私、五歳の頃に教会でスキルを調べたんです。テイマーでした」

ドキドキする。本当に話して大丈夫なのか。それでも、

「ただし、星なしでした」

「……星なし……」

彼がどんな表情でこの話を聞いているのか、見たいという思いと怖いという思いが交差する。

「それから全てが変わりました。両親も周りも敵になってしまったんです。たった一人を除いて」

味方は占い師だけだった。

「八歳の時、父に殺されそうになって村から逃げたんです。あの時は悲しくて悔しくて、ただ生きたいと逃げました」

「……そうか」

ラットルアさんの声に嫌悪感などはない。それに勇気をもらって、そっと彼に視線を向ける。真剣な表情、でも私を見つめる目はとても優しくて。その事に、じわっと目頭が熱くなる。

「いつまで逃げればいいのか不安でした。何処へ逃げたらいいのか」

「うん」

「星なしだと知られたら、殺されると思っていて」

あの村ではそうだった。星なしだと知った瞬間から、両親は私を捨てた。だから、知られたら殺されるのではないかとずっと不安が付きまとっていた。

「でも、ラトメ村のオグト隊長やヴェリヴェラ副隊長と出会って、私が訳ありだと気が付いていたはずなのに、何も聞かず手助けしてくれて。私の保証までしてくれて」

「うん」

「ラットルアさんたちに会って、狙われていると知ったら手を貸してくれて。あんな無謀な作戦にも何も言わず付き合ってくれて」

「うん」

「私の知っている人たちとは違いました。占い師が世界を知りなさいと言った、本当の意味をようやく理解出来たんです」

「そうか」

「はい。強くなりなさいと言った意味も分かりました」

最初、占い師に言われた時は森で生きるために体を鍛えろと言われていると思った。でもオグト隊長に出会って、あの言葉は人を信じる強さを言っているのだと思った。でも占い師の言っていた強さは、自分自身から逃げない強さなのだと思う。星なしという現実から逃げない強さ。逃げていないつもりだったけど、逃げていた。認めたくなかった。でも、今なら言える。星なしでも大丈夫。

私は、問題ないと。

「いい人たちに巡り合ってきたんだね」

ラットルアさんの言葉にうれしくなる。

「ラットルアさん、これからの旅は逃げるのではなくて、見つけるための旅です」

「見つける？」

「はい。本当にやりたい事を見つけたいです」

「なるほど、いいね。それなら世界を見る事はいい事だ。冒険者から旅館を開いた者もいるし、飲み屋を開いた者もいる。もちろん甘味屋を開いたやつも」

「はい」

ラットルアさんなら、そう言ってくれると思っていた。私の事を真剣に考えてくれていた彼だから。

「初めて出会った時、不安定な雰囲気を纏っていて心配だったんだ」

不安定な雰囲気？　色々な事に怯えていたからかな。

「でも、今は大丈夫みたいだ。ちゃんと前を向いていると思える」

「ありがとうございます。ラットルアさんが私の事を真剣に考えてくれている姿に、勇気をもらいました」

「ハハハ、さすがにそれは恥ずかしいな」

ちょっと赤くなった顔を手で覆って笑う姿にホッとする。話してよかった。ラットルアさんに出会えてよかった。

「ありがとうございます」

「俺は何もしていないよ。アイビーが自分自身で見つけた答えだ。星なしという事には正直言うと驚いた。でも、アイビーはアイビーだよ」

そうだ、私は星なしという事も含めて私である。それの何が悪いというのか。

「私は私、ですね」

「そうだよ」

うれしいな。でも。

「旅の目的は前向きですが、問題は山積みです」

「ハハハ、とりあえず身を守る方法を考えないとね」

そうなのだ。シエルにソラ、そして私。旅をするには色々と不安過ぎる。何か見つかるまで旅を続けるとして、まずは身の安全を確保する方法を模索しなくては！

122話　知れば知るほど

「アイビー、聞いていい？」

ラットルアさんに促されて、止まっていた足を広場へ向ける。そう言えば人通りが少ないとはいえ、通りだった。話す場所をもっと考えればよかったな。

「はい」

「星なしって確か全てにおいて力が足りないんだっけ？　それってテイム出来ないって事だよね？　シエルは前から魔力の事が気になっていたんだけど、ソラはテイム出来ているのか？」

全てにおいて力が足りない？　そんな風に言われているのか。初めて聞いたな。

「シエルは魔力が足りないのでテイム出来ていません。ソラはテイムしています」

「だったら、星なしが間違いなのでは？」

「いえ、ソラって崩れスライムなんです」

「……ぇえ～！　あっ、ごめん。うるさかったな。えっ、あの崩れ？」

何だか私が星なしといった時より驚いているな。そんなにソラが崩れスライムというのが驚きなんだろうか。

「はい。風にも転がされる崩れスライムです。今はしっかりとしてきましたが」

「そうか。普通のスライムより弱いから星なしでもテイム出来たって事か？」

「おそらくそうだと思います」

他に考えられないしな。ラットルアさんはソラが入っているバッグを見つめている。そんなに崩れスライムって珍しいのかな？

「崩れスライムってそんなに珍しいのですか？」

「あぁ、スライムの中でもレア中のレア。といっても、すぐに死んでしまうから役に立たないって探す冒険者もいないけど……生きてるね」

「はい。とても元気ですよ」

「そうか……あ～、崩れスライムって星なしのテイマー専用なのかな？」

「私もそれは思いました」

「そうだよな。星一つのテイマーでも崩れスライムには力が多過ぎて死なせてしまう。だからこれまでテイムの話を聞いた事がないんだし。なるほど星なし専用のスライムか。何が出来るか訊いていい？」

「えっと」

どうしようか。此処まで話したのだし隠してもしょうがないか。

「言いづらい事だったら……」

「いえ、たぶんソラってかなり特別だから」

「ハハハ、人を判断出来るって事だけでも特別だから」

そうだった。既にやってしまっていたな。だったらいいか。決心して、ソラの食事やアダンダラとの出会いなどを話す。途中で、ラットルアさんの表情が険しくなったのでちょっと怖かった。

「アイビー」

真剣な表情と声で名前を呼ばれたので、緊張感が走る。

「はい」

「俺に話してくれてうれしかったけど、これからは基本隠し通す事。話す相手は、相当選ぶ必要がある」

やはりソラは特別なのか。そうだよね、劣化版のポーションをビンまで消化してしまうのだから。

「まさか、重傷者を癒すなんて。それは光のスキルで星を五つ持っている者の力だ」

あれ、そっち？　というか。

「光のスキルってなんですか？」

「知らない？　ヒールのスキルは知っているかな？」

「はい。傷や病気を治すかなり珍しいスキルですよね」

「あぁ、光のスキルはそれの上位版だと思ったらいいよ」

ヒールのスキルでもかなりすごいのに、それの上位版？　その星五つの力をソラが持っているの？　えっと……。

「確か光のスキルで星五つって言えば、王に仕える二人が有名だな。というかこの二人以外にいなかったはずだ」

王様に仕える……なんだか、ソラが雲の上の存在になってしまった。知らないって、ある意味幸せかもしれない。自分の事を認めてから、周りをゆっくりと見る事が出来るようになったけど。知れば知るほど……。

「何と言っていいか、分かりません」

「ハハハ、俺も言葉が出て来ないな。まさかソラにそんな力があるとは……。あっ、シエルはテイムしていないって言ったっけ？」

「はい」

「ソラの事を聞いた後だからものすごく訊きづらいんだが、シエルの額にあった印って何？」

「……シエルが自分でソラの印を真似て作ったものです」

私の答えに、変な唸り声を出してラットルアさんが頭を抱えた。たまたま隣を通り過ぎた人が、奇怪な目で彼を見るが気にしている余裕はないようだ。ものすごく答えを聞くのが怖い。

「あの、もしかしてすごい事なんですか？」

確かに本には『自然と現れるモノなので、作ったモノだと偽物だとすぐにばれる』とはあったが。

「すごいって言うか、ありえない事かな」

ありえない事か。ハハハ、問題がどんどん積み上がっていくな～。

「そうとうな力のある者でも、テイムの印を真似る事は難しい。出来てもすぐに崩れてしまうんだ。しかもその部分が焼け焦げるとも言われている」

焼け焦げる！　それは、知らなかった。

「シエルが作った印が崩れるのは見た事がないですし、焼け焦げる事もないです」

「アイビー、シエルの事も内緒だな」

「ですよね」

二人で視線を合わせて、ため息をつく。問題がありすぎて、もうどうしていいか分からない。

「こうなったらシファルを巻き込むか。いい解決方法を考えてくれるかもしれない」

それは良い考えだと思う。シファルさんなら、私も大丈夫だと思える人だし。

「アイビー、どうする？」

「巻き込みましょう」

「よし、だったら今から行こう。早い方がいいだろうからな」

「何処にですか？」

「シファルの家だよ。ちょっと歩くけど大丈夫？」

シファルさんの家か、ものすごく興味があるな。すごくこだわり抜いている家の想像が出来るのだが、どうなんだろう。

「はい。大丈夫です」

「しかし、驚くだろうな。今の話をすると。楽しみだ」

機嫌のいいラットルアさんとシファルさんの家に向かう。広場を通りこしてしばらくすると、門からこだわりの窺える家が見える。さすがシファルさんだ。想像通り。

「ラットルアにアイビー？」

玄関で驚いた表情を見せるシファルさん。ラットルアさんの顔を見て、眉間に皺を寄せた。きっと、面倒ごとを持ってきたと気が付いたのかもしれない。

「ちょっと話があってな。彼女は？」

「あぁ、別れた」

「なんだ、別れたのか……えっ？　別れた？　なんでまた」

「色々と面倒な事を言ってくるようになってね。仕事に口を出されるのはさすがに」

ため息をつきながら首を振るシファルさん。男女関係は私には難しい。

「まぁ、今日ばかりは丁度いいかな。気付いているだろうけど、アイビーの事で相談だ」

「だろうね。どうぞ」

シファルさんの許しがもらえたので、家に上がる。棚から椅子から全て統一されている。それでいて派手過ぎず、落ち着いている。

「座って、お茶持ってくるよ」

椅子に座って部屋全体を見る。やはりシファルさんらしい空間だ。

「お待たせ」

「すみません。急に来てしまって」

シファルさんに頭を下げると、ポンポンと軽く撫でられた。

「ソラも出してあげたら」

「はい」

バッグからソラを出してシファルさんのお家だと説明する。ソラは周りを見て、ピョンピョンと部屋を一周すると私のもとへ戻って来た。どうやら満足したらしい。

「それで」

シファルさんに促されてラットルアさんにした話をもう一度話す。ソラの事を話す時、自分の事を話すより緊張した。星なしより、光スキル星五つの存在の方が狙われやすいと思ったからだ。

「それで……」

あれ？　何でシファルさんを巻き込む必要があったんだっけ？　安全に旅を続けるため？　ソラ

とシエルは今まで通り人に見られないようにって事で変化はない。

「えっと？」

「あ～、ちょっと混乱したみたいだな。確信犯もいるみたいだが」

「確信犯？」

ラットルアさんを見る。彼はちょっとばつが悪そうに笑っている。

「ふ～、確かにすごい話だな。ソラは間違いなく光スキルの星五つだ。シエルは大魔法師と呼ばれる魔術師長より魔法に長けている可能性がある」

魔術師長って何だろう。何だか聞くのが怖いな。

「魔術師長というのは王家が抱える魔法の研究施設のトップの事だよ。魔法の技術で、この人に勝る人はいないと言われている」

シファルさんの言葉に大きなため息をつく。知りたくなかった。

123話　美人？

「ふぅ、それにしてもアイビーの仲間はすごいな」

「だよな。俺もさすがに一人では抱えきれなかった。シファル、助かるよ」

「……はぁ～、まぁ、仕方ないか」

……なんだか申し訳ないです。私も、シエルだけでなくソラまでそんなすごい存在だとは思わなかった。ただ今思えば、私の傷を治し瀕死のシエルを救ったのだから気付けたような気もするが。逃げる事に意識がいっていて、他の重要な事を見過ごしていたな。気が付けてよかったのだろうけど……。

「そう言えばラットルアは、アイビーに冒険者の奴隷を薦めていたんだっけ？」

「あぁ、旅を続けるならアイビーが狙われる可能性は高い。それを防ぐ意味も込めて冒険者の奴隷を考えている、じゃないな薦めている」

狙われる可能性が高い。シエルやソラの事を話す前からずっと注意を受けているけど、なんでだろう。なんとなく女性というだけではないような雰囲気なんだけど。

「私が狙われやすいのは、子供で女性だからですか？」

それだけ？

「……もしかして気が付いていないのか？　アイビーって整った顔をしているんだよ。成長すれば美人になると思う」

……美人？　両手で顔を包み込む。………………えっ！　私って美人になれるの？

「気が付いていなかったんだ」

「だからか。狙われるという話をすると、少し不思議そうな顔をしていたのは」

シファルさんが、なるほどという表情をする。そんな顔をしていたのか。というか、美人になれるのか。……ぅわっ、顔が熱い。

「ハハハ、アイビー照れてる」

「そんな事、言われた事がないので」

恥ずかしい。顔が赤くなっているような気がする。

「ハハハ、性格もいいしね」

シファルさんの言葉に、逃げ出したくなる。美人になると言われて、正直うれしい。恥ずかしい気持ちが大きいが、うれしい。だが、狙われやすくなるのは嫌だな。

「う～、熱いです」

顔をパタパタと手で扇いでみるが、落ち着かない。シファルさんとラットルアさんに、なぜか頭を撫でられた。

「さて、だからこそ守りを考えないとな。危ない連中に、目を付けられやすいはずだ」

ラットルアさんの言葉に、シファルさんが頷いている。

「やはり奴隷が一番いいのでしょうか？」

「俺はそう思う」

ラットルアさんは少し思案したが、やはり考えは変わらないようだ。でも、シファルさんは少し難しい表情だ。奴隷に反対なのだろうか？

「ん～、冒険者の奴隷はやめた方がいいかもしれないな」

シファルさんの言葉に、ラットルアさんが驚いた表情をする。

「どうしてだ？」

「ただ守るだけなら冒険者で問題ないと思う。でもアイビーの場合は目立たない事が重要なんだ」

「まぁ、そうだろうな」

確かに目立った場合、ソラとシエルの事がばれる可能性が高くなる。それは、絶対に避けたい状況だ。

「冒険者の奴隷は確かに護衛としては問題ないが、目立つ要因になりかねない」

「あ～、確かに」

ラットルアさんも何か思い当たったのだろうか、少し顔を歪めた。そんなに冒険者の奴隷は、目立つだろうか？　旅の途中で何人か見た事があるけれど。……目立つかも。私もついつい目で追ってしまっている。

「それに、護衛になる冒険者ともなると知り合いも多いだろう」

「あっ～、その点を考えてなかった！　確かに知り合いが多い事は守りには良いが目立つ事になるな」

護衛が出来る冒険者ともなれば、それなりの腕を持った冒険者という事か。でも、そんな奴隷はかなり高いだろう。私には無理だと思うのだが。それとも、安いのだろうか？

「あの、冒険者の奴隷って幾らぐらいなのですか？」

「俺よりラットルアの方が詳しいよ」

シファルさんは奴隷についてはあまり詳しくないのかな？　ラットルアさんに視線を向けると。

「だいたい上位冒険者の奴隷だと、五年契約で金貨二五枚ぐらいからかな。俺がアイビーに薦めているのも、このくらいの奴隷だよ」

……金貨二五枚ぐらいから？　えっ、絶対無理だよね。そんなお金、持っていないよ？　あっ……謝礼金と懸賞金？　えっと、まさかね……。

「あの、お金って……」

「お金の問題は謝礼金と懸賞金で大丈夫だって」

ラットルアさんが笑って答えてくれるが、顔が引きつったのが分かった。えっと、謝礼金と懸賞金は金貨二五枚？　そんなにあるの？

「奴隷一人だったら余裕だよ。余裕どころか十分残るよ。もしかしたら二人いけるかも」

「…………………はっ？」

えっ、今何か恐ろしい事が耳に聞こえた。奴隷一人だったら余裕？　つまり謝礼金と懸賞金は金貨二五枚以上。奴隷を買っても、お金が残る……。二人目も。

「あぅ」

「あっ、アイビーが壊れた」

おかしな声が口からこぼれたため、シファルさんに笑われた。だが、それも仕方ないと思う。私は謝礼金と懸賞金で、多くても金貨一〇枚ぐらいだろうと考えていた。それが予測を超える金額だったのだから。……でも、まだそうと決まったわけではない。実際に謝礼金と懸賞金がどれくらいなのかは、さすがのラットルアさんでも分からないだろう。

「アイビー、ラットルアの言っている金額は妥当だから」

シファルさんに止めを刺された。妥当なのか。

「あれだけの組織を潰した最大の功労者だからね。しかも、殺人での指名手配犯の事もある。そうだな、金貨五〇枚は確実だと思う」

……金貨五〇枚……。

「あっ、え～……。なんだか頭が痛くなってきた気がします」

なんだか、もう何も考えたくないな。いや、問題解決のため考えないと駄目なんだが。

「話を元に戻そうか」

シファルさんの言葉に何とか頷く。二人が色々考えてくれているのだから頑張ろう。それにしても謝礼金と懸賞金って、恐ろしい。

「冒険者の奴隷が無理なら、商人？」

商人の奴隷もいるのか。今まで冒険者にしか意識がいっていなかったからな。

「ん～、商売か。確かにアイビーなら上手に商売しそうだよね」

「だな。料理とか上手いし。人気店とか作れそうだと思わないか？」

「……人気店にしてどうするんだ。目立つだろ？」

「あっ、そうだった」

シファルさんとラットルアさんが話を続けているが、私はいったいどう見られているのだろう。商売なんてした事ないから成功は難しいと思う。料理だって、前の私の助けがないと駄目だし。

「ん～、冒険者の奴隷以外か」

ラットルアさんが頭を悩ませている。

「冒険者以外の奴隷は、探すのが難しいのですか？」

「いっぱいいるよ」

シファルさんのちょっと呆れた声。

「ただし、奴隷になった原因が問題なんだ」

「えっと、問題？」

「冒険者は仕事の失敗が原因で借金を抱えて奴隷落ちする者が多いが、一般人はお酒や賭け事の借金問題で奴隷落ちする者が多いんだ。何度も繰り返す者もいて、こういう奴は駄目だ」

「一番駄目なのはお酒の問題だな。酒が入ると性格が変わる奴もいるし」

奴隷落ちになる原因か。確かにお酒の問題はすぐに改善する事はないだろうし、私も遠慮したい。賭け事も癖になると聞いた事があるな。

「他にどんな理由で奴隷落ちになるんですか？」

「ん～、家が商家で事業の失敗の穴埋めのためだとか、治療費のためという話も聞いた事があるな。ただそういう者たちは人数が少なくて人気だから、なかなか巡り合えないんだ」

なるほど、本人以外が原因の奴隷落ちか。確かにそういう人たちの方が、私も良いな。

「王都の隣町に向かうって言っていたよな？」

「はい」

「という事はオトルワ町の隣の町、オール町を通る道筋か？」

「はい」

「あそこの町には有名な奴隷商がある。あそこなら希望の奴隷が手に入るかもしれない」

ラットルアさんは奴隷に本当に詳しい。何か理由でもあるのだろうか？

「アイビー、ラットルアは一度奴隷落ちした経験があるんだよ」

「えっ！」

シファルさんの言葉にラットルアさんを凝視してしまう。

「昔な、冒険でちょっと無謀な依頼を受けてしまって。知り合いの冒険者が、買ってくれて四年で借金返済は出来たんだけど」

なるほど、だから詳しいのか。

「いい人に買ってもらえるのは運だからな。アイビーなら安心だ」

私のためでもあり、奴隷のためでもあるのか。ラットルアさんは本当に優しいな。

124話　妥協はしない事

「とりあえず、隣町で奴隷商に行く。条件は問題のない中年男性奴隷だな」

話し合いの結果、やはり奴隷を一人購入しようという事になった。ラットルアさんの話では王都に近づくほど、危ない考えを持つ者が増えるらしい。また人が多く集まる広場では、一人だと目立つという理由からだ。少し抵抗はある、だが今回の様に狙われるなら対策は必要だ。中年男性が条件なのは、私の父親と近い年齢だからだ。パッと見た時に親子に見られると、目立たないそうだ。女性ではない理由は、男性の方が壁になるらしい。

「隣町の奴隷商なら知り合いがいるから手紙を書いておくよ」

シファルさんの言葉にお礼を言う。そう言えば、彼はこの町の奴隷商の長男とも知り合いだったな。不思議な交友関係だな。

「俺は条件を纏めておくよ」

「ありがとうございます」

何とか旅の安全を確保出来そうだ。しかし、本当に奴隷を買う事になるとは……いい人がいるといいな。

「アイビー、奴隷を決める時は妥協したら駄目だからな。大事な旅の供なんだから」

「はい」

シファルさんにもラットルアさんにも条件に合わない人や、条件に嵌っている人でも違和感を覚えた場合は選ぶなと言われている。旅を一緒にする大切な相棒なのだから、慎重に選ぶようにと。

「ソラ、寝ちゃったね」

シファルさんの視線を追うと、私の隣で熟睡中のソラ。また寝ている。本当によく寝るな。

「あのスライムってどれくらい睡眠が必要なのですか？」

「睡眠？」

ラットルアさんが困惑した表情を見せる。

「最近、ソラの睡眠時間が長くなっていて。何か問題でもあるのかと心配なんです」

ソラをゆっくりと撫でる。以前なら目を覚ましてくれたが、最近は撫でても目を覚ます事がない。安心しているからなのか、それとも違う理由があるのか。

「そもそもスライムが寝ているところを見るのは、ソラが初めてだからな」

ラットルアさんの言葉にシファルさんも頷く。見ないのかな？

「テイマーぐらいしか見ないだろうな」

そうか、スライムは魔物の仲間だ。テイマーがテイムして仲間にしない限りは、寝ている姿なんて見ないか。

「でも、スライムの病気なんて聞いた事ないし大丈夫じゃないか？」

「そうだな、スライムが病気になる話は聞いた事がないな。ゴミ処理という重要な役目があるから、確実に話は入ってくると思うが」

よかった。なら大丈夫かな。

「さて、そろそろ広場に戻るか」

ラットルアさんが腕を上にあげて体をほぐす。私も体を伸ばすように動かすと、固まっていたようで気持ちがいい。

「俺も一緒に行こうかな。アイビーの夕飯が食べたい」

何だかうれしい言葉だな。

「甘いものでも買って帰ろう。いろいろ考えすぎて疲れた」

ラットルアさんの言葉にシファルさんも賛成している。確かに、シエルとソラの事で随分と悩ませてしまったな。

「ありがとうございます」

「いいよ。何もせず心配しているだけって言うのは性に合わないからな」

「そうそう、シファルの言うとおり。まぁ、まだ奴隷が決まった訳ではないから完全に安心は出来ないが」

シファルさんの家を出て広場へ向かう。途中で甘味を購入したのだが、その量が……。

「ちょっと多すぎませんか？」

「えっ？　そうでもないだろう」

三人で持っている甘味の量を見る。どう見ても二五人分ぐらいの量があるように見える。今日はボロルダさんは広場に帰ってこない予定だったはず。ヌーガさんとリックベルトさんもいない。

「アイビー、この量ならラットルア一人で食べ切れるよ」

「えっ！　これ全部？」

「そう。夕飯の後でも大丈夫だって言うよ絶対に。甘味は別腹らしいから」

甘味は別腹。何処かで聞いたような言葉だけど、何処でだったかな？　まぁ、それより。購入した甘味を全て思い出してみる。甘さの強い物もあったはず。

「すごいですね。ちょっと尊敬……は、無いかな」

尊敬はないな。ちょっと引いてる。

「あっ、ちょっと待ってて。あそこの甘味もお薦めなんだ」

まだ、買うの？　お店に向かうラットルアさんを見送りながら、ちょっと呆れた表情をしてしまった。

「あの店はラットルアのお気に入りなんだ」

「そうなんですか」

三人で両手に甘味を持って広場へ戻る。その姿を見てセイゼルクさんが呆れている。

「なんだ、その甘味の量は。何かあったのか？」

呆れているが心配もしている。さすがセイゼルクさんだ。

「私の旅の事で相談に乗ってもらっていたんです」

「あぁ、そうか。大丈夫か？」

「はい」

セイゼルクさんにお礼を言って夕飯の準備に取り掛かる。何にしようかな。この時間からだと煮込む時間が足りないな。そういえば、揚げ物って食べてないな。唐揚げとか美味しいよね。……唐揚げ、良いな。

「よし！　唐揚げだ」

お肉に味付けして、揚げるだけだから簡単。あ～、シファルさんがいるから大量だな。頑張ろう。

昨日の唐揚げは大成功だった。あまり揚げ物は食べないようで、珍しそうに食べていた。そう言えば、屋台でも揚げ物って少ないな。甘味で見るぐらい？　あれ？　お肉を揚げた物って……まぁ、気にしちゃ駄目だね。美味しかったのだから、全て問題なし。そして、夕飯の後でラットルアさんが消費した甘味の量にドン引きした。あれは、さすがに。今、思い出しただけでちょっと胸やけが。あっ、揚げ物に甘味……ちょっと組み合わせが悪かったかも。

「おっ、アイビーおはよう」

ラットルアさんが、爽やかに挨拶してくる。胸やけとは無縁なんだろうか？

「おはようございます」

「パン、買ってきたよ」

「……ありがとうございます」

朝ごはんもしっかり食べるのか。何だかラットルアさんってヌーガさん以上にお腹が丈夫かも。

「すぐに用意しますね」

昨日の夜に準備はしてあるので温めるだけだ。夕飯にガッツリお肉だったので、野菜たっぷりのあっさり味のスープにしておいた。

「おはよう」

セイゼルクさんが、ちょっとお腹を押さえながら起きてくる。まぁ、唐揚げを大量に食べて甘味をあれだけ食べれば、胃にもくるだろう。

「おはようございます。スープだけにしましょうか？」

「ハハハ、ちょっと食べ過ぎたな。スープだけでよろしく」

全員が起きてきて朝ごはんになったが、パンまで食べたのはラットルアさんと私だけだった。白分の家に戻ったシファルさんも、きっと大丈夫なんだろうな。

「あっ、アイビーに伝言を預かっていたんだった。昨日、話したっけ？」

セイゼルクさんの言葉に首を横に振る。何も聞いていない。

「悪い。お金の準備が出来たから、取りにきてほしいそうだ」

とうとうきてしまった。

「えっと、今日のお昼から行きます」

「そうか。朝方、団長と会う約束があるから言っておくよ」

「はい、ありがとうございます」

覚悟しておかないとな。こう考えるとラットルアさんとシファルさんに、ある程度の金額を聞いておいたのは正解かも。いきなり、金貨五〇枚とか言われたら混乱して何かおかしな行動をとっていたかもしれない。

「スープ、おかわりしていいかな？」

お昼からの事を考えると、ラットルアさんの元気な声が今はちょっと恨めしい。じっと見つめると、不思議そうな表情で見返された。はぁ、いったい幾らなんだろう。今から緊張してきた。そうだ、大金だよね。もしかして、詰所で大金を渡されるのかな？　ぅわ〜、もしそうだったら恐ろしい。すぐに口座に入れに行かないと。そうだ、団長さんにお願いしたら商業ギルドまで一緒に来てくれないかな？　さすがに、大金を一人で運ぶのは嫌だ。というか、怖い。お願いしてみよう。

125話　謝礼金と懸賞金

良かった、大金を持ち歩く必要は無いみたいだ。金額が金額なので口座に入れてくれるらしい。

「これを確認してほしい」

団長さんに数枚の紙を渡される。見ると組織壊滅における功労者一覧とある。そこに私の名前を見つけた。私の他には、セイゼルクさんたちの名前が並んでいる。何だか、自分の名前が一緒に書かれている事が不思議だ。二枚目に目を通す。組織についての事が書かれている。関わっていた貴族の一覧に見慣れない印があった。

「あの、これは何ですか？」

「あぁ、王家の親族という意味だ」

王家の親族……五つも印があるのだけど。他にもこの町に関わりのある貴族や、近くの町や村の貴族たちの名前が書かれているそうだ。詳しくないので団長さんが教えてくれたが、本当に規模の大きい組織だったのだろう。書かれている名前の数が多い。三枚目は、冒険者ギルドからの報告書だ。読んでいくと、捕まえた指名手配犯五八人　調査対象四五人とある。この町で捕まえた人数以上の数だ。他の場所にも匿われていた犯罪者がいたという事か。殺人による指名手配犯が多いのだが、他にも窃盗団や盗賊団、結婚詐欺集団までいる。本当にすごい集団だな。こんな人たちを抱え込んでいた組織に、狙われていたのかと思うと寒気がした。

「大丈夫か？」

私の表情が強張ったのだろうか？　団長さんが心配そうに聞いてくる。

「はい。あまりにすごい組織だったので、ちょっと怖くなりました」

「まぁな。俺もそこまで巨大な組織だとは考えていなかったから、情報が入ってくるたびに驚いたよ」

「そうなんですか？」

本当に壊滅してくれてよかった。

「ありがとうな、アイビー。ちゃんとお礼を言っていなかったからな」

「そんな。私は何もしていませんよ。団長さんたちが諦めなかったからです」

「ハハハ、ありがとう」

しみじみと言われてしまうと照れてしまう。ちょっと赤くなっているだろう顔を伏せて、最後の紙に目を通す。

「はっ？」

書かれている事に、思わず声が洩れる。えっと、何度か瞬きをしてみる。もしかしたら見間違いかもしれない。うん、変わらない。どうやら見間違いではないようだ。最後の紙には謝礼金と懸賞金の金額が表示され、その下には内訳が書かれている。

『謝礼金として金板一〇枚一〇〇ラダル、懸賞金として金板五枚五〇ラダル』

金貨五〇枚は五〇ラダルで金板五枚だ。ラットルアさんとシファルさんが予想した三倍。さすがに覚悟をしてきたが……えっと、あっ、王家から謝礼金が特別に出ている。これで金額が跳ね上がったみたいだ。

「すごい金額ですね」

「どうやら組織が手を延ばしていた王家の親族に、かなりやばい人物が紛れ込んでいたみたいだな」

「かなりやばい人物？」

「今の王に影響を及ぼせる人物。それを防いだから、その金額のお礼が出ているんだよ」

なるほど。……それにしても、すごいな。怖いな。あ〜、この金額が口座にあると思うだけで怖い。

「どうした？　何か問題が？」

紙を見て眉間に皺を寄せていると、団長さんが訊いてくる。この金額でも、団長さんにとっては少しの驚きで済むんだろうな。おそらくセイゼルクさんたちも。お金の価値観が違うからね。

「いえ、問題ありません」

「そうか。納得出来たら名前を記入してくれ」

「はい」

最後の紙の下に、名前を書く欄がある。

「まだ誰も確認していないんですか？」

「アイビーが最初だよ。一番の功労者だからな」

いや、それは違うと思うが。たぶん言っても流されるだけだろうな。名前を書いて、紙を団長さんに渡す。

「よし、これで確認作業は完了。お金は口座に入れたらいいのか？」

「はい。お願いできますか？」

「問題はないが、明日になるがいいか？」

「はい」

「分かった。あっ、口座のプレートを預かる事になるんだが」

団長さんの言葉に、持ち歩いている口座管理のプレートを取り出し彼に渡す。プレートを確認した団長さんは、何か紙を持ってきて名前を記入して私に差し出した。見ると口座プレートを預かったという証明書のようだ。

「お金が入ったらすぐに旅立つのか？」

「準備は終わっています。ただ、肉屋の店主にあるお願いをされてしまって」

「お願い？」

「はい。野バトを狩って来てほしいと」

「野バト？　あ～、そういえば結婚記念日か」

えっ？　結婚記念日？　私が首を傾げると、団長さんは笑って教えてくれた。肉屋の店主の奥さんは、野バトが大好物らしい。そして、四日後が結婚記念日らしい。それで店主としては、野バトを手に入れたいのだろうと。

「なるほど」

だから、この話をした時に少し顔が赤かったのか。体調を心配した時かなり慌てていたので、おかしいなと思ったのだが。あれは照れていたのを言われて、恥ずかしかったのか。……申し訳ない事をしてしまった。

「しかし、あいつが奥さんのために野バトをね～」

「知り合いですか？」

「まぁな。俺が自警団で駆け出しの頃、ちょっと悪さをしたから捕まえた事があるんだ」

そうなの？　ものすごく気のいい人に見えるけど。それに若い人たちの面倒も見ているようだし。

「まぁ、今は落ち着いて不安定な奴らの面倒を見ているよ。自分が経験してきたから分かるんだろうな、若い奴らの事が」

そうか。シエルにお願いして、野バト頑張ってもらおう。……私が自分で狩れないのが残念だな。

「はい」

目の前には、団長さんが差し出すカゴ。受け取ってしまったが何だろう？　カゴの蓋を開けて中を確かめる。

「甘味が好きだと聞いたからな。やるよ」

カゴの中には美味しそうな焼き菓子。昨日はラットルアさんの食べっぷりに引いてしまい、あまり食べられなかったのでうれしい。さすがに目の前で、二〇人分ぐらいを勢いよく食べられると……引く。

「ありがとうございます。でも、いいのですか？」

何だかプレゼントの様に見えるのだが。

「あぁ、問題ない」

団長さんが問題ないというのだから、良いだろう。ありがたく貰っておこう。あっ、昨日ラットルアさんが食べていて気になった甘味も入っている。うれしい。

「クッ、ハハハ」

いきなり団長さんが笑い出した。何事かと視線を向ける。

「悪い。甘味を前にすると年相応だな」

どうやら甘味を前に顔がゆるんでいたようだ。もしかして、にやけていたかも。両手を頬にあて、ちょっとマッサージ。……恥ずかしいな。

「悪い。悪い」

顔が熱い。最近、照れる事が多い。ふ～、落ち着け。深呼吸。

「えっと、ありがとうございます。頂きます」

「おう。プレートは、そうだな明日の昼以降に取りに来てくれるか？」

「はい。お願いします」

頭を下げてカゴを持って、団長さんの部屋を出る。あ～、顔が少し赤いような気がするな。それにしても、一五〇ラダル。金板一五枚か、すごいな。お金の事を思い出して、ちょっと震えてしまった。奴隷を買う事や冬の事を考えるとうれしいが、少し金額が大きすぎる。

「この町もあと少しか、ちょっとさびしいな」

詰所を出て森へ向かう。シエルに、野バトの狩りをお願いしなくてはいけないからだ。ゆっくりと町を歩きながら周りを見る。団長さんやセイゼルクさんが守る、良い町だと思う。また、必ず戻ってこよう。

126話　野バトのスープ

「ありがとう。いや～、本当にありがとう」

肉屋の店主の前には、野バト三羽分のお肉と骨。シエルにお願いしたら、張り切ってくれてなんと四羽の野バトを狩ってきてくれた。その内の三羽が店主の前にある。一羽は、今日の夕飯用だ。

「いえ、奥さんが喜んでくれるといいですね」

「えっ！　あっ、いや……おっ」

しまった。結婚記念日で奥さんを喜ばすという話は、団長さんから聞いた話だった。というか、店主を見る。真っ赤になって、意味不明な言葉を羅列している。まさかここまで照れるとは思わなかったな。

「ゴホンッ。えっと、今日の分のお金だな」

何とか気持ちを切り替えてくれたようだ。良かった。どう声を掛けて良いのか分からなかったのだ。変に声を掛けると悪化させそうで。

「そういえば、いつ頃この町を出ていくんだ？」

「三日後ぐらいに考えています」

お金の問題も解決し、既に口座のプレートは戻ってきている。ラットルアさんとシファルさんも同額が手に入っているので、これで安心して奴隷を購入出来るねと言われた。やはり上位冒険者にもなると、金板一五枚では私の様に困惑しないようだ。私は、口座の中身を確認するのに二日かかったのに。入っていると分かっていても、表示された金額を前に何度も瞬きをして確かめてしまった。

「そうか。寂しくなるな」

「お世話になりました」

「いや、俺の方がかなり世話になったと思うぞ。これも含めて」

そう言って野バトのお肉を持ち上げる。うっすらと頬が赤くなっているのが、分かる。それに笑ってしまうと、もっと赤くなってしまった。……申し訳ないです。

「あっ、干し肉を買っていこうと思ったのですが……」

干し肉が置いてある筈の棚を見るが、見事に空っぽだ。冒険者が後を絶たず、すぐに売り切れる状態が続いている。本当に人気店だな。

「ほい。これだ」

「えっ？」

店主の声に、視線を向けると大袋五個の干し肉。

「切れ端で悪いんだがな」

どうやら、私用にと置いといてくれたようだ。

「いえ、ありがとうございます。金額は？」

「切れ端だからな。餞別《せんべつ》だ」

今日の分の買い取り金額と、五個の大袋が机に載っている。

「ありがとうございます。あっ、そうだ」

バッグから薬草を入れた紙袋を取り出す。お肉に染み込ませて焼くと、臭みを消して柔らかくなるよう色々と薬草を混ぜた調味料だ。

「これ。お肉に揉み込んでしばらくおいてから焼いてください。臭みを消して美味しくなります」

「ほ〜」

店主は紙袋の中の匂いを嗅いで、少しだけ舐めて味を調べて何か頷いている。

「これは薬草か？　しかも色々と混ざっているな」

「はい」

「坊主は薬師でもあるのか？」

「いえいえ、ただの調味料ですから。薬師とは違います」

「しかし混ぜた薬草を料理に使うとは、すごいな。ありがとう」

「口にあうか分からないので、最初は少なめから挑戦してくださいね」

「ハハハ、分かった。そうするよ」

お金と干し肉をそれぞれバッグに入れて、店を出る。いい人だったな。ギルマスさんより照れ屋だったのには、驚いたけど。

広場に戻りながら、今日の夕飯を考える。これもあと少しだ。美味しい物を作っていこう。野バトか、薬屋ではスープにするんだったよね。まだお昼だから、今から煮込めば良い出汁が取れるかな？

「まぁ、頑張ってみよう」

後は、旅の準備だな。といっても、テントの整備はラットルアさんがしてくれたんだよね。それに、ボロルダさんがマジックバッグの正規版を三個もくれた。いっぱいあるから、使っていないのをあげるって。これで荷物がかなり減って楽になるな。シファルさんからも、元彼女さんが買ってきたという一人用のお鍋を頂いたし。しかも、水魔法が付与されているので水がわき出てくるという便利なお鍋だった。……なんだか至れり尽くせりだな。

広場が見えてくる。よし、美味しい物を作るぞ〜！　テント周辺に、出汁の良い匂いが漂う。野バトから取った出汁は、かなり旨味が詰まっていて美味しい。その出汁を素に野菜たっぷりのスープを作ったのだが、本当に美味しい。肉団子を入れたのも、よかったな。甘味のあるたれを作り、そこにお肉を大量に投入。ゆっくりと時間をかけて煮込み中だ。前の私の記憶では、煮豚らしい。豚という動物ではないが。少し味見をしたが、お肉に絡まるタレが美味しい。後はサラダだが、タレが美味しいのでシンプルに茹でた芋。そして、野バトのお肉は唐揚げにした。どうも鳥＝唐揚げだと、前の私が訴えてきたからだ。

「美味しそうだね」

気配で気が付いていたので驚きはしないが、なぜここにいるのだろう。シファルさんは、確か家に戻ったはずなのだが。

「仕事は良いのですか？」

「収入が多かったから、しばらくお休み」

「そうなんですか？」

「っと言いたいけど、セイゼルクに仕事を押し付けられたよ」

「そうなんですか、大変ですね」

「まぁね。まぁ、あまりのんびりすると体が鈍るからね。って事で、俺の夕飯もよろしく！」

特につながりはないのだが、まぁみんなで食べる夕飯は美味しいので気にはしない。それに今日は、特に美味しく出来たスープがある。シファルさんはスープが好きなので、来てくれてうれしかったりする。

「それにしても何のスープ？　美味しそうなんだけど、何処かで嗅いだ事がある気がするのに、分からなくて」

「野バトの骨で取ったスープです」

「えっ！」

何？　今シファルさんらしくない声が聞こえたけど。

「えっと、野バトは嫌いですか？」

味見では、かなり美味しいんだけど。

「だって、野バトのスープってあの苦味のある物だろう？」

苦味のあるスープ？　何の事だろう、野バトで出汁をとっても苦味は出ないけど。……あっ、野バトって薬屋でスープにして売られているんだった。確か薬草を混ぜ込んだスープで滋養強壮《じようきようそう》だったかな。もしかしたら、アレが苦いのかも。

「薬屋で売っているスープとは違うので、大丈夫だと思います。味見してみますか？」

「あ〜、そうだね」

スープを小皿にとって渡すと、恐る恐る口を付けるシファルさん。そんなに売られている野バトのスープは苦いのだろうか？

「あれ？　美味しい……本当に野バトのスープ？」

ものすごく不思議そうな顔の彼を見て、笑ってしまう。何だか、ものすごく薬屋で売られているスープが気になる。一度、挑戦したいかも。

「薬屋のスープには挑戦しない方がいいよ」

あれ？　読まれてしまった。

「あれはかなりきついから。風邪をひいた時で、味覚が狂ってる時しか喉を通らない」

「そんなにですか？」

「そう。だからこれが野バトのスープって言われても、正直信じられない」

何だか、ものすごい味のスープが売られているのだな。でも、薬屋で売られているのは美味しく食べるというより、飲む薬としてだから味は考えないのかも。

しばらくシファルさんと話しながら用意をしていると、セイゼルクさんたちが帰ってくる。なぜか皆、お土産を持って。

「あと少しだからな」

セイゼルクさんの言葉に、ぐっと泣きそうになってしまった。まだ、数日あるのにな～。既に、気持ちがいっぱいいっぱいだ。

「ありがとうございます」

全員で一緒に食べようとした時。

「そうだ、今日は野バトのスープなんだよ」

シファルさんの見事な爆弾攻撃。全員がものすごい表情で固まった。マールリークさんとボロルダさんはスープを飲む寸前だったので、ビクついていた。

「アイビーが、皆のために作ったんだから残したら駄目だよね？　さぁ、食べようか」

見事です、シファルさん。笑いそうになるのを、ぐっと力を入れて抑える。

「どうしたの？　食べないの？　ボロルダ？」

「あぁ、いや、あの……食べるが」

ボロルダさんの狼狽えた姿に、噴きだしそうになる。もしかしたら、かなり苦手なのかもしれない。シファルさんは、にっこりと笑顔だ。シファルさんの顔を見る余裕があれば、ボロルダさんだったら何か気付けそうだが。今回は完全に余裕がないみたいだ。恐る恐るスプーンを口に入れて。

「…………ん？　あれ？」

ボロルダさんがスープを飲むのを、なぜか私とシファルさん以外が固唾《かたず》を呑んで見つめている。そして口に入れた瞬間、誰かが「うわっ」という声を発した。でも、次のボロルダさんの反応に全員が首を傾げる。

「美味しい。えっ？　美味しいけど」

「ヤダな。アイビーが、まずい料理なんて出すわけないだろ？」

そう言って、美味しそうにスープを飲むシファルさん。それを見て、全員がスープを口にして驚いている。

「ぷっ、アハハハ」

全員のあまりの表情に笑いが込み上げる。それほど、脅威を感じさせる薬屋のスープが気になるが。それにしても、この反応には笑える。

「シファル、それにアイビーまで……」

ボロルダさんの大きなため息。すみません、でも面白かったです。

番外編 ✿ 出会えてよかった

The Weakest Tamer
Began a Journey to
Pick Up Trash.

「シエル、そろそろ戻るね」

「にゃうん」

すりすりと寄せてくる顔を撫でると、目を細めて喉をグルグルと鳴らすシエル。

「可愛い～」

犯罪組織が潰れて一二日。町は以前のような活気を取り戻している。それを見て、町の人たちの逞《たくま》しさに感心した。ラットルアさんたちは、忙しい日々を送っている。どうも、新しく発覚した犯罪が多すぎて調査に時間がかかっているようだ。それでも、少しずつ落ち着いてはきている。

「早く仕事が終わって、皆がゆっくりできればいいのにね。ソラ」

「ぷっぷぷ～」

私の周りを元気に跳び回るソラ。

「今日は何を作ろうかな？　精が付く物がいいよね」

「にゃうん」

「ぷっぷぷ～」

この頃、ギルマスさんや団長さん、副団長さんも夕飯を食べに来る回数が増えた。皆と一緒に食べるご飯は美味しいので、とてもうれしい。が、なぜか三人は毎回大量のお土産を持ってくる。しかも最近は、三人でお土産の量で競いだしてしまった。次に持ってきたら止めよう。あんなに大量の甘味は要らない。

「あんなに食べたら太っちゃうよね」

皆でしゃべりながら町へ向かう。あともう少しという所で、シエルとお別れ。

「シエル、今日も送ってくれてありがとう。また明日ね」

「にゃうん」

走り去るシエルを見送り、ソラを見る。

「バッグに入ってもらっていい？」

「ぷっぷぷ〜」

ソラを抱き上げてバッグへ入れる。少し歩くと門が見えてくる。

「おかえり」

門番さんが、いつものように笑顔で出迎えてくれる。私がギルマスさんたちと仲がいいからなのか、とても親切でよくお菓子をくれた。

「ただいま帰りました」

「そうだ！　アイビー」

「はい、何ですか？」

「甘ったるい甘さとさっぱりした甘さ、どちらが好きかな？」

「はっ？」

えっ、いきなりどうしたの？　質問の意図が分からない。

「どっち？」

門番さんがぐっと近づいて、質問の答えを迫ってくる。その迫力にちょっと体が後ろにのけ反ってしまう。

「えっと、甘すぎるのはちょっと。さっぱりした甘さの方が好きです！」

「そう、ありがとう」

「いえ」

質問に答えるといつもの門番さんに戻る。何だったんだろう？　と門番さんを見つめるが、いつもの笑顔で首を傾げられた。

「えっと、また明日」

「はい、また明日。気を付けて広場まで帰るんだよ」

疑問に思いながらも広場へと向かう。本当に何だったんだろう？　大通りを歩いていると、自警団員の人たちが手を振ってくれる。それに振り返しながら広場へ歩みを進める。この町の人たちは本当に人が好い。

「よっ、アイビー」

声に視線を向けると、緑の風のミーラさんを捕まえた時に出会った『フロフロ』の元冒険者さん。

「こんにちは」

「こんにちは。アイビー」

「はい？」

「ちょっと手首を見せてもらえるか？」

手首？　自分の手首を見るが、特に何の変哲《へんてつ》もない手首だ。

「駄目か？」

「いえ、問題ないですよ」

元冒険者さんの前に腕を突きだす。いったい、何なんだろう？　元冒険者さんは、私の腕を彼の手で軽く握って頷いている。

「ありがとうな」

腕から手を離すとお礼を言われた。まったくもって意味が分からない。

「いえ、どうかしたんですか？」

「ん？　まぁ、ちょっとな。じゃっ！」

「へっ？」

間抜けな声を出す私を置き去りにして、元冒険者さんは何処かへ行ってしまう。

「本当に何？」

首を傾げながらも広場に戻る。ん～、何が何だかさっぱり分からない。テントの中に入ってソラをバッグから出す。とりあえず、夕飯を作ろう。

「夕飯を作ってくるね。あっ、ポーションは出しておくから好きな時に食べてね」

プルプル揺れるソラを見ながら、食事用のポーションを並べテントから出る。大きなお鍋に水と数種類の薬草を入れ、肉の塊を入れて下茹《したゆ》でする。肉に付いた灰汁《あく》を綺麗に洗って、もう一度今度は味の付いたスープでお肉を煮ていく。肉の種類は三種類。どれも焼くと歯ごたえがある少し固めの魔物の肉だ。それが、薬草で下茹でしてじっくり煮込むと一つはとろりとした食感に、一つはほろほろと肉が解《ほど》ける食感に、そしてもう一つは柔らかいがしっかりした食感になる。食べ比べると面白い。

「アイビー」

「えっ？　あっ、ロークリークさん。お疲れ様です。仕事はもう、終わったんですか？」

「あ～、俺は休憩。疲れた」

確かにちょっと疲れた表情をしているな。

「大丈夫ですか？」

「今日はシファルと取り調べをやったんだけど、目の前の奴より隣のほうが恐ろしいとかどう思う？　あれは鬼だね、鬼。大体俺には無理だって言ったのにさ。鬼が一人ですると、相手は間違いなく生ける屍みたいになってしまうから、絶対に誰か付けろとかギルマスは無謀な事を言うし。仕方ないから俺が一緒にやったんだけど。無理。俺には鬼を制御する能力なんてない！」

シファルさんの話だよね？　というか生ける屍？　シファルさんが一人で取り調べすると、そんな事になるの？　ん～、シファルさんだと想像しても違和感を覚えないな。これってすごい事なのかな？

「そうだ、アイビー」

「はい？」

お鍋の中に野菜を入れる。うん、良い匂いだ。

「美味しそう。って違う、アイビーが使っている石鹸《せっけん》を見せてほしい」

ロークリークさんの言葉を聞いて、動きが止まる。石鹸？　それも私が使っている石鹸の事？　えっと、どうすればいいのだろう。

「ん？　別におかしな事に使う事はないぞ。ただ、どんな石鹸を使っているのか気になって」

「えっと、体を洗っている石鹸ですよね」

この町に来てから、体を拭く時は石鹸を使うようになった。お湯に少しだけ石鹸を溶いて体を拭くとさっぱりする。もともとは森で採取した木の実を使っていたのだけど、シファルさんに言うと怒られた。女の子なんだから駄目だと。ちょっと、本気で怖かったので翌日すぐに石鹸を購入してシファルさんに見せた。一番安い石鹸を選んだのでちょっと不服そうだったけど、とりあえず合格はもらった。それほど高くなかったので良かった。お金は冬の宿代のために残しておきたい。

「駄目かな？」

そう訊かれると、駄目と言いづらい。

「駄目ではないです。ちょっと待っててください」

お鍋の火加減を調整して、テントに戻る。テントの中ではソラが気持ちよさそうに寝ていた。出しておいたポーションがきれいに無くなっているので、食事も終わっているようだ。テントの隅に置いてあるお風呂用具の中から石鹸をとって、ロークリークさんのもとへ戻る。

「これです」

「これ？　もしかして一番安いやつ？」

「はい。そうです」

「そっか、なるほど。よしっ！　ありがとう」

「いえ、でもどうして？」

「ちょっとな。あっ、そろそろ仕事に戻るわ。夕飯、楽しみにしてるな」

今日はいったい何なんだろう？　なんだかおかしな事が続いている。何かあるのかな？

生で食べられる葉野菜を、ざく切りにしてお皿に乗せる。その上に、今日は何を乗せようかな？

「アイビー」

「えっ？　シファルさん。そうだ、ロークリークさんに会いませんでしたか？」

「えっ、どうして？」

「今まで、ロークリークさんがいたんですよ」

「…………」

あれ？　もしかして言ったら駄目だったかな？　でも、休憩って言ってたよね？

「……シファルさん？」

「ふふふっ、ここでサボっていたんだね」

ごめん、ロークリークさん。何だろう、とりあえず頑張ってね。

「美味しそうだね」

煮込んでいるお鍋の中を見てシファルさんがうれしそうに笑う。今日は食べに来てくれるのかな？

「今日はお邪魔していいかな？」

「もちろん！」

「明日はみんなでご飯を食べに行こうって話が出ているんだけど、アイビーは用事ある？」

「明日ですか？」

私の予定は森へ行って、罠の結果を見てシエルと戯れる。これが日課なので特に問題はない。

「大丈夫ですよ」

「そっか。なら明日、迎えに来るね」

「えっ？　場所を教えてくれたらお店まで行きますよ？」

前に行った、飲み屋さんかな？

「前とは違う店だから、迎えにくるよ」

「わかりました。待っています」

シファルさんにやさしく頭を撫でられる。力加減が絶妙で気持ちいい。

「さて、仕事に戻ろうかな。ロークリークの奴、今度はどこに逃げ込んでいるかな？」

「えっ？　仕事に戻るって言ってましたよ」

「そう？　ん～、俺の勘では捕まえに行けって出てるけど」

シファルさんの勘は当たるからな。

「とりあえず、ギルドに奴がいなかったら追い掛け回す事にするよ。行ってくるね」

追い掛け回す……ロークリークさん、逃げずにがんばれ！

「ほどほどにしてあげてください。それと仕事、頑張りすぎないでください」

「ありがとう」

ロークリークさん、大丈夫かな。仕事に戻るシファルさんの笑顔がかなり怖かったけど。さて、サラダの上どうしようかな。……そうだ、薄切り肉をカリカリに焼いて乗っけよう。うん、完璧。


昨日はすごかったな。広場で捕獲作戦が行われたのだ。ただし、捕まったのはロークリークさんだったけど。シファルさんの予想通り、仕事から逃げ出していたロークリークさん。有言実行と、ロークリークさんを追い掛け回したシファルさん。ただし、実際に追い掛け回したのは自警団員の候補たちだけど。なぜ彼らがやる気になったのか、それはシファルさんが「捕まえたら自警団員になれるよう推薦する」と言ったからだそうだ。なんというか、人を動かすのがうまいなっと感心してしまう。なんの連絡もなく始まった追いかけっこ。町の人たちは逃げるロークリークさんを見て最初は戸惑っていた。ただ、追い掛け回す候補たちが「自警団員になるぞ～」と掛け声をしていた事から、何かの試験だと思ったらしく候補たちを応援しだした。広場でロークリークさんが捕まった時は歓声が上がったほどだ。うん、ロークリークさんがちょっと可哀想だった。

「どうした？」

「昨日の事が、すごい噂になってるなって思って」

夕飯を食べるお店に向かうため大通りを歩いていると、話し声が聞こえる。そのほとんどが、昨日の追いかけっこの話だ。見れなかったと悔しがっている人たちまでいる。

「あぁ、面白いぐらいに盛り上がったよな。ロークリークもいい仕事をしてくれたよ」

「あははは」

「あそこだよ」

シファルさんが指すお店は、ちょっとおしゃれな飲み屋さんという雰囲気。女の人が好みそうなお店だな。本当にここなのだろうか？

「さぁ、入ろう」

シファルさんは扉を開けると、そっと背中を押した。お店に入って、周りを見る。あれ？　知ってる人ばかりだ。

「アイビー」

「ラットルアさん？」

うれしそうに前に立つラットルアさんを見る。なんだろう？

「お誕生日、おめでとう」

「えっ？」

「「「アイビー、お誕生日おめでとう」」」

お店の中にいた人たちが声を揃えて、誕生日を祝ってくれる。

「あっ」

驚いた。誕生日が過ぎて九歳になった事は、ラットルアさんたちと話した時に言っていた。その時に、すべてが終わったら誕生日を祝ってくれるとは言っていたけれど忘れてた。ここ数年、自分の誕生日を祝った事も祝ってもらった事もなかったから。

「アイビー？　大丈夫？」

視界がにじんでいるのが分かる。ぐっと目元をぬぐって笑う。

「ありがとうございます。すごくうれしいです」

ちょっと声が震えたのが分かる。だって、すごくうれしいから。

「よかった」

ポンと手を頭に置かれる。視線を上げると、やさしい笑みのシファルさん。

「おめでとう、こっち、こっち」

ラットルアさんに手を引かれてついていくと、セイゼルクさんたちがお祝いの言葉で出迎えてくれる。

「はい、座って。まず俺たちからな」

俺たちから？　椅子に座ると、セイゼルクさんが木箱を渡してきた。とっさに受け取ってしまうが、何だろう？

「誕生日プレゼント、俺たちからな」

「プレゼント……見ていいですか？」

私の質問にみんなが頷く。ドキドキしながら木箱を開けると、お鍋のセットが出てきた。木箱はマジックアイテムのようで、大鍋も出てくる。

「大鍋だ！」

料理をしながら、欲しいなと思っていた物が出てきて驚いた。

「俺たちからは、これな」

ボロルダさんからも木箱が渡される。これもきっとマジックアイテムなんだろうな。開けると、かわいらしい食器の数々。あれ？　これって、お店で私が見ていた食器だ。しかも全種類そろっている。これ確か、すごく高かったはず。

「この食器もさっきのお鍋も高かったですよね？　いいんですか？」

「皆で買ったから、一人の出費はそれほど高くないよ。だから気にせず使って。それに、俺たちの気持ちだから受け取ってもらえないと悲しい」

「大切に使います！」

「で、次これ」

ロークリークさんが布袋を差し出す。

「えっ？　もう貰いましたよ？」

「これは自警団員たちと冒険者たちから」

自警団員たちと冒険者たち？

布袋を受け取って中身を見る。

ふわりと香る花の香。

出てきたのは石鹸が一〇個。

「あいつら、楽しんで選んでいたよ。香りも数種類入っているらしい、使ってやって」

「ありがとうございます」

「よっ、俺たちからはこれな」

手を取られてさっと腕に何かが通される。見るときれいな石が付いたブレスレット。

「それ守り石。旅を続けるって聞いたからさ」

『フロフロ』の元冒険者さんがぽんぽんと頭を撫でてくれる。昨日のあれは、手首の太さを測ったのか。

「ありがとうございます。でもみんなって誰ですか？」

「元冒険者や、こいつらの師匠たちだな」

『フロフロ』の元冒険者さんがセイゼルクさんたちを指さす。えっと、それってまったく関係ない人たちでは？

「町の人たち代表って思ってくれていいから」

いいのかな？

「貰っておいたらいいよ。それにしても師匠の気持ちが籠っているのか、恐ろしいな」

ラットルアさんの言葉に笑いが起こる。

「『ありがとうございます』と、伝えてもらっていいですか？」

「あぁ、言っておく」

皆、やさしすぎる。

「はい、最後はこれ！」

いつも門のところで会う、門番さんたちが白い何かを持ってくる。

「これはケファンと言って、お祝いの時に食べるお菓子だ」

「さっぱりとした甘さにしてもらっているから、一人で一個食べきってもいいぞ」

机の上に置かれたケファンは真っ白でふわふわした見た目。

「美味しそう。ありがとうございます」

さっぱりした甘さでも、さすがに私の顔より大きいから一人では無理だと思うけど。それからみんなで料理を食べて、ケファンを食べて、騒いで。こんなに大勢の人に祝ってもらったのは初めてで、何度か涙がこぼれた。その度に、ラットルアさんやシファルさんが、ギュッと抱きしめてくれた。

「皆に出会えてよかった。ありがとうございます」

あとがき

皆様、お久しぶりです。ほのぼのる500です。この度は、「最弱テイマーはゴミ拾いの旅を始めました。2」を、お手に取ってくださり本当に有難うございます。イラスト担当のなま様、一巻に続き素敵な絵をありがとうございます。コミカライズも始まり多くの方に読んでいただき本当に幸せです。

二巻で描きたかったのは、冒険者たちとの交流を通して成長していくアイビーです。両親や兄姉に裏切られ傷ついているアイビーが、もう一度心から人を信じ前を向くにはどうしたらいいか。途中何度も挫折しかけたのですが、何とかアイビーの成長は描けたのではないかなと思っています。

第三章を書き始めた時は、盗みを見られたと誤解した冒険者がアイビーを狙うという話だったのですが、アイビーを守る冒険者たちともっと深く関わらせたいと思い、犯罪組織に巻き込まれた事に変更。ここまでは良かったのです。ちょっと失敗したのは、犯罪組織をどんな組織にするか考えた時に、つい楽しくなってしまいどんどん組織を大きくしてしまった事です。気が付いたらオトルワ町に拠点を置く、人さらいを生業にする巨大な犯罪組織に変わり、しかもその組織にアイビーが餌として狙われるなんて話になってしまい、自分でもびっくり！「なんでこうなった？」と思ったのですが、すでにＷｅｂでは更新が進み後には引けず、そのためアイビーに頑張ってもらいました。ですがそのおかげで冒険者たちと心を通わせることが出来、アイビーの成長をうまく描けたような気がします。何とか目指したところに着地出来てよかったです。

二〇二〇年二月よりコミカライズもスタート。自分の描いた物語がコミカライズされるなんて考えた事もなかったので、実際に作品を見ても不思議な気持ちです。漫画は蕗野冬さんが描いてくれました、ありがとうございます。

ＴＯブックスの皆様、一巻に続き有難うございます。担当の新城様には本当に色々とお世話になり感謝しています。皆様のおかげで無事に二巻を出版する事が出来ました。心から御礼を申し上げます。これからも引き続き、よろしくお願いいたします。

最後に、この本を手に取って読んで下さった方に心から感謝を、そして多くの方に買っていただけたので三巻でお会いできる事になりました！　三巻もよろしくお願いいたします。

二〇二〇年二月　ほのぼのる５００

巻末おまけ ✿ 最弱テイマーはゴミ拾いの旅を始めました。

第1話

漫画：蕗野冬
原作：ほのぼのる500
キャラクター原案：なま

The Weakest Tamer
Began a Journey to
Pick Up Trash.

最弱のテイマーの私がテイムできた魔物
それは突いたら死んでしまうほどの弱いスライム
弱小スライムだけ——
はっ
え…えっとそうだ！名付け…
私はアイビー
君はソラだ！

第1話
最弱テイマーは
@COMIC
ゴミ拾いの旅を始めました。

齢《よわい》5歳にして
私の人生はどん底に落ちた
シュン
え?
スキル1
《テイマー》
星なし?
見間違いかな…
私の両親すごい顔してない?
これは…
ど…

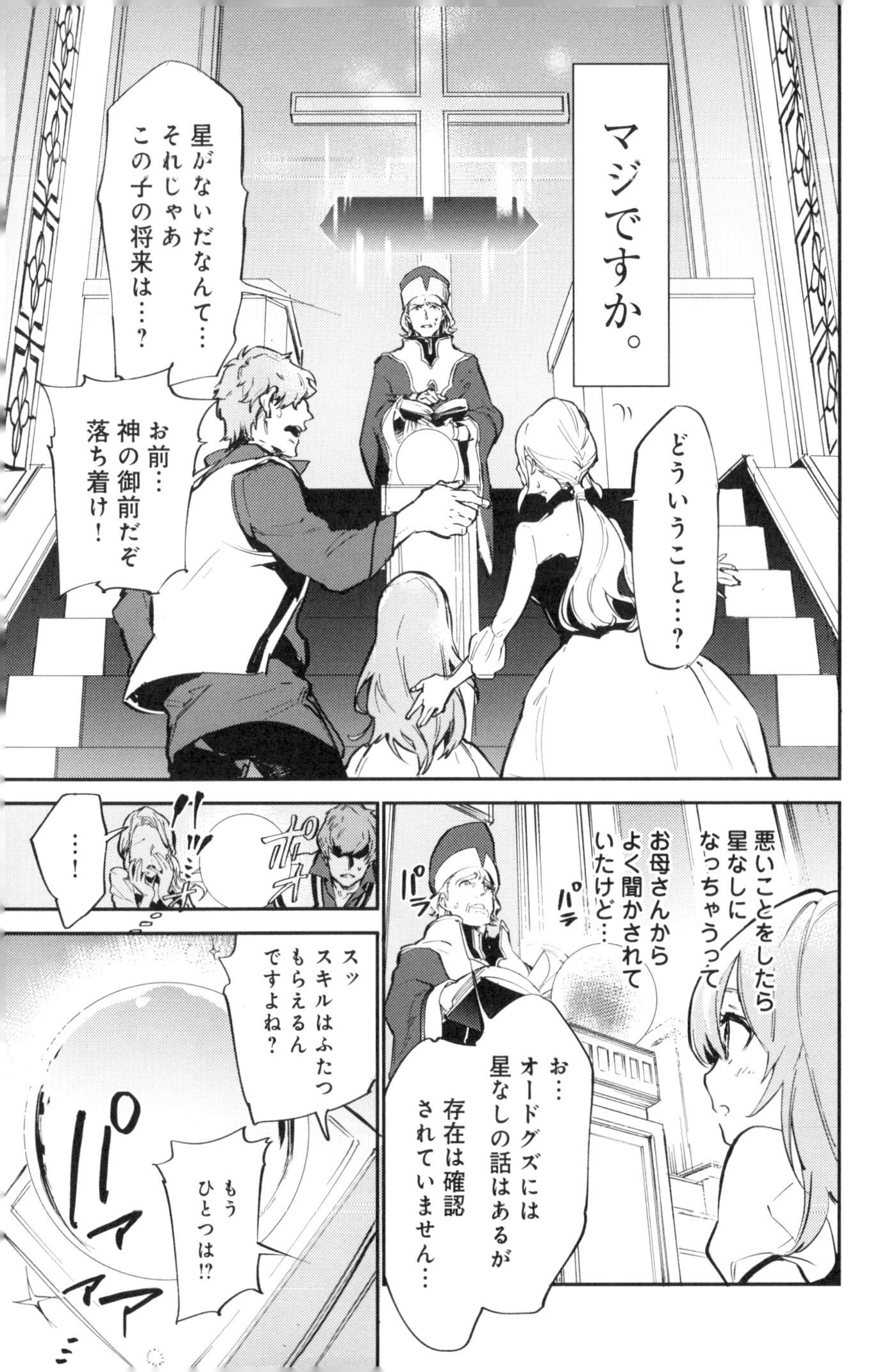
マジですか。
どういうこと…？
星がないだなんて… それじゃあ この子の将来は…？
お前… 神の御前だぞ 落ち着け！
悪いことをしたら 星なしに なっちゃうって
お母さんから よく聞かされて いたけど…
パラ
パラ
お… オードグズには 星なしの話はあるが 存在は確認 されていません…
ポカ
…！
スッ
スキルはふたつ もらえるんですよね？
もう ひとつは!?
パァアア

この世界
オードグズでは
5歳になると
神様にお祈りすることで
スキルを知ることができる
オードグズには
魔法がある
最初に魔法を
意識した時には
驚いた
なんせ
前にいた世界には
魔法がなかった
齢2歳
本気で家族に
心配された
私には
前世の記憶がある
ようだ
村の占い師が
言っていた
それはね…
輪廻転生というの

もし記憶を
持っているなら
誰にも言っては
いけないわ
記憶を持って
生まれるのは
めずらしいの
次にスキルの数
スキルは多い人で5個
大体の人が2個
持っている
でもスキルを
5つ持つ人は
奇跡と言われるほど
少ない
テイマーは
動物や魔物を
てなずけ
させることが
できるスキル
更にスキルは
星の数で
評価される
テイマー星ひとつは
小さい動物を
テイムできる
街の手紙の
配達などの
仕事がある
星が多ければ
強い魔物をテイムして
冒険者として
成功できる
私の1つ目の
スキルは
テイマーで
《星なし》
もうひとつは――

えっ…？
第2スキル
スキルなし？
私の唯一のスキルは星1より弱い
最弱の《星なし》
神様から見捨てられた存在
つまり私にテイムできる魔物も動物もいない
私にできる仕事はおそらくないだろう
む…

なぜならスキルで人生のすべてが決まるのがこのオードグズだからだ
無理ゲー
意味は不明だが無意識に前の私が声をだしたようだ
さて
これからどうなるのかな私
しゅる
パタン
トッ
トッ
クスクス

アハハハ
クスクス
きゃ
るるる
もーーっ
ワハハ
あの衝撃の日から数日

朝
誰も起こしに来なくなった
家に帰ってきてから家族の温度は一変した
目線が合わないし私のものだけ食事も用意されなくなった
やっぱりな
…っ
ガタン
その目はなんだ
つらいのは俺たちの方だ!
もう村中に知れ渡ってる
母さん泣いてたぞ
兄姉から嫌味を言われる
私のせい?
もうなにもわからない
ザザッ

とりあえず5歳の私にできること
〝体力づくり〟
森の中を走って移動
体力をつけるなら走れ、と頭に浮かんだ
前の世界の私が頭の中で叫んでる
木の実を探せ
プチッ
この村を出ろ
すっぱああ!
!!
早く準備を整えなくては
あっ…

理解ができないものを排除するのはどこも同じだ
神さま
覚悟を決めろ
私はあなた様に何かしましたか？
パチ
——あ…れ…？
おや？

良かった…気がついたのね
こんにちは

はい…こんにちは…
この人は
よく村でみんなの相談を聞いてくれている占い師
どうして私を…？
星が1つなのでほんの少ししか見ることはできませんが
――この人が悪いわけじゃない
……そっか
私の占いは先読みなんです
前に会ったときあなたが何かによって今の状態になっているのが見えました
ただ原因を見ることは叶いませんでしたが
贈り物です

劣化版の
マジックバッグです
中に色々と詰め込んで
おきました
これからきっと
役立つで
あろうものを
ひとりで
生きていくには
劣化版でも
必要だと思います
ありがとう…
ございます

占い師さんは
あれからも何度か
会いにきてくれた
話し相手に
なってくれたり
劣化版の
ポーションを
くれたり
食料をわけて
くれたりもした
ビクッ!!

パァン
あれから
1年が過ぎた頃
ザァ
自分の部屋に
入れなくなった
ザァ
イタイ
ガッ
ドガッ
イヤ
ダンッ
ザァ
ア
ア
ア
きゅっ

森に隠れて住むようになると
おかしなことにホッとした
誰にも会いたくない…
この木の実には毒はない…食べられる
この前お腹を壊した草は…毒だったんだ
！
ポーションのことも書いてある…

ポーションは色によって効果が異なるようだ
パラ
先ほど飲んだ青は傷の薬に
赤は病気緑は痛み
パラララッ
それからいろいろ学んだ
隠れる技術
薬草で治療薬制作
劣化版ポーションより傷を治す力は弱いけど
罠の張り方
獲物の解体
解体中はなぜだか前の私が騒がしかった

は
パチッ
パチパチ
あ…
私…結構走れるようになったんだなあ…
ジャリ
薬草を探してたらこんなに村の近くまで…
あれから早3年
パタン

森での生活は
順調
占い師…
元気かな
もう
ひと月くらい
会えてない…
でねぇ
！
ビクッ

あの家
例の占い師の
住処よね…
死んだと
思われてた
のかな
…死んで
たまるか
ヒソ…
ヒソ
ヒソ…
ヒソ…
コソ…
ヒソ
ヒソ
ダッ
ヒソ…
ヒソ…
ヒソ
あの人も
星なしになんかに
関わったから
ヒソ…
あっ…
タタッ
放って
おきなさいよ
私のせいで…

占い師が死んだ――?
たしか風邪をこじらせたんでしょ
唯一の治療用ポーションは村長しか持っていない
それで村長はポーションでの治療を拒否

旅の準備品を回収しよう
チャ
ザザ
ザァァ
劣化版のマジックバッグ全部で5つ
占い師と一緒に集めたり隠したりしたものをひとつも置いて行きたくない
あとは
壊れた小さい剣を回収したら村を出る

それからは
5日に1回の頻度で
村に潜《ひそ》むようになった
情報を得なければ
旅のための干し肉もあちらこちらから…
何か問題でも?
!
いつもはこの集会所は人気がないのに…
見つけました
森のある場所で潜んでいるようです
そうか
父さん…
もう1人はわからない…

タブロよ
あれはこの村を不幸にする
わかっているな
もちろんです
星なしなどこの世に存在していいはずがありません

あの子も神様のもとに行けるのですから幸せでしょう
もう1人の男は
村長だった

死んだら幸せ？
——ふざけるな！
私は生きたい
神様のところにいってたまるか！

大きな穴でしょう？
大事なものを隠すのにどうかしら？
この場所も占い師が教えてくれた場所――
この剣も

ぎゅっ…!!
私の体格でも
扱えるようにと
選んで
くれた…
ありがとうと
もう一度
言いたかった
見つかった――…

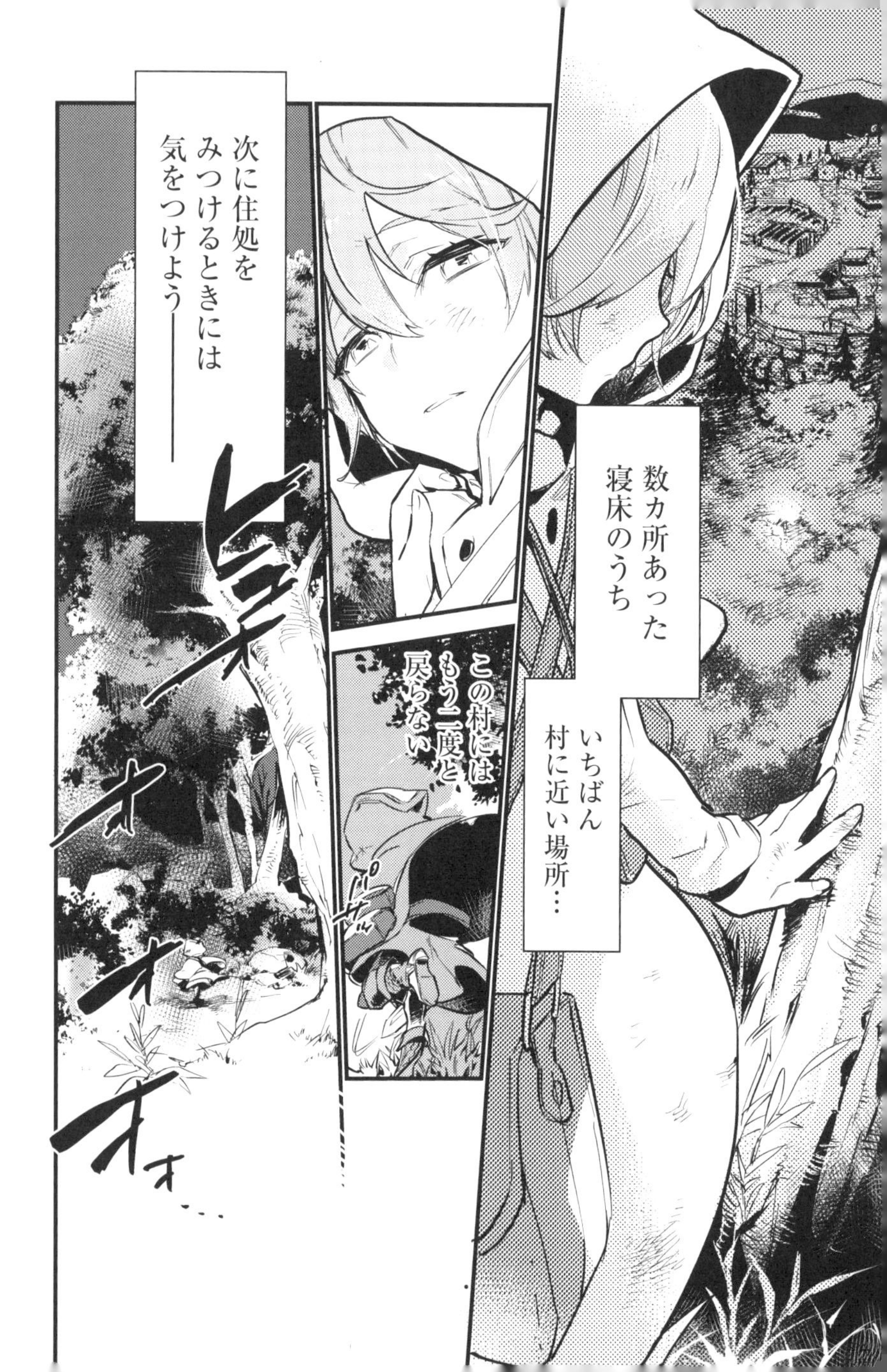
数カ所あった
寝床のうち
いちばん
村に近い場所…
この村には
もう二度と
戻らない
次に住処を
みつけるときには
気をつけよう――
ヒュオオオオ…

最弱テイマーはゴミ拾いの旅を始めました。2

2020年5月　1日　第1刷発行
2024年1月30日　第5刷発行

著　者　ほのぼのる500

発行者　本田武市

発行所　TOブックス
〒150-0002
東京都渋谷区渋谷三丁目1番1号　PMO渋谷Ⅱ　11階
TEL 0120-933-772(営業フリーダイヤル)
FAX 050-3156-0508

印刷・製本　中央精版印刷株式会社

ISBN978-4-86472-956-7